黄永玉

作品

无愁河的浪荡汉子
朱雀城 ｜ 下

黄永玉————

著

作家出版社

爸爸幼麟眼前有空之极。说是有空也未必然，他只是有空到想做什么就什么的程度；不像以前一下子想学校、想学生，一下子想音乐，风琴没有了他真的就不想音乐了。一想音乐就摇头，就嘘气。经过天主堂、福音堂、女学堂，听到风琴本来放慢的脚步，一下子、一下子就快起来，像一个输光老本的赌徒，像一阵没东西好刮的干风。别人的兴趣不是他的兴趣。唯一陪伴他的就是画通草画和弄东西吃。

通草画不光是画完就算，还要细细切下来粘在纸上，要很精细锋利的刻刀刻出来，于是他就用钢丝锻造刻刀。一把一把地做，把一段粗细不同的钢丝烧红变软，在铁砧上锤成需要的刀形，满意之后再烧红，红得恰到好处时在凉水里淬火。淬火的时刻很是用心得意，也就是《汉书》上讲的"清水淬其锋"的意思。他懂得看火苗，红的不行，白的不行，要在紫蓝和红的交界部位烧。烧多久呢？他心里有数。烧多了变作朽炭，烧不够软铁一支。这时候不许旁边站人；不是要留一手功夫，也不是来什么"传儿不传女"保密规矩；他怕分神。

淬火妥当满意，刀刃上晃闪霓虹之光。他有各种硬软合适的磨石。一天的工夫大半就花在那个上头了。

磨砺到得意的时候不经意哼出了一些声音，他完全忘记了几个月来心里最紧要的瘀块。闪电一样的另一个"自己"用手指头在脑门上轻轻叩了一叩。是了，是了，不该唱的，不该唱的，竟然、竟然唱了……

常听到遣责人的一句话，叫作"脱离现实"。人一到"脱离现实"的水平，他做的事，他说的话，他交的朋友都被人注视起来，孤立起来。其实，一个人死了，才是真的脱离现实。活着，不过是从一个现实步入另一个现实；脱离不了的。

眼前，还不曾有人发明这句看不起人的话。这句话是后来才有的。当时，各人还在各人的现实天地里活得好好的。

因为以前那么醉心于音乐，在文学和其他方面，除了黄仲则的《两当轩》之外，都不是弄得深入；大不了得过博识的称赞。他的书法缺少专一修炼，柳惠对此也都说过不客气的看法。要论系统性的文字工作，那就是端端正正地修过一本家谱。别人很俨乎其然地对他发出称赞和尊敬，自己也适当地控制了谦虚的受用风度。他很天然，一点也不人工。

兴致来时，他会下厨房弄菜。

弄菜的手艺不是吹的。爷爷回朱雀的时候，听说他哪时哪天下厨房，认真等待的用神是看得出的。换了大酒杯，态度欢畅亲民。爷爷的的确确拜倒儿子的厨房手艺。因为自己生来矜持还是故意不赏脸，他从不当面夸奖儿子的厨房手艺。

也可能是忌妒。

听说北洋军阀张宗昌和儿子下棋，儿子输了，他就骂："死没用！棋都不会下！"

儿子赢了，他就骂："死没用！就会下棋！"

两代人的芥蒂是天生的。

幼麟下厨是文星街一绝，不，是朋友中的一绝。他是个细心人。在北京、在广州、在长沙、在东北，他吃到什么就研究什么，一次又一次地反复试验体会。北京的白片肉，脆嫩到可以切得薄到像一片"喝罗吉"[1]；广州的"叉烧"跟"樱桃肉"，长沙李合盛的炒牛肚丝，还有东北的白片肉小牡蛎腌菜火锅和各种令人想象不到的至今没有发表的口味……

他做了还喜欢宣。几个姑妈、表姐妹都爱一边吃一边听他"诲人不倦"，讨他喜欢。其实讲也白讲，太费工夫的厨艺凡人怎么做得到？

连厨房的腰子大灶也是他像探子那样苦心参照浙江绍兴大户人家厨房描绘下来的。这个有心人特别注意到烟囱大小及曲折走向，所以按照这种秘方做出来的大灶，火力既足且省柴火，朋友称它是神灶，仿也仿不出。

两口大锅。一口直径三尺，一口二尺半，再加一大一小的热水鼎罐。

十斤八斤任何菜肴原料下锅，都能举止从容合弄得法，面不改色。

只有亲身体会下过厨房的贤良主妇才懂得其中甘苦。锅子小，火力弱，翻动起来又怕掀翻在地。双手使不出劲，尤其家中来了客人。这种不方便和憔悴，这种长年累月、习惯成自然的入厨方式已视为当然的苦中之苦，要非看到张家的这口灶，是不知人间还有如此乐土的。因此一辈子奴隶的眼界霍然得到开放，当然啧啧称好！

---

1 朱雀城的一种室内大蜘蛛，在屋角只织白色丝质薄膜。

幼麟有时还故意来两手怪招。

灶膛的火弄得小小的，把嫩嫣嫣的韭菜黄和薄鸡片放在大锅子当中加鸡油慢慢品熬，轻轻翻动，看着它们鼓着小泡泡。他搬了张骨牌凳坐在旁边看《东方杂志》，晃着腿。起锅也像是在给娃娃抹脸，一勺一勺讲着温柔的话。然后静悄悄端到桌面上……引起一阵低声的惊叹。

幼麟开始做一件事或做完一件事，往往嘘一口长气。尖起嘴巴把满满一肚子氮酸气呼出来。说不上是忧郁还是舒服。

晋朝时候有个人登山去访朋友，告别时叫那个善于长啸的朋友搞一段听听，朋友不干。他下到半山腰时才听到那朋友作仰山长啸。（这狗日的！）

朋友脾气固然古怪，而长啸一定动人；但长啸到底是怎么一回事？书典上说："'其啸也歌'按气激于舌端而清，谓之'啸'，发声清越而舒长者谓之'啸'，如猿啼亦曰猿啸，虎吼亦曰虎啸。'蹙口出声也'"。鲍照的《芜城赋》有"风嗥雨啸，昏见晨趋"，连雨都"啸"起来了。

不明白！越说越不明白。

后来的人说是吹口哨。这怎么可能是吹口哨呢？岳飞的《满江红》词"仰天长啸，壮怀激烈"，那是口哨吹出来的排场吗？

长啸应是情感满溢的抒发。比幼麟的"嘘长气"更有音乐感，比吹口哨更气宇非凡。不过，成公子安写的那篇《啸赋》，全文七百九十二个字，文章妙是妙，让人读完了仍然闹不清它是怎么个"啸"法。莫名其妙之至。也可能是一种当时流行的即兴"无言歌"，只凭嘴巴行腔和牙齿、嘴皮伸张把音声散发出来。看《啸赋》文章

灶膛的火弄得小小的，把嫩嫣嫣的韭菜黄

和薄鸡片放在大锅子当中加鸡油慢慢品熬，轻

轻翻动，看着它们鼓着小泡泡。

幼麟大厨·元文冬街一绝

的意思很可能我的揣度是对的，很"前卫"的。月亮天，狼和狗都有这种原始的抒发。

幼麟晚上有时候睡不着觉，等大家都睡着之后便开始做鸡蛋糕。家里找得到的带盖的小铝罐罐和其他金属盒盒，都集中起来，洗刷干净抹上牛油备用。他坐在矮板凳上开始打鸡蛋，去黄留白，放在一个有把手的小深锅里，用竹刷子不停地顺一边搅，适时地筛进一些细灰面，又加进一些酵粉和冰糖汁。

自己早就做好一口带格子的洋铁皮烤箱，夹层中间塞实了黏土。堂屋燃好带架子的炭盆，烤箱放在架子上烧热，热到不得了的时候熄火，一个个盛满面汁的各种铝盒子、铁盒子放进烤箱里，关上门。慢慢地，香气就冒出来了。

多少时候他算得准。他等在旁边，做做别的活计；到时开箱，用平铲伸进烤箱把鸡蛋糕一个个铲出来放在垫了薄板子的桌上。他一个个端详，剥下溢出盒子的焦粑放进嘴里，点了点头。

每个盒子上贴了张小纸条。

"婆的"。

"妈的"。

"序子的"。

"子厚的"。

"子光的"。

他自己的呢？没见有盒子剩。吃了焦粑大概就算了。他是艺术家，作品做给别人欣赏。

早上序子起床，取了自己那一份。

爸爸此刻正呼呼大睡。

"今天星期天，你到哪里去？"妈醒了，在帐子里问。

"喔！喔！今天学堂要'打野外'，大家都要去的。"序子说。

"那你还是在柜子里自己取一百钱吧！中午吃点东西。"妈说。

序子打开柜子，见格子上头放了好几沓铜圆，便在靠边的那一沓上头取了一百钱。他觉得一个人还是要凭良心好，大人这么相信你，怎能一直狠着心胸？——他晓得土地堂的罗师爷明白七天里有一个星期天是不用上学的——几时应该认真去亲近他一下才好——他抽香烟，可以取爸爸两根香烟送给他——如果今早上遇见罗师爷，罗师爷一定会告诉他今天是星期天，会"嘿嘿嘿"……

序子开了大门，右首边墙角下蹲着滕代浩。

"你怎么在这里？"

"大家都讲要会你，挂牵你，要我早点来报。"代浩说。

"你见到曾宪文吗？"

"就是他要我来报你的。"

出了北门城门洞，洞口让挑水的"水客"打得胶湿，像落过一场大雨。过了跳岩，在左首边金家园底下河滩等队伍到齐。

滕代浩问："你讲讲，这个把月逃学你怎么过日子的？"

"不好过！"序子说。

"逃学还不好过？世界上做一个人，哪浪还有比逃学的日子更好过的？你这么讲法，还不如回去让左唯一打屁股。"滕代浩讲。

"你也不要讲打屁股，我这一辈子总总不会见左唯一了。我要好好想想，学欧阳后成和杨宜男练完雌雄剑，取左唯一的人头。"序子说。

"你怎么练法？"

"我爸有一把在衢州买的七星剑，照《江湖奇侠传》的办法把这把宝剑存在肚子里，用的时候飞出来取人首级。"序子说。

"这哈！这比练挨打屁股难多了！"

序子瞪大眼睛，"你还练挨打屁股？"

"当然！不练，我还能活到今天？"滕代浩豪气十足。

"你怎么练的？"序子问。

"哪，哪，哪，你闭起眼睛，不准偷看，我让你摸摸屁股的功力。"滕代浩抓住序子的手，"哪，哪，摸到了吧？看我屁股皮多厚？"

滕代浩让序子摸到的是脚后跟皮。

序子还真的信了，"你怎么练的？你怎么练的？——咦？那左唯一打你的时候，怎么还杀猪似的喊妈？"

"不喊行吗？不喊不就一直打下去了嘛？"滕代浩说完转身跑了几步转过身来，笑弯了腰指着序子说，"你张序子是个世界上最蠢的蠢卵！听哪样都信，也不动脑筋想想！我这种话你怎么能信？我又不是河马、犀牛，哪里来这么厚的屁股皮？——都是空话，还是你咬左唯一那一口实在。你牙齿是蛇牙，毒性重，左唯一右手还包了厚厚的纱布。大家过了好长的太平年。左唯一一时怕难好。都亏得你，都亏得你！为民除害。"

"你信不信，对人有仇，咬下那一口就毒；没有仇，咬过、流完血，也就算了。"序子谈经验，"其实呀！你转去跟大家讲讲，搞一个'咬左队'，都去咬左唯一，碰哪儿咬哪儿，只要左唯一一动手就咬，不打不咬，文明咬人，文明读书。你看，左唯一到时候会不会改恶从善？"

摸到了罢？

「哪，哪，哪，你闭起眼睛，不准偷看，我让你摸摸屁股的功力。」

"未必！"滕代浩很悲观，"唉！我要是左唯一，齐心共起赴国难，我就会改！"

谈话的这两个人大概没有读过马克·吐温的《乞丐王子》。王子书读得不好挨板子的时候，旁边的侍从就会站出来"顶打"。

亏得世界上有个马克·吐温写出这篇为世界儿童不幸的遭遇谋出路的雄文。不过不实际。凡人老百姓儿子身边根本没有侍从，何况这事情还要费神跟侍从和左唯一双方商量肯不肯合作，这事情你去问问旅长大少爷戴老毛戴国祥就清楚明白。

替挨打的人出主意的还有个耶稣。《圣经》上有他的一段说法："有人打你左边的屁股，你就把右边的屁股也让他打。"（写书的年纪大了，记不清是屁股、手板，还是脸。请读者将就着看吧！）

以上两位出的主意都跟"九一八"性质差不多，有点"不抵抗主义"的味道。稍许用点历史眼光来分析张学良和蒋介石当时的处境，是怪不得他们的。左唯一就是"九一八"，就是"五三惨案"，和他有什么道理好讲？

所以说，张序子给左唯一的那一狠口，实足具有眼前利益和长远利益相结合的现实意义和历史意义。

张序子和滕代浩两个一边说话，一边在河滩青光岩里捡几片薄石片"打水漂"。

滕代浩这方面是个里手。他一个水漂简直可以打到对门河，数到二十多漂。眼看石头片像"油纸扇"[1]贴着水面飞。"光是力气大不行，等下你让曾宪文来一盘试试，他只会'橐！橐！'往水底

1　鸟。

打。"滕代浩说。

说到曾宪文，曾宪文就来了，屁眼后头还跟着三四个不认得的伢崽，年纪都在七八九岁的样子。

"这几个鬼崽崽弄来做哪样？"滕代浩一副老资格口气。

"我道门口的手下，没有事，星期天带出来训练训练。"曾宪文说。

滕代浩走到伢崽身边，托起头一个的腮帮子左右看看干不干净，掰开另一个嘴巴看看牙口，又指着第三个伢崽说："看你一脸眼屎鼻泥甲甲！"轮到第四个，滕代浩笑了，"曾宪文，曾宪文，你看这狗日的长得像你爹！"

"日你妈！老子长得像你爷爷！"那小孩气了，过来抡拳要打滕代浩，曾宪文一喝就住，反转来骂那小孩："喔！喔！你个狗日的！他讲你长得像你家公，你讲你是他爷爷！那你变作我哪个了？"

这伢崽原来是曾宪文大姐的儿子，曾宪文的外甥。

大家笑成一团，辈分被扯得乱七八糟。其实根本没有关系。

论打，滕代浩当然不是曾宪文外甥的"起手"[1]，这外甥常在粉架子上帮忙榨粉，也难怪滕代浩眼光不凡。

跳岩上又过来一帮子人，里头有陈开远、吴道美、陈文章、田景友、田应生、王本立、戴老毛、顾凤生、顾远达、朱一贵。

大家打着圈圈坐在河滩上。

以前是没有过的。这阵候显得太正经。这一群人都迷神在眼前还说不明白的情感之中。

——

1　对手。

序子这人有一种不知所以然的吸引力。他对人并不特别亲切、关心，也不见哪样特别本事。论博识规矩他不如陈开远，读书不如刘壮韬，成熟懂事不如田景友，不如吴道美的婉约，不如滕代浩的异趣多能。当然更不如戴国祥、顾凤生、顾远达的家势；不如朱一贵的憨厚及其令人生畏的家事的诡秘……（在各党各派里都插不进名分，政协会上大不了是个"社会贤达"。）

序子喜欢读课外书，这举动跟别人的关系不大；喜欢画画，本事不如滕星杰，只是自我娱乐。论善良、本分又远不如欧敬云、王本立和唐运隆。

还有什么呢？

除非是咬左唯一那一口。口碑当然是万古流芳。

不会的。咬左唯一那一口之前，大家就对他不错了。可能是序子爹妈过去的人缘打的底。硬这样说是说得过去的，仔细想想，也难说……

大家还是围成一个圈圈，静静地坐着。

蓝天、白云，四围群山的绿意，万年没停、齐眼一片跳着响着的滩声。周围这些孕育他们长大的东西，他们都不以为然，都认为平平常常从来就有。

那么好的美，那么多的美，太挤了，又没有比较，以为人人的故乡都一样。不懂得美也有很多种。美有浅有深；有的美好痛、好苦……长大了才晓得，才体会得到。

"你不回实验小学了？——回去做哪样？有哪样好回去的？"田景友对序子说，其实是自问自答。

陈开远讲："一直逃学扯谎也不是个办法……"

"是办法！是办法！怎么不是办法？眼前哪里找得出更好的办法？"吴道美说。

"'已积恶成仇，不逃奚为？'这是哪个古人讲的？你们帮我想想！"田应生说。

"你自己卵编的，想哪样想？"陈文章说，"听我满满讲，左唯一和刘森和要钩倒高素儒夺文昌阁模范小学，他们年轻先生十几个人联合起来打算在楠木坪'王殿'另外办个学堂，把队伍拉走，要是真的就好……"

"要是真的，我们都转过去！"戴国祥讲，"让左唯一变成个脱卵精光的唯一空壳壳！"

"那好！"

"那好！"

好是好，眼前还冇见真家伙，还冇算好！

戴国祥站起来，塞了一包铜圆给序子，"眼前逃学的粮饷。逃学像下棋，要费点心思，世界上大人都不是好东西！——我屋里有事，我要先走——"

"咦？讲好我们上李子园的。"曾宪文问。

"我他妈才不上李子园咧！"戴国祥一走，顾凤生、顾远达也跟着走了。

朱一贵看着那几个人走了也站起来，"唉！走了，走了，都走了，那我也……"

曾宪文大喝一声："坐下！"朱一贵就乖乖坐下。

"可惜忘记通知王学轩了，他要在，我们队伍的火力抵得上一个机枪连——"吴道美讲。

"哈！王学轩那卵是个卡壳连。要找王学轩，星期天到南门内猪肉案桌边那个愁眉苦脸的就是。那副脸一尺多长，跟学堂的王学轩是两个人。"田应生说，"他爷爷、他爹像十殿阎罗。"

"你们到李子园摘李子，我是不去的！"田景友说。

陈开远说："我也不去！我爹要我写信给我姨妈。"

曾宪文讲："不是本来讲好上李子园的？！"

"没有。我们来看序子的！"田景友说。

"嗯！"陈开远"嗯"。

两个人也走了。

"好，好，要走都走，不走的是关公、岳飞，忠义之人……"曾宪文说，"世界上少不了怕爹的卵人！"

"听人讲你也怕爹！"王本立问。

曾宪文火了，"我讲我吗？你听到我讲我吗？我又不是讲我，我是讲别个；讲别个还会讲自家吗？你个蠢卵！——我想我们先上金家园！"

金家园往上走一片乱七八糟的菜园。一个两个小孩子在里头串来串去还不怎么显眼，偶然踩错一两脚白菜、萝卜也是有的。人多了，十来个小孩远看起来就是一伙土匪，阵仗很大，难免引起菜园子主人的注意，就会老远大着嗓子向他们问安："狗日的鬼崽崽，你妈个卖麻皮在老子菜园搞哪样名堂？看老子放不放狗咬你！"

"伯伯，满满，我们是学生，过路的，认不得路，今天是星期天，先生放我们出来踏青，问一声，李子园往哪里走。我们心细，踩不到你的菜（其实一棵茄子正踩在他脚底下），我们马上就过来了……"

"哦！哦！眼睛尖点！懂规矩就好！快点过去！"菜园主人说，

"李子园往右首边上坡那边路跟到走就是。"

"伯伯！我们听到了，多谢你老人家——"（轻轻说一句"你个老狗日的！"）吴道美嘴巴真甜，长大可当王宠惠（国民政府外交部长）。

这群人穿过冬瓜架子、黄瓜架子，小心绕过几口让长草蒙掩着的大粪坑。听到有人跌下去过，爬起来，干湿都是一身臭，不得开交。要光屁股在河里泡，边哭边洗衣服。河滩上晒干了，还是臭，转屋里逃不脱挨打。

脚底下一派水田，绿晃晃子，老远的水田那一头才是上李子园的正路。

一帮人像土匪一样坐在坡上等过路的商客行旅。

序子从来没有到过这么远的地方。登高临虚这种光景，暖风拂面，就想到阎王殿里头的"望乡台"。这种廊场很像望乡台，望乡台上站着的人其中就有自己。人已经死翘翘了，魂是活的，舍不得凡尘里头一屋的人和亲戚六眷，站在上头看最后的一眼；看完之后就会经过"孟婆亭"，喝"孟婆亭"孟婆的茶。这碗茶一喝，所有的前尘往事就忘得一干二净，懵懵懂懂地跟举着小旗子的导游过奈何桥到投胎站去投胎。投到什么胎就什么胎，投到曲蟮子[1]就是曲蟮子，投到猪就是猪，投到毛驴就是毛驴，投到狗蚤就是狗蚤。再也想不起自己曾经是张序子了。

要是想不去投胎仍然做张序子行不行呢？不行了；你已经忘记了自己是张序子。你喝过孟婆茶，像喝了骗子手的迷魂汤一样，叫

---

1 蚯蚓。

你做哪样你就做哪样，由不得自己了。判官账本上登记了你的名字户口，跑不掉的，就像现在按户口图形身份证抓杀人犯一样。

人按规矩到老一定要死的。你老不死，房子就不够住，饭不够吃，要抢饭吃，要争夺家产，兄弟阋墙，要不孝父母，要谋杀亲夫，要逼死发妻，要郭巨埋儿……地球承不起这么多人，就会往底下沉，沉到海里去……

左唯一这个人，不晓得十殿阎王要不要他？到了望乡台，他泪流不泪流满面想家里人？肯不肯喝孟婆茶？万一打翻茶桌子怎么办？不怕不怕！阎王爷老早就晓得他在阳世破坏教育虐待伢崽，让他上刀山、下油锅……

阎王爷万一怕左唯一怎么办？万一他一脚把阎王爷踢下宝座，自己当上阎王爷那如何得了？……

"喂！喂！张序子，你到底走不走？"曾宪文叫他。

序子吓了好一跳，以为是阎王殿的人说话，赶忙站起身来跟着就走。

"往山上爬，路就绕远了，下田坎过去吧！"

"不行不行！"田应生讲，"这时候正长禾叶，水放得足，田坎软，不经踩！"

"找干硬的踩！"滕代浩说。

下到田边，找到一条水少的田坎，果然是硬的。

"你看！"曾宪文以为这句话是他讲的。

于是大家排成一字单行晃里晃荡走起来。

千不该万不该，滕代浩这当口忽然诗兴发作，朗诵一首千百年朱雀代代相传的名诗来：

第一一杆旗，

第二卖麻皮，

第三骑白马，

第四管天下，

第五拿剪刀，

第六剪卵毛，

……

（七、八、九、十句失传。）

这一下，田坎上一行整齐规矩的队伍像触电一样炸开了，左右前后搅成一团，两边稻苗子给踩得稀巴污烂，只听见这群狗日的伢崽家喧闹、拥挤拉扯、滚爬跌打，都不想去做倒大霉的二、五、六，而是拼命去争取幸运的一、三、四。他们小，什么都不懂，几百年来这个专为田坎上设计制造混乱的儿歌的传统因袭，让这群小狗日得到难有的快乐。

田坎两旁景象残破零乱，像一场战争、一场水患、一场地震，劫后的景象，那一大片泥汤，漂浮水面的断禾来回荡漾。或者还留下一两只小破布鞋、半双布袜子，陷在深深的泥巴里，都算不得一回事了。人已经走光了。

一串零零落落的小脚印子远扬而去。

要过好久好久，水田的主人才有机会面对灾情呼天抢地地大骂朝天之娘。迟了。别管他！让他一个人站在田坎上气冲牛斗吧！

曾经有过这种经历的老头子们，七十、八十、九十岁的，在外头当大将军解甲归田的，当大领导衣锦还乡的，当大老板回家享福田坎上一行整齐规矩的队伍像触电一样炸开了，左右前后搅成一团，两边稻苗子给踩得稀巴污烂，只听见这群狗日的伢崽家喧闹，拥挤拉扯，滚爬跌打，都不想去做倒大霉的二、五、六，而是拼命去争取幸运的一、三、四。

大家排成一字单行走起来

的，或者哪样都冇做过只在家乡混日子卖油炸粑粑的，教小学退休养老的，几十年当科员混不上副科长成天在河边钓鱼、在家抱孙子的，碰巧都聚在一起。

也不是碰巧，是当大将军的兴之所至让参谋喊来的。

参谋汇报说：周祥生找到了，胡浸瑞死了，廖福在腊尔山，瘫在床上来不了；何巧生害肺痨，我看不来好；麻有贵找不到，听说跟儿子在贵阳过日子……

将军说：哎！找到几个算几个。

这帮本地人见到大将军都有点抽缩，心想，这小时候长癞子脑壳的王巨显居然会当这么大的官！

于是吃饭、喝酒、吃好菜、喝好茶，旁边排着没见过的点心。讲到、讲到，就讲到当年一起在田坎子排队的事情。

大将军从来是抓大局而不拘小节的，支开了身边的参谋，问第三句"骑白马"之后第四句怎么接？

地方人嗫嚅地接下句："第四管天下。"

讲到第五第六句的时候，当大官的笑得岔不过气，咳得好半天才缓过来……

当大将军的接着笑，"是好笑！汀泗桥那一仗我骑在马上，忽然想到第三骑白马，我那匹马恰好是白的，还算真正得意，第四管天下，第五拿剪刀，第六剪卵毛，我笑得差点从马上摔下来……"

本地老头子和大官以及财主爷也跟着笑，完全忘记贵贱身份，互相抢着拍肩膀、擂胸脯，又勾起当年好多零碎事情，笑得流了好多眼泪水。油炸糕老头甚至忘乎所以地问大将军："你妈跟湘潭佬跑了之后，你后来跟哪个？"

"跟党！"将军回答。

都不要紧的，不会有后果的。将军今天高兴。

人长到老来，脑壳里头都会浮现一幕又一幕带彩色的童年往事。有的见不得人，有的喜欢招一些故人来共同切蹉。做哪样老家伙都喜欢追忆呢？宋人诗云："无觅处，只有少年心。"道理怕都是伢崽时期的那点干净天真吧？几十年的日子从自己心里头到周围世界，无不肮脏透顶。几几乎人人都是从厚颜无耻人斗人的垃圾堆里爬回来，无不打算用回忆给老去的臭气熏天的心灵洗个干净热水澡吧！

好啦！眼前正在爬坡的这一群不成东西的队伍，称他作"流寇"是可以的。每个人都一裤子泥，还有赤着脚板走路的，都在一边流鼻涕一边抢着讲话。你讲你的，他讲他的，有没有人听不听都不要紧。也有人一边走一边专注小路上下两边树堆堆里是不是长着可以进口的东西。眼前还没有。"羊奶子"快了，"救兵粮"还早，"鸡桠子"更早，眼前只有开着白花带刺的"刺梨"，学堂的先生要大家相信它学名"野蔷薇"，这是卵话，太阳底下的花，哪里有野不野的问题？

刺梨再长一段时候，花瓣就掉了，花托慢慢子长大，越长越大，大到大人的手指娘那么大，满身刺。这细刺你顺手一抹就掉，拿牙齿轻轻一口一口地嗑着，甜涩涩的，引来满嘴爽朗。赶远路的摘它下来一路走一路嚼，像广东佬嚼他们的卵槟榔卵橄榄一样。还有人大批摘了酿酒。

今天这群狗强盗军务在身，一心奔李子园，没空管惬惬情调。

到了李子园，李子熟了。

那么一大片果子园，居然没有一个看守的。

按江湖惯例，强盗、山寨王杀人放火、抢劫财物可以大声呼啸，自我叫好；外国的侠盗罗宾汉一边冲锋一边吹号角，他指向哪里就杀向哪里。中国的宋江跟外国的罗宾汉一样，喜欢热热闹闹地杀仗，为胜利放炮打鼓。

所以说，明火执仗的抢劫、占山为王跟偷窃手段大不一样。前者靠"群"，后者靠"个体"；前者具"革命形势"，后者像"哲学思维"；前者叫"太阳行动"，后者称"月亮勾当"。

正在李子园活动的这一伙兼具两者长处，有点像今天以色列的别动队，既有太阳也有月亮。

李子园是陈玉公纪念他的西藏夫人西原搞出来的，地面宽阔，果树稠密，几几乎深不见边。

这群狗杂种各各都静默地上了树，像蝗虫一口一口啃着稻谷挑熟果子往嘴里咽。

就在果憩嘴热的时候，老远树上那几个曾宪文带来的道门口小狗日的"橐！橐！"跳下树来跑了；一溜烟，不招呼，不打手势地跑了。跟着，周围那七八个同班同学也"橐！橐！"跳下树跑了。跑得不见影子，只剩邻近两棵树上的张序子和曾宪文。这简直太不仁不义之极。

两个人各据一树，眼看那群患难兄弟四散奔逃，置他们于不顾，一定出了什么大问题。正想发挥一些感慨的时候，才清楚自己树底下笑眯眯站着一个一脸硬短胡子的老江湖和两只狗。那家伙对他们招呼的时候，狗也跟着咆哮起来，而且有扑上树吃点人肉的意思。

"你们来了一连人，是吧？"那胡子问。

"没有这么多，还不到一班！你，你放我们走，下次不敢了。好吧？"曾宪文说。

"那你下来！"胡子说。

"我不敢下来，你把狗喊开！"曾宪文居然会怕。

序子蹲在树杈上，一声不出。

"你！"胡子指着他。

"我哪样？"序子问。

"你也下来！"胡子说。

"我下不来！"序子说。

"你上得去怎么下不来？"胡子问。

"我从来没爬过树……"序子是老实话。

胡子打了个手势，两只狗各退了二十五步盯着。

"你，你，你看你！"胡子在树边搂着序子顺着往下爬，"是他个卵崽带你来的吧？"

"我自己也想来，我没出过城——我这里有一包钱，你要你拿去，赔你够吗？"

"你是哪家的？你爹姓哪样？"胡子问。

"嗯……文星街张家的。"序子原本想扯谎，看这个毛脸胡子佬那么好，不忍心，"他姓曾，他家是道门口榨粉的；今天是星期天，约好大家出城走玩。就来吃你树上的李子了。"

胡子眼睛一亮，笑了。

"你晓不晓得你爹妈都是我先生。你看！你看，我抓到偷李子的我先生的崽了，这，太不好意思。"转身对曾宪文喊，"鬼崽崽！还不下来？"

我从来没爬过树，

树底下笑眯眯站着一个一脸硬短胡子的老江湖和两只狗。那家伙对他们招呼的时候，狗也跟着咆哮起来……

"你们几岁了？"

"我五岁！"曾宪文抢着先讲，"我们年纪小不懂事……"

"你五岁？看样子都快做爹了你才五岁？"胡子笑出一口大牙。

"他十一岁，不是五岁，他想装小。你冇要生气。"序子说。

"他五岁，我信吗？我不管你五岁还是五十岁，凡是偷李子的都捆了送县衙门——怎么？你还想跑呀？你跑得赢狗吗？"胡子对曾宪文嚷，"快点！发命令叫躲到周围的鬼崽崽都转来集合！"

曾宪文就捏着嘴巴吹了一声哨子。

果然，除了道门口四个伢崽跑远了之外，其余的都缩着脑壳转来了。

"一排，站好！晓得老子是哪个吗？朱雀城第一厉辣王田福庆。幸好你们不恶不赖，要不然老子趁新鲜把你们宰了腌腊肉晒干过年。问你们爹去，本田福庆何许人也？身怀何技？自然明白。——现在听令！上树，摘李子，挑好的摘，装满荷包，不满不准下来！"对曾宪文，"你以为你可以不上吗？上！"留序子一个人在旁边，"是老师长派我来看李子园的。偷李子的不管白天、夜间，来十个或是一个两个，都捆了送县衙门。跑不掉，一个都跑不掉。王法不留情！

"做哪样大家喜欢偷李子园呢？李子园的李子好，名堂多，甜，脆，大，哪！看到吗？这是蚌壳李，那边，茅室那边一大片是水星李，右首过去那一片是桃李，樱桃李，前头走左首边溪坑过去是麻李——"

"有牛心李吗？"序子问。

"有是有，那不是正经李子，是平常李子树上长的怪胎，就好像婆娘家有时候生一个大脑壳崽，有时候生一对粘在一起的崽，有时候生一个十二斤重的崽。兴之所至地来这么一下。牛心那么大的李子。大凡天下万物都有一种有时候性子好顺手来这么一下的脾气。这些东西都以少吃为好，像两个粘一起的桃子啰！花生啰，双黄蛋啰，三脚鸡啰！吃进肚子、血管里存起来，等你长大讨嫁娘之后给你生个这个那个，张三李四，你后悔都来不及——咦！我问你，这些日子你爹好不好？"田福庆问。

"他不做校长了，在屋里，有时候找人讲白话……"序子回答。

"是，是，我晓得。人生在世，一辈子会碰到好多先生，唯独你爹我最是忘记不了；我巡视李子园，白天夜间走着、走着就想他，想他的神气，想他教我的歌。每天走路一个人的时候就唱他教的歌，不唱另外的歌。我就服你爹教的歌……"田福庆眼看那一群小卵崽崽都下树了。荷包、裤袋都装得满满的，站成一排。

他是装出满意的神气还是真的满意？

"嗯哼！可以的。现在大军要回城了。不要再踩人家的田坎，时辰还早，走擂草坡、喜鹊坡那头山边边下去，路上招呼点蛇、'王腊渣'，那边岩坎虚，靠里走一点——听到没有？"

"听到了！"回答得很零碎。

"嗓子大一点！"

"听到了！！！"

"唔！可以。向右转，滚！"眼看这七八个荷包胀鼓鼓小混蛋排着形成纵队走了，转身对序子说，"我帮你摘一口袋好李子，等下进城和你一起走。"

"不行！"序子转身去追队伍，"我爹冇喜欢我来李子园……"

大伙半个时辰到了擂草坡亭子里。王本立和吴道美从亭柱子上各人取下一双草鞋穿了，一边穿一边就想到那个田福庆。大家开始吃李子，舀亭子边井里的凉水喝。

"你们讲，那狗日的田福庆到底算哪样？好人还是恶人？老子胆子本来就小，让他这么一吓，苦胆水都呛到喉咙高头来了。"王本立满头汗。

"大人这类东西很难搞，我从来对他们都寒心的。你指望他哪样呢？完全都是昏君。好吃懒做，平时摆架子，喝醉酒打婆娘、打伢崽。一个觉睡到午时三刻起来……"滕代浩话没讲完就有人发问——"你讲的是你爹还是田福庆？"

"我讲的是所有大人！"滕代浩说。

"所有大人并不都像你爹没有出息！田福庆就不像你爹！你爹根本没有胡子，一根胡子都冇，完全像个太监，嗓子也像。人家田福庆恶是恶，恶有恶的道理；善起来呢，让人也摸不着头脑。我就想冇通，怎么一下子就好成咯个样子？"田应生讲。

"所以吵！人生在世，我就喜欢人这个东西有好多种样子。光一个样子，像左唯一，像盖苏文，像薛平贵，像蒋介石，像我们的老王，像羝怀子，哪怕就只像里头的一个，那就完了，就没有味道了……"朱一贵讲。

"人其实就是两大派：一是大人，二是伢崽家。大人恶，蠢；伢崽家受欺侮，聪明。

"大人比伢崽家有钱。有钱有卵用？放在钱柜子里头长锈；街上好多好吃的东西都舍不得买。老子就开柜子偷他的钱买东西吃，他一点都不晓得。老子哪年哪月长大了，一天到夜买东西吃！"田应生讲。

吴道美说："我有时候想到自己到底聪明不聪明？学堂拿学生读书读得好不好当天秤。读书读得好的，有好多是蠢卵，所以讲，学堂是个蠢卵窝。书读得好的人长大之后就变大蠢卵。我爹就是个大蠢卵。有天我装乖，帮他倒杯茶，他从靠椅上坐起来睁大眼睛看我，发现我是个'孝子'：'崽！你讲，你讲，你怎么想到要给我倒茶？'我讲我最近看了《二十四孝图》，他就：'喔！喔！'我又讲，等他哪一天老到像个土地爷，妈像个土地婆的时候，我老到像'老癫（莱）子'的时候，我就天天唱歌跳舞让他们两个高兴，搞'老癫（莱）子娱亲'。这老狗日的听得眼泪都流出来了。我又拿了根扫把在他前前后后扫地。那天他给了我三百钱，叫我冇要累坏身体，快出去玩玩……"吴道美讲："大人很容易上当。最糊涂的'血堂'[1]就是认为我们伢崽家很不懂事。他脑壳里头地方窄，我们脑壳里头地方宽。他以为书读得多，懂天下大事，我就装作哪样都不懂，请教他，让他高兴。伢崽家装蠢，是为大人预备的陷阱。"

序子觉得吴道美讲他爹，像在对付一个仇人。

"我妈也蠢。"王本立说。

"那是冇消讲的啰！"田应生说，"你想嘛！你爹都蠢了，你妈还能比你爹精？你听我讲吓，一个婆娘家冇蠢便罢，要蠢起来简直无可救药！……"

"你是讲你妈吧？"朱一贵问。

"我妈冇是蠢，是恶；蠢和恶是冇一样的。恶和毒是一样的。

1　穴位，虚弱之处。

她要是打起人来，若是清早晨打一盘，你以为打这一盘就算了？哼！等吃过早饭，想起来还有气，就骂，越骂越火，接着又打。你以为打完这盘也就算了？到中午睡醒了，刚伸完懒腰，打个大哈欠，见到面前站的是我，捡起鞋底板又打。不能躲，不能跑，要站得笔直，不能动，她讲过，'哪里动打哪儿！'"

"那你爹也不帮忙讲个情？"朱大少问。

"敢？"田应生说，"他还高兴咧！打了我，他起码有一天清净。讲是这么讲，一院坝里里外外，一天两餐饭，一屋人的衣服，包括跟对门、隔壁吵场合，都由她一个人对付得干干净净。她也指着我对我干婆讲过，'打归打，饭是要给他吃饱的！'所以我们家的伙食是冇讲场的[1]！……"（这跟几十年后的一种说法差不多："把他们养起来。"）

"你这种光景，好像暗无天日；反过来看你又油光水滑。"王本立说。

"妈打我，有个讲究，不打脑壳；她晓得打脑壳不上算，儿子会蠢。蠢儿子长大冇本事赚钱给她养老。挨打最舒服的是冷天，棉裤棉衣挡住，疼不到哪里去；最难过是热天，一板是一板，板板到肉。我生平最眼馋人家伢崽的妈是跛跛脚，我妈要是跛跛脚就好了，我可以跑嘛！世界上的伢崽冇权利也冇机会选自己的妈的。我妈名叫'田刘氏'，是长宁哨的乡下妹崽，天生一副大脚板，跑得比我还快。不要讲我莫奈何，我爹也莫奈何。我爹不是天生懒，是我妈惯的，日子一久，惯得没有一点抵抗力。我妈最好是嫁送道门口你

1　没话说的。

麻个皮曾宪文屋里你爹做婆娘，让你爹天天擂她。"

"这点你就不懂啦！你妈要是真嫁送我爹，还不是天天帮忙榨粉。体质要不到两个月就练出来了，论你妈那副底子，到时候哪个擂哪个都好难讲……"曾宪文讲。

擂草坡过路行人歇脚的长亭里头，孩子们还讲过好多话，要这么讲下去，讲到明天后天也讲不完。序子对这些话有的并不完全懂，有的即使懂了也不怎么在意，也不觉得好玩好笑。只不过是，天地逐渐阔大，好像周围的新鲜空气一样，他一秒钟也离不开的呼吸在帮他长大，却从不自觉得它的要紧。

接到讲陈良存算是个孝子，他妈也算是个"良母"，像孟夫子的妈一样贤惠。他娘儿俩坐在坎子底下吃中饭，就让人想起好多眼下还不懂得想的道理。这类母子，天生是一对竖石牌坊的材料。一天两天不容易学得会的。

后来又说曾宪文。吴道美问他打爹的事。

"我没有打过爹。"曾宪文说，"我哪里敢打他！"

"你了不起，那么小小年纪在朱雀城就出名了。"陈文章讲。

"我出卵名！"

"全城都晓得'曾宪文打爹，有是起手'。"（曾宪文打爹，手一薅，爹就翻在地上。曾宪文就骂：你哪里是我的对手！）

"这是造谣，是卵人编的。"曾宪文有点委屈，曾宪文不只不敢打爹，连想都没有想过。要认真想，这就算是不孝，要五雷轰顶。何况曾宪文哪里打得赢他爹？

朱雀人编出这段"谚子"，是因为曾家这一屋人的体质很让人发生兴趣，何况也没有太多的恶意。若有人碰到瞧不起的对手，就会对他说："你是曾宪文打爹！"

曾宪文眼前是十一岁，等到他五十一、六十一、七十一、八十一，人都死了，还会有人记到这句"谚子"的。

朱雀城时常利用活人编"谚子"，适当时候就要"展谚子"一番。

这伙人走到跳岩边都散了，只有序子到东门内史家弄戴家找戴国祥，国祥不在，把那包钱交送出来接应的丫头，"告送老毛，这钱还送渠，冇用场。"

序子回到古椿书屋，爸爸在院子里问他："到哪里去了？"

"到哪里去了呀！嗯，我跟同学到石莲阁，后来上马颈坳……"序子回答。

"没有上金家园呀？"爸爸笑起来。

"喔！金家园，是的，后来上金家园……"序子回答。

"没有去踩人家的田坎呀？"爸爸又问。

"大，大概没有，嗯！我们踩的田坎是干的。"序子说。

"那，一脚的泥巴哪里来的呢？"爸爸问。

"有时候，冇小心来了一脚……"序子低头看了一下满脚泥，"后来又来了几脚……"

"后来，后来又到哪里去了呢？"爸问。

"后来——到擂草坡长亭走玩，坐了一下。咦！爸！你去过擂草坡吗？我后来去过擂草坡长亭，那里柱子上好多草鞋给过路人用，不要钱，这是好心人行善的意思……"序子说。

爸爸随手坐在堂屋的靠椅上对序子说："其实呀！你们上擂草坡做哪样？光是草，风景又不好，一路都是刺树，又没有吃货，李子园就在擂草坡右首边底下，好多好多李子树，你们脑子都不动一动，下李子园搞点名堂？"

序子赶紧说："那里有狗，很恶……"

"去过了？"爸爸问。

"我听人家讲的。"序子说。

"有没有听人家讲过，那里有个恶人叫作田福庆，长的一脸毛？……"

序子听到这里，好像哪个地方有点不对头。好像做好事竹竿子那头拉的那个讨饭瞎子其实是个假瞎子；他看你把他拉到哪里去，他样样明白。序子就笑了，指着爸爸说："哈！你早就晓得我们到李子园偷李子了，是吧，爸爸？"

"也不早，你到房里看看去！"爸爸说。

序子看到房里桌子前满满一篓李子。

"这狗日的奸臣田福庆！"序子回到堂屋对爸爸说，"田福庆是个奸臣！我跟他打个招呼莫告诉你的，你看，你看，没想到这么早就来了！"

"怎么你骂我的学生？他才是大大的忠臣咧！你从头到尾想一想田福庆这人的味道。"爸爸说。

"他一脸毛！"序子说。

"这不叫想！"爸爸说。

"他恶狠狠子！"序子说。

"恶完了以后呢？你们原先也不过是上树偷几颗李子吃吃，冇想到他送你们一人一荷包。"爸爸说。

"他吓得我要死！差点让狗吃了！"序子说。

"冇挨狗吃，冇挨人抓，是不是田福庆有点像面恶心善的黄灵官菩萨？"爸爸说。

"好笑！"序子想，"或者冇好笑。"

"以后莫再到李子园去了，另外的园子也去不得。也让我不好意思。人家会笑你也连我一起笑。到野外想吃东西自己找嘛！茶苞呀、救兵粮、地枇杷、羊奶子、杨桃，满山遍野边吃边找，多有意思！进人家院子就是'偷'了，碰到好人放你一马，碰到认真的人一索子捆了送衙门！"

"爸，你小时候跟同学踩人家田坎的时候，唱不唱那个'第一一杆旗'？"

……

古时候的人喜欢讲，好事情一个一个地来，坏事情一对一对地到；这怕未必。坏事情来得要看斤两，二两的坏事算不了什么，两千斤的坏事情是用不着成对的，来一回就行了。就好像也是古时候，有人喜欢拿手指头做比方，评判一个人的长处和短处，三根手指比七根手指头；五根手指头比五根手指头，甚至于说九根手指头比一根手指头，好处九根，短处一根；或者是坏处九根，好处一根。这种比方浅得不能再浅，而且十分地没有趣味，不要说大人不信，你拿这说法哄哄小孩试试！

也不想想，手指头怎么可以和人的一辈子的勾当相比呢？九分长处和一分短处的那一根不幸的手指头万一是根遭了破伤风毒菌的倒霉手指头怎么办？剩下那九根长处的手指头还有什么意义？老虎要吃你，九只老虎会餐跟一只老虎独吞，对你来讲，后果趣味有什么两样？那紧要当口，你对他谈手指头辩证法，一切都来不及了。

你劝遭灾的人息忧，劝饥饿的人减肥，让没牙的人嚼铁蚕豆，让尿急的人做瑜伽，理发师问寸草不生的光头理什么发型……

世上祸根，分量最是重要；不在于你以后说些什么，况乎往往文不对题——为失火的汽油站送火柴，为失足落水的人送秤砣，祝九十九岁寿诞的老太婆长命百岁……

我说到哪里去了！原先我一点也不想往这里说，我是想说莫名其妙的一件事，说到说到就拧到这边来了。

说田刘氏。前头已经讲了好长一段她打崽的事情，没想到后来又冒出一点新东西，不讲完有点可惜。

田刘氏的亲生骨肉田应生是个聪明的快活的伢崽。她这个人好不懂得疼惜。田应生尤其可贵的地方是挨打到这种程度一点都不恨他妈，一点都不想在实际上而不是在口头上让他妈遭到不幸。唯愿他妈活到不能再活的年龄，比如说一百五十岁之类；活到他妈想打他也难以举杖的岁数，使他有朝一日演一盘"伯俞泣杖"孝行的机会。

田应生读书记性十分之好，读过的书不单是记得住，还会跟其他别的课内课外读过的书炒成一盘非常有味道的菜端出来让同学们享受。所以田应生从不在读书上挨左唯一的打而只是在发感想之后挨左唯一的打。

跟他玩在一起的同学有时候也能间接捡到一点点读书联想的快乐。比如说，有次放学大家走在路上，他看到墙上石灰水写的大字，墙脚有口圆圆的砖砌的垃圾桶。

"此地禁止倒渣！"

他就把刚学会的"圆周率"大声背了出来："3.1416！换句话说，此地禁止倒渣！"

序子跟同学一起笑得前俯后仰不得开交。

这有什么好笑的呢？一点好笑的组合物都没有，而大家的的确确笑得好开心。转到家里序子把这件事讲给子厚听，子厚一脸的茫然，序子连转述的劲头好像也泄了气。当时田应生把哪样神物调动过来了？拨动所有团四周伢崽们的心弦？跟田应生一起就有这种特别的快乐，听他信口开河，他也自我得意，晓得底下将要出口的东西会赢来多少笑声，他控制得住板眼。

有人偶尔听到一句半句的，就说那是"朝话"。

能控制得住"朝话"的，怕也是有两下子的人。

（田应生长大之后做什么事？打听不到确实消息。仿佛听人讲他早死了，又有人讲他到红军那边去了。即使参加了红军也该有个着落——像康忠保一样；没有。要是他活着，他看不看书？看不看外国翻译书，晓不晓得乔伊斯和卡夫卡？或是他早在从事文学活动，改了名字？……）

田刘氏一把揪住田应生的左边耳朵，从楠木坪揪到道门口登瀛街口拐角曾家粉铺面前，却是中午一点多钟的事情。这一路怕有两里，耳朵不经事，怕早就脱了。

"曾粉客！你给老子滚出来！"田刘氏扯着嗓子大叫。

叫了几声，里头才出来人。

"哪样事？哪样事？"是曾宪文大哥讲话。

"叫你爹！狗日的叫你爹！"田刘氏右手还捏着田应生耳朵。

身边少不了百八十看闹热的。

曾宪文爹出来了。他们不认识，不认识怎么有仇？那么老远揪住亲生儿子耳朵到门口来叫阵？

"我讲，你有哪样事情生那么大的气？你这位？"曾宪文爹问。

"你讲我个卵你讲？你妈个卖麻皮要老子嫁送你！"讲到这场合，田刘氏放开田应生的耳朵，两手活动起来，"你也不在你这几口卵粉桶里照下你自己的卵相，你配吗？你癞蛤蟆想吃天鹅肉，让老子……"

曾宪文的爹完全莫名其妙。除了生儿育女光是榨粉；又慌又笑地说："怕你搞错了，我们屋一辈子冇惹过人，怎么得罪你了？我们都冇认识嘛！"

这时候，曾宪文妈出场了。

曾宪文妈长得和谢蛮婆一样体魄；谢蛮婆肉"泡"，曾宪文妈一身紧筋肉，笑眯眯子走到田刘氏旁边。

"你算哪种卵天鹅？老子才是真天鹅。看见吗？哪！这里，哪！这里！"她露出两个膀子上鼓起鹅蛋大的球，还故意挺一下肚子，"你还满肚子气哇？老子才有气咧！你骂老子男人是癞蛤蟆，你问问道门口所有人，哪个不晓得我男人是美髯公卢俊义？你自家屙泡臊尿照照，我男人会要你吗？你还天鹅来？横顺老子这桶水不要了，让你这个癞天鹅洗个澡吧！"双手提起田刘氏按在泡粉水桶里，咕噜咕噜，田刘氏手脚乱蹦起不来身。宪文妈见她泡粉水喝得差不多了，提起来甩在岩板上。

这场闹热一辈子是难得看到的，众人都十分满意。

田刘氏四脚撑起滴水身子找儿子，儿子就在旁边，本来顺手可以来两巴掌的，不来了，喉着嗓子对儿子说："崽呀崽！你扶妈转去吧！你是孝子……！"

田刘氏一路走一路吐水。

"这是哪家的？"

"听到讲是楠木坪田醒醒婆娘。"

"哈！还真有两下……"

"怎么找上我们屋里来闹？"

"怕是有点名堂。"

"这架势，名堂不大。"

"婆娘脾气真有点可以。"

"我专治这种脾气！"

还有舍不得散场的看客搭腔："以为她打的是土地堂，原来碰到了少林寺。"

事情到这里为止。问题来了——

田刘氏怎么会晓得在擂草坡两个伢崽当时的即兴对话？是哪个报送她的？田应生本人不可能；曾宪文更是摸不到边。周围听到这话的十几个卵家伙，连田刘氏长得高矮肥瘦都不清楚，哪里会有如此这般的情报交流和情感交流？何况时间根本就接不上。

朱雀流传一种生理天分，叫作"报耳神"。有的人有；有的人就没有。

比如讲，城里头哪家请客忘记请你或故意不请你，"报耳神"就告诉你了。你就去了，一进门你就笑眯眯地告诉请客的主人："不要抱歉，不要抱歉，你记性不好不要紧；我有'报耳神'嘛！我自己会来的，耽误不了的！"

又比如，你大清早要出北门过跳岩到老营哨去远房侄儿媳妇那里取包粽粑的粽粑叶，"报耳神"就告诉你去不得。去不得就去不

「你算哪种卵天鹅？老子才是真天鹅。看见吗？哪！哪！这里，哪！这里！」她露出两个膀子上

鼓起鹅蛋大的球……

你莫哪鹅？老子才己天鹅

得，不去就是。不到两根香时候，就有人报信："跳岩上绊下去一个娘婆，喝了满肚子水，让人救起来了……""幸好！幸好！你看，你看，要不然就是我了……"

"报耳神"这东西不是练出来的，也不是菩萨赏的，是"蠢娘生出聪明女（崽）"，天生自来的。

当然，有时也不灵，有时也作弄人开玩笑。再比如，"报耳神"告诉你，今早上放醒炮过后，道口卖碗儿糕摊子边上有钱捡，甚至是五块光洋。脸都顾不得洗了，赶到道门口碗儿糕摊子灶龙口墙根边守着，守到放午时炮，地面上除了原先的几坨干狗屎，哪样都冇看到……

……

讲来讲去这事情就算过去了。过去是过去，田刘氏自从在曾家粉铺挨泡之后（外国人叫作"受洗"或"洗礼"），完全变了个样子。

不打田应生了。

讲起话来句句都在点上，嗓子低柔温润，眼睛还带点微笑，让田应生好久才分清楚不是狞笑是慈母之笑。

朱雀这地方经常出产奇迹，包括奇迹的异化和转变。

几十年之后就有人说："人是可以改造的。"

改造这东西确实是有的，有时也容易拧到另一个地方去，甚至没完没了。管小事像田刘氏这样的人就好改。她脑筋简单，天地小，不是这样就是那样，挨了几家伙，正反好坏后果一较量就改了。管大事情的人喜欢大家都听他的话，他怎么能改呢？一改，改来改去，大家不听话了怎么办？所以这种人是自己不喜欢改自己而喜欢改别人的，改到所有的人都听他的话还不放心，还睡不着，要半夜三更起来吃安眠药。

田刘氏只改自己。说大点，只想改连自己算起来的三个人。一个是现在养她的田醒醒；一个是下半辈子准备养她的田应生。经过曾家粉铺的泡粉凉水一泡更清楚明白了，动不动对身边这两个人发气原来对自己也不好，就改了。田刘氏的改比较简单，她没有读过书，不晓得失不失面子这类要紧东西。左邻右舍好几天没听见田刘氏屋里有响动甚至有点好奇，后来也都习惯了。见面居然还笑一笑；大清早田刘氏扫大门口的时候一口气扫了半条街，日子长了，一些人心里过不去，也都赶早起来帮忙，好像有意识地在响应蒋委员长的"新生活运动"号召。

想想看，田刘氏的变化犯得上睡不着吗？犯得上吃安眠药吗？田刘氏做梦也想不到睡不着觉还要吃哪样卵药花钱！

这事情就算是讲到这里为止。传倒是传到全城都晓得了。曾家费了好多力气洗刷泡粉桶，不单洗，还要弄得热火喧天让大家晓得他们曾家的讲究认真。因为有人认得田醒醒婆娘，晓得这婆娘脾气暴，身上爱长点比痱子还凶火的别样东西；既然泡粉桶里打过滚，那桶就仿佛原先是个黄花闺女后来失掉一点哪样变成另一种意思似的，众人买起这桶里泡过的粉，心里总不大抻抖，总要犯疑……

粉铺事件已发生一个月，还是田刘氏自己讲出了秘密。田应生半夜煽梦话惹的祸，跟"报耳神"一点关系都没有。

序子的好朋友曾宪文转回文昌阁小学去了，剩他一个人逃学。在河边他有点"秋波渺渺失离骚"，在坡上他有点"暮从碧山下，山月随人归"。每走一处地方他都想到诗，地方一多，简直诗兴泉涌，眼看肚子里的诗就快用完了……

他已经是一只"老喇岩"[1]。过去费心把书包拜托土地堂的罗师爷，担心受怕，孤胆虚悬；现在根本就算不得一回事，随便地跟屋里墙上十几口混账杂牌包挂在一起，或者床脚背后一扔。大人这类人的毛病是管大不管小。你顺着他，在他老习惯、老看法底下搞名堂，他一个屁也不会闻到。

哪！就讲一讲那个冉裁缝吧！

不认得不要紧，冇听过不要紧。他本来就不太想让人家认得他。他不过是个手艺好的裁缝师傅，会"调"皮袍子，针口有一二十种变化，布扣子也弄得出五六种花样，呢绒绸缎，袍袄裤裙，样样精熟，功夫最是快当牢靠。

已经六十多的人，没有人晓得一个胡髭修剪得不错的人为哪样做起裁缝来的。人清爽稳重，所以城里城外的人到秋天都喜欢接他到屋里来，给全家男女老少做些冬天穿着。

卸下一扇门板，拭抹干净之后，笑眯眯地端正了坐椅，口袋里摊开用熟的针包、粉包、蜂蜡、画粉、方尺、布尺、剪刀、角刀、抵针……

妇女给他泡茶，跟他商议有多少衣物要做。他用一管细细带有小铜墨盒的毛笔小心写在小纸卷上，然后全家大小轮流一个个走近来度量尺寸，讲明因为这个那个原因哪个部位要特别加宽加长，他都记下了。

按常理是先做小伢崽、妹崽的，像以后办哪样事情搞热身运动

1　老螃蟹，北方称"老油子"。

一样。

　　冉裁缝没有家室，一个人住在道门口、警察局隔壁阁楼顶上。平时也到曹津三烧腊铺小短桌子上切二两猪头肉喝一杯苞谷烧酒。他不好奇，也少主张；没人听他渲染过见解，也没人见他侧着耳朵打听新闻。他体质好，起坐从容，街上只有见过他的人却没有跟他来往过的人。他是再平常也没有的男裁缝，就像黑格尔说过的："最典型的土拨鼠也不过只是一只土拨鼠。"

　　他非常晓得自己这一点点身份。他本分之极。

　　有人会想，一个人靠秋冬两季帮人缝几件衣服怎么混得上一年的饭口？何况他还喜欢上曹津山喝两杯？有祖业田地吗？要真有就用不着当裁缝了。

　　他应该破衣烂衫，应该面黄肌瘦形容枯槁。都没有。他婉约之至。

　　有文化吗？看样子不多。他行动得让你看了舒服，甚至平常得让你自绝了好奇之心。

　　有一天，他死了！

　　不死在街上而死在警察局隔壁三楼阁楼上自己床上。直直地、规规矩矩地躺着。可惜，死了好几天，臭了。不臭，人家怎么晓得他死？简直像当年齐桓公的下场一样。幸好善堂的人做好事，弄来副白木匣子给装了埋了。

　　收拾廊场的人发现床底下有口大漆牛皮箱子，里头装满了金银珠宝玉器，都是朱雀城几十年来大户人家失落的东西；又在房后左首边发现一个锁着的门，打开门，就是隔壁警察局的阁楼。那地方根本没人上来过，堆满了一箱箱绫罗绸缎、凤冠霞帔、朝服蟒袍、高级绣品和一些值钱的大理石屏风、挂屏、紫檀木、鸡翅木、黄花

已经六十多的人，没有人晓得一个胡髭

修剪得不错的人为哪样做起裁缝来的。

冉裁缝

梨大大小小摆设和桌椅板凳家具。警察的地盘变成他窝藏赃物的仓库。

哪！就是这么一个人，一回事。最能吹牛皮的人也吹不出这么大的规模。怎么搬上警察局阁楼？怎么出手换钱？这就只有他自己一个明白了。

挑警察局阁楼做仓库，不晓得《孙子兵法》有没有讲过。

这跟序子的天分有点接近。所以顺便提一提冉裁缝这个人。序子有天居然把书包挂在爸爸靠椅背后，只隔着一层六角形的藤皮眼眼。想到爸爸的背胛贴着逃学的书包，像警察局的局长一样，好不可怜。

朱雀城好像最体贴逃学的伢崽，处处不让他们走上绝路，总是想方设法在他们逃学期间不显得无聊，赋闲。

庵堂里头、庙里头、道观里头、祠堂里头的尼姑、和尚、道士和零碎管事的也是耐不住空着脑壳的。春夏秋冬四个节气也都想搞些闹热名堂，做水陆道场，安排戏班子唱戏，"傩师牵街"（傩师的一种毕业仪式，一百把人，穿着黄黄绿绿的漂亮袍子，大锣大鼓外加牛角号，鞭炮和雷公炮仗齐轰，朱雀叫这阵候作"游四门"。最老资格的老傩师在最后压阵，像个牛津大学的院长举行毕业典礼的派头。一个满身胀鼓鼓包红帕子头巾的大力士为他掌万民伞，摇着摆着，香烟缭绕，自己仿佛在云端里的意思。他右手捏着"柳金刚"，左手抓住喤喤响的"师刀"，这两样东西讲出来就算齐了，用不着全懂。我也不懂）。

戏班子唱戏有好多种。

有一次在砍脑壳的赤塘坪扎大戏台唱辰河戏，上万人看。三天。

每天吃完中饭唱到半夜，晚间点燃了"铁灯笼"。用生铁片焊成大灯笼框子，里头塞满饱和松香树脂的松根，燃起来浓烟上冒，直插夜空，而四周光明如画。一个打赤膊、脑壳包红布的人掌鼓，台底下摆一口棺材。"目连戏"连台，唱到"叉刘氏四娘"，刘氏四娘是副金脸，两鬓挂满纸钱，一路翻着筋斗出来；夜叉追在后头放钢叉，幸好刘氏四娘筋斗翻得快，一根接一根扎进地板上摇晃。台底下那口棺材就是为了万一失手给那位"刘氏四娘"预备的。后果让朱雀人觉得胆寒，让广东人觉得"肉紧"。

唢呐一路伴着辰河唱腔，凄婉、缠绵、哀怨，间歇中的大锣、大鼓，把广场所有的看客都卷进这场真正的艺术地狱漩涡里……

朱雀城有位可以算为比较接近、稍微有点伟大的、留下和原来业绩毫无关系的重要贡献的、可爱的人物。（请原谅包涵这行啰唆的话。）这人姓田，是位将军。将军分内他做足了无愧于一位将军应做的事业之外，像尧舜让贤一模一样，把位置和权力爽朗地移交给他的部下，即现在山上住着的那位被称作"玉公"的"老师长"。（那时还不算老，也不是师长，也不称玉公。）

那他干什么呢？

他玩去了！

他以前在日本念书时候玩过，在上海南京玩过，在汉口长沙也玩过。眼前他就在朱雀。

在外头带回一位漂亮女人，是个唱戏的，还懂得音韵。他就跟这位女人玩"戏"。他填词，她编唱腔，养了一个戏班子，她定板眼、锣鼓，教场面。久而久之成为一个剧种，叫作"阳戏"。

这怎样行？放下要紧事不做，随便交给部下，自己玩戏去了，哪里有这种规矩？他的领导呢？也不管一管？

不碍事的！他自己就是领导。他自我退休，他斤两十足地说一不二；不高声宣布下岗而实际又躲在帘子后头抓住不放，不晓得他认不认得英国的培根，培根在《论幸运》一文说过："人是自身幸福的设计者。"这位风流的田先生就在为自己设计自己。

不单退休，连架子也退了。见谁都微微笑，翘翘胡子朝两边一扇一扇。穿一身褪色掉线的粗呢子制服。

那戏班子有两个旦角，一个艺名"赛兰芳"，一个艺名"油菜花"，全是男的。一个脸长，一个脸短，都长胡子。上戏之前才刮干净，唱戏的时候还要长，一出戏若是演两个钟头还要刮一次。

两个人样子都不错，只是嗓子有点"男"。怎么办呢？一起嗓"女"不出来，要像飞机起跑，先用男声在滑道上加速跑一阵，于是，飞起来了。

观众惯了，晓得他们的难处，久而久之，绕过飞机的起跑听后头的女声真家伙，还是好。

演丑的名叫"岩匠"，实在演得自在。演丑最怕轻佻；他不，他丝丝扣着主题而腾云驾雾；甚至兴之所至越题发挥，但不逾矩。脸面和手脚都贴着戏走。"阳戏"的台矮，是约戏的大户人家在院坝临时搭的。间歇空当中他会蹲下来一边动作，一边向观众熟人要根烟抽。

正生是住道门口的"张聋子"。他"汉戏""阳戏"都来得，嗓子像远远的幽谷流泉，像大山上放牛人吹的笛子。又长又细的丹凤眼（朱雀城好多男人都丹凤眼），平常过日子，背后熟人都尊敬他举止分寸好，可惜不在大地方，要在北平、汉口、上海，要是唱的是京戏，出名的谭叫天、余叔岩那帮队伍里头少不了还该有个张聋子。

"阳戏"打从娘胎出来就是快乐种子。

像太阳绿草之间一群奔跑的山羊崽；小溪流上漂浮一片片快乐的油桐花；苗妹崽们穿花衣、背"夏"匆匆忙忙过桥去赶场；大肥猪被按在长板凳上一边大笑，一边挨刀；一层雾、一层微雨的群山；岩鹰在天上打团团；竹林里"颇！颇！"冒土的笋；辣子酸菜豆腐汤；夯土墙窗子里头那对等人的眼睛；河岸边摇摆脑壳的青草；还有三月里带花香的风……

这即谓之"阳戏"。

胡琴和"大筒"[1]就是爱情的声音。团、缭绕在情人之间，让你灵魂出窍如中蛊；然后笛子、班鼓和"荡荡锣"再把你俩"醒"回来。唉，不只俩，还有四围的观众……在台上，连伤心的眼泪都是甜的。

这缠绵、这轻快、这难舍难分的音调，班子里所有原始的简陋的局限，都变成亲娘的怀温。儿不嫌母丑；艺术里头就有好多局限性久而久之成为风格的，给世界留下不尽的纯真快乐。

序子逃学有时候孤苦伶仃，有时候没趣，有时候烦，有时候累，就是这个样子的有一天下午，序子进后门弄子打算悄悄溜到楼上睡一觉，再"放学回家"。想不到走到一半远远看到婆往后门口走来，连忙转身装成跛子一拐一拐就跑。

1　低音弦琴。

赛兰芳 和油菜花

两个人样子都不错，只是嗓子有点『男』。怎么办呢？一起嗓『女』不出来，要像飞机起跑，先用男声在滑道上加速跑一阵，于是，飞起来了。

婆跟在后头叫狗狗也不理。

吃晚饭的时候婆就说："讲好笑也真好笑，到底人是老了。三点多钟时我往后门口看看有没有过路的青菜，远远看到个跛子，明明是个跛子，我还认他是狗狗，追着去喊……"

爸说："不要讲你老人家，这种事我们年轻人也时常碰到，有时候街上拍错人肩膀很不好意思。"

妈说："我们学堂还不是天天遇到这好笑的事！拿到三年级名册到四年级去点名……"

序子放下饭碗大笑，"婆呀婆！几时我再跛给你看。"

三王庙唱戏，序子有去处了。

有人常常讲三王庙的三王菩萨最灵，两人发气赌咒上三王庙，扯谎的人就胆寒。

三王的"古"，近的扯到清朝嘉庆，远的可扯到宋朝。三王是三兄弟，大哥白脸，二哥红脸，三弟黑脸。进大殿之前坎子旁边有三间笼子，三匹马，三个马夫，真人真马那么大，有点吓人。

大凡吓人的东西都"灵"。

三王庙隔这么一年把都要唱几天戏，是庙里的热心绅士们举办的，白看不要钱。

序子有好多长辈最留心哪个哪个伢崽逃学调皮的行动，让他们发现了就好像路上捡到钱那么开心。这是一。还有堂哥、表哥这类东西，见到逃学伢崽总也会饿狗抢屎一样跑去报信。

他们有什么好贪图的？没有。只是一种折磨人的历史习惯。他们小时候也让人报过，一报还一报。几十年后，这办法性质上有了一些变化，公开提倡这个东西了。屁大的事也要去报一报。你报我，我报你，报来报去，搅成一种叫作"生动活泼局面"。局面一生动，人就不大好受了。

序子到三王庙看戏，他晓得很可能会碰见熟人。他不进墙，只在墙外后山树底下看，远是远了点，其实也不怎么远，动作唱腔都清楚明白，尤其好的是树荫遮盖，还有凉风习习。

这演的是汉戏。汉戏是一种正正当当的老祖宗戏，戏文故事绝对靠得住，戏看多了，歪着嘴巴讲历史，跟先生课堂讲的就好像人照镜子，里外出入不大。

序子早就晓得其中的"本事"，他兴趣的落脚点是张聋子前回唱的伍子胥和今天吕侠卿唱的伍子胥各人的妙处何在。这状况有空跟田景友、陈开远、陈文章几个人见面的时候，是很有些讲头的。

逃学看戏比平常日子看戏加添了另一种趣味，中间的区别就好像买来的李子没有偷来的李子甜的意思一样。

看戏和看戏也不一样。

文星街有一回演"木脑壳戏"。街上搭架子，周围圈了索子和布帐，木脑壳角色有半个多人高，两只手掌底下接两根木棍子，人抓住左右上下活动。人另一只手伸到木脑壳伢伢脑壳把手处，借以活动木脑壳伢伢全身。这仅仅说了木脑壳戏的大略。最要紧最辛苦的是舞木脑壳伢伢的人，他永远高举双手，仰着喉咙配合剧情唱戏。所以每个木脑壳戏的演员都是沙喉咙，好像让人感觉到木脑壳戏的特点都应该是沙喉咙，不沙喉咙就不是木脑壳戏。

木脑壳戏贴着街演，最是亲近引人。

每个角色的所谓"下场"的间歇过程，就被挂在左右横档架子上头。人物出场架子上举起就演，十分方便可爱。

内容也属正戏，因为角色是木头做的，表演起来更是超越时空地方便，让看戏的大家提前几十年得到电影效果的快乐。

街道局面小，序子的警惕性必然加强，总找个墙角冀阴影来掩护自己。说来也是巧，序子在小小的文星街看木脑壳戏，人来人往，连自己的亲骨肉和姑表、舅表兄弟半回也没有碰到。

晚上回到家里，所谓殊途同归的意思，难免都带回一些戏里的感动，就商量好在家里堂屋演一盘戏。

隔壁刘家祖喜，租楼上房住的李旅长李可达的崽李必恭，连子厚、子光，都约好了。什么戏呢？《文昭关》不行，光是唱，没有"演"头。《长坂坡》《三英战吕布》可以，讲好了，到时候都来。唱戏的行头，有哪样带哪样。现成的木刀木枪当然好，没有的拿普通棍棍代替也行。

胡子。胡子用粽甲叶撕成细条，绑在铁丝弯成的架子上即可，一切都没有困难了，只差演员的培训了。

其实演员是不存在什么培训的，大家跟着故事走，各人爱怎么唱就怎么唱，懂得上场下场就行。

其中最大的障碍就是子光。

子光才三岁，脾气十分之蛮加恶，动不动就号啕大哭。他身体好，又肥又壮，哭起来声震屋瓦不外乎是要引起大人注意。不问青红皂白，大人过来首先止住他的哭，接着就是宣讲子光之哭干扰他们大人正常工作的危害性和后果的严重性。怎么办？为了艺术忍辱偷生吧！大人愤愤走了，留下这个子光厌物在我们当中。

子光这人是个奇物。一年四季春夏秋冬从不害病，能吃能睡，不是像大家一样该睡的时候才睡，而是不论时候想睡就睡。吃早饭，吃晚饭，手里捧着碗，口里还有饭就睡着了。夏天时候，那个胖脸又红又鼓甚至胀得有点裂纹，趴在饭桌上，真是好笑。有一次，公鸡在他的开裆裤中间发现了什么给来了一下，吓得他大哭。

堂屋到院子有个木头门槛，他要过去。正在挣扎攀爬的时候，四婶娘看到过去提了他一把，他大声号啕，号啕什么？有哪样好号啕的？他大声地哭喊："要自己来，要自己来！"

他觉得四婶娘干扰了他的兴致，好像你帮他打球，帮他跳远一样。

他什么都不懂，只是喜欢跟大家在一起的热闹。可惜他夹在一起害事，阻碍剧情的发展。

这一天到来了，兴致都很高，各人都占据了恰当的位置，准备开锣。子光说："我呢？"

于是序子给了他一块半长不短的木头片，对他说："你当皇帝，管我们的，好不好？——你坐在皇帝宝座上——"

于是抱起子光放上小饭桌，再搬来一张小板凳让他坐着。这一坐，子光一动也不能动了。

开始，子光还觉得好，又是皇帝，又管底下这么多人。慢慢地发现这一帮人又唱又跳地好玩，自己却被卡在桌子上，下又下不来，想笑又没个根据（用现代政治术语来讲就是被人阴谋架空），不干了！要下来。

不能让子光下来的，好不容易弄成的浓郁局面，一下来，整场戏就散了。

还是要下来。下来之后拿着块小板子跟这个打，跟那个打，根

阿斗一个人在堂屋大哭大叫

大家跑得一干二净，剩下这个又肥又蛮的没人要的阿斗一个人拿着小板子在堂屋里大哭大叫。

本没有个章法。他只觉得这么打下去好玩，而不是整出戏好玩。《长坂坡》没有了，赵子龙也没有了，唉！大家跑得一干二净，剩下这个又肥又蛮的没人要的阿斗一个人拿着小板子在堂屋里大哭大叫。

说他是阿斗，一点也不像。

只是高高兴兴地演了一盘《长坂坡》，后来扫兴地散了。散了，就只剩下他一个人坐在地上号叫。让他一个人坐在地上，哭就哭吧！做你的阿斗去吧……

其实赵云还是把他绑在胸脯前带着一路砍杀逃走的。很安全地保护了这个活宝。

子光以为他自己很权威，一哭大家就怕（世上多的是这种极为讨厌的恶霸）。其实是大家喜欢他。他有一种别人没有或是想有而办不到的犟脾气；加上胖，加上小，变成一个大家舍不得的、可爱的厌乌客。

（就像古书上和老人家们嘴巴里屙出的那句名言："三岁看大，七岁看老。"子光现在八十岁了，只要你耐烦等，只要我能再活三五年把这个小说写完，你就有机会看到他按照三岁的老脾气如何之活到气象恢宏的今天八十岁的故事。）

眼前，他根本没有任何本事跟序子所有来往的人平起平坐。体质、学识哪一点都挂不上边，只会耽误和拖累人家。唉！唉！一哭起来，房上的瓦都要打落几块……唉……唉！要是药铺里有一种"乖药"卖就好。吃下去，脾气就不那么暴，改恶从善了，不那么麻烦了；再贵也买，偷钱也买来喂他。

世人不晓得做哥哥的难。要拿好话哄子光这类弟弟，要背子光这类重得像道门口石狮子那么重的弟弟；一边背一边听他胡说八道的要求。明明做不到的要求达不到的时候，背上的石狮子就会变成天上的雷公菩萨，一边响雷，一边下雨[1]。这时候子光会冷静地通知序子："我屙尿了！"

子厚和子光不一样。

他生下来就温和、文雅，说话非常之少，长大一点的时候也没有很多议论，随和之至。一个人在院坝里玩，大人叫他做哪样就做哪样，跟子光之间也没有过不去的地方。要帮忙出力气轮不到他。

序子叫他的机会最多。

序子有一天就告诉他："不要告诉别个！跟我到家婆得胜营去！不要怕，好走玩得很。"

"喔！"子厚答应。

序子逃学逃到无聊之至才想到这个主意。

家婆的得胜营序子自问十分熟悉，不料却走反了。

走反了而不自知，这就是悲剧。

原本应该过跳岩之后沿河往下游走，齐良桥、千拱坪、清水塘、木里那头的；两个人硬是糊里糊涂往上，樱桃坳、廖家桥那头。坏了，越走越高，眼前像是有几座大山横在前头的意思。

序子感觉到哪个地方有点不对头了——他是大哥，大哥有大哥的派头，遇到事情不能慌张。路上碰到年纪大的赶路人："咦？你们两个伢崽家到哪里去？"

1　医书上说"精神忿罷，五内涣扰之际，则大小二便失禁焉"。

"到家婆屋里去！"

"喔！"

人人有家婆，不奇怪。要是序子回一句"到得胜营去！"就好了。那人就会笑他们走了冤枉路，他们就可以打转身往回走。

来不及了。世上各人有各人的专门家婆，上家婆屋里的路怎么会有两条呢？

序子有点慌，在子厚面前又怕失面子，就没话找话讲："你走路怎么一高一低？"

"我鞋底破了。"

"先前做哪样不穿双好的？"

"原来是好的。不想到走那么远。"

"不要紧，你慢慢踮着走，到前头就好了。"

"你怎么晓得前头会好？"

"我来过好多回，你又不是不晓得！"话是这么讲，心里有点虚，"那，那我们今天不去家婆屋里吧！"

序子脱下一只鞋让子厚套着穿，袜子塞在衣服口袋里。子厚见序子光一只脚走路好笑，序子说："好笑的才笑；一个人不要动不动就笑。"

下午四点多钟才拐到跳岩边，洗了脚，序子穿回了鞋子。进北门城门洞，买了四个蒿菜粑粑，各人两个吃了。序子关照子厚先进门：

"问你鞋子怎么烂了，你讲你踩了烂茄子（布质、麻质的东西碰到烂茄子，不消一根香时间就烂融了）。你讲跟哪个到小校场走玩，捡子弹壳……"

"我没有子弹壳！"

上家婆屋里的路怎么会有两条呢？

来不及了。世上各人有各人的专门家婆，

"哎！你个死卵，别个捡到，你冇捡到嘛！"

进了屋，爹妈两个人都做客去了。这就好了。子光迎上来。子光这个人，你讲哪样他听哪样，就喜欢外头的事情。要讲得简单，鸡呀！狗呀！猫儿呀！鸭子呀！深了听不懂。给他讲古信口来，最是容易。

当天晚上子厚病了，发烧，妈一夜守着他。吃了退烧药，早上好了。妈问他昨天的事。他讲序子带他上家婆屋去。妈不信，摸摸他脑门看还发不发烧，烧退了，就喊序子过来。

"你逃学啦？"

"嗯。"

"做哪样逃学？"

"我想家婆！"

"做哪样想？"

"就是想。我就带子厚一起去看家婆，这么远，这么远，半路上就转来了。"

"你不想想，四十五里，你们走得到吗？碰到拐子，把你们卖了！等你爸起来，我要讲给他听听——"

爸爸听了大笑，"哈哈！张序子逃学还带个弟弟！世界少有！你们走到哪里才转来的？"

子厚说："好远好远，一只鞋底都走破了。"

"晓得地方吗？"爸问。

"看样子哥哥不太晓得。"子厚说，"越走山越高。"

"不可能！序子走过好多回。"爸说。

"是越走越高。"子厚说。

"不是顺着水走吗，序子？"爸问。

序子恍然大悟："水往下流，我们往上走。"

"哈！幸好打转身了，要不然到你龙飞满满的总兵营去了。那是七十多里……讲冇定在山上碰到豹子老虎跟你们打老庚。"爸说。

序子很沉着，也觉得自己好笑。于是只好又回到逃学的原始状态，在城里城外转来转去。

对门河喜鹊坡山顶上有个放哨的红砂岩砌的堡子，叫作"红堡子"，往上再走两三里又一个堡子叫"白堡子"，那是用花岗岩做的。有事的时候派兵拿枪拿炮把守，没事就空着。也不全空；听人讲，男伢崽和妹崽家长大了，会越长越不好意思，就瞒着屋里的大人，约到里头去躲起来不想见人。

喜鹊坡一带有好多苗妹崽给骑兵旅放马。放马的妹崽有的是文星街的，序子认得，叫作老咪。序子上坡玩的时候也打过招呼。生苗妹崽见到序子以为是痞子，文星街的老咪就帮忙说序子是好人。

这群苗妹崽有七八个，不讲汉话。和序子熟了就问东问西，让文星街的老咪翻译。序子买李子送她们吃，不要！送文星街那个妹崽，一下子大家都来抢。

一人管三四匹马，到晚上，各人赶马回家。她们都会骑毛马[1]，平常不骑，各人坐在树底下说话绣花。她们头发黑，牙齿又齐又白，很会笑。

序子没想过跟她们走玩，只是在坡上自己想事，摘点树上和地

1　没鞍光背马。

听人讲，男伢崽和妹崽家长大了，会越长越不好意思，就瞒着屋里的大人，约到里头去躲起来不想见人。

红堡子白堡子

上能吃的东西吃吃，有一次刚走到红堡子门口，里头大吼一声："鬼崽崽，滚！"

口气不像是不好意思躲起来不想见人的人。他不晓得张序子这时候也是个不好意思见人的人。

红堡子、白堡子坡上有草药，哪家有事就上这里来采。侠客书上也都讲过的。

喜鹊坡上有两棵"鸡枞子[1]"，是种大树，秋深的时候结一种曲曲弯弯、甜得让人不能相信的浆果；花脸的动物"帕猸"最喜欢吃它。果子熟的时候，老远闻得到它的香味，现在还不到时候，正发着青郁郁的芽高高地摇着摆着。

这种树枝干粗，光光溜溜；你不要以为它很筋实。它一点也不筋实，经不起一个伢崽的体重，它脆，动不动就断，所以摘果实的时候要带一根竹叉子，爬到半中腰的时候拿竹叉子帮忙。

唉！讲来讲去都是因为逃学的无聊。一个人坐在草坡上看城郭，看城里那些瓦顶，瓦顶和瓦顶中间的乱七八糟的红树绿树。爷爷问过，读没读过《芜城赋》？找来读了，想法看法都有点意思，要是换成自己来写，就不会往这方面想。哪来这么多凄凉？哪来这么多伤心，所有好东西都烂、都毁在面前。要是胃先生不去卖烟叶，文章里头好多不懂的句子、认不得的字就用不着去问爸爸了。

"当昔全盛之时，车挂辀，人驾肩，廛闬扑地，歌吹沸天，孳货盐田，铲利铜山……观基扃之固护，将万祀而一君……泽葵依井，荒葛罥涂……饥鹰厉吻，寒鸱吓雏……"

1 拐枣。

爸爸不高兴了，"哪个混蛋先生让你们伢崽家读这种倒霉文章？好文章多的是嘛！对儿童精神影响不好，读了很不光明！"

序子心里开心，阴着肚子笑，听爸爸骂爷爷，于是又抛出后头几句——"莫不埋魂幽石，委骨穷尘。岂忆同辇之愉乐、离宫之苦辛哉……"让他生气。

"哪！哪！这哪里是儿童应该知道的事？浅薄！我要找他谈谈！"

"是爷爷前回在文庙问我读冇读过《芜城赋》，我自己找来读的，不是先生教的。"

序子看爸爸如何把意思转回来——

"喔！喔！他跟你讲《芜城赋》的意思了吗？"爸爸问。

"没有。他只问我读冇读过《芜城赋》，我讲我冇读过，他也冇接下去问……"序子老老实实地回答。

"嗯！那就是他老人家有他老人家的意思了……你当时要是问明白一下就好。"爸爸说。

序子坐在草坡上也是即景生情想到这些事情。脚底下的朱雀城其实跟《芜城赋》写的广陵故城一点关系都没有。那么蓝沉沉的一片城让条玉带子的河围着。世界上城跟城的命都不一样。就会这样一千年一千年过下去的……有的在，有的回归成荒草一摊。人到那时候哪个皇帝爷都管不到了，剩下以后的一些考古家在泥巴丛草里拣出一两口碗底和瓶口圈圈当作宝贝带回研究所去。

序子下坡沿老营哨过大桥进东门走正街，过了城隍庙，过了十字街，快到道门口之前，在"文明书店"看到玻璃橱窗高头有一本书，封面上印着一个光头和尚一样的人咧开嘴巴大笑。其实不是和尚，和尚笑不出这种派头；不过他的确穿着和尚大领袍子。这本书的名字叫作《我和嫂嫂》。

书不厚，只有国语书一半尺寸。卖八角钱，笑成那副样子实在好玩，付了钱，书正拿到手上，没想到爸爸来到背后。

"你怎么在这里？"

"李承恩先生妈死了！放我们学。"

"你学堂两个先生怎么光死妈？——你买的哪样书？我看看。"

序子开心地把这本书举得高高的，让爸爸看。

爸爸一把抢过去问书店老板："你们怎么卖这类流氓书给伢崽家？要犯法的！"

"他自己喜欢，一定要买。"老板说。

书店老板认得爸爸，把钱急忙退了。

序子莫名其妙，不晓得爸爸如此生气是何缘故。

爸爸实在生气了，"李承恩的妈真的死了？"

"嗯！"

"我们去傅公祠看看！"爸爸说完就直往前走。

序子这下子完了。

序子走在后头。他可以找机会溜掉，让爸爸一个人上傅公祠。

这当然不可以。序子会想："爸爸是好人，回头不见了我，他心里会难过，会一个人走回文星街，会一个人坐在椅子上想，想我的现在，想我以后的长大成人。我和他讲不清楚这件事；不光是我逃学，不光是我咬左唯一那一口，还夹着他们大人自己的事——

"这一下不小心让他逮到了。我皇天后土的搞不清楚的罪责难逃。我逃学不是两天，我逃学逃到已经快放暑假了！简直逃学逃到杀人不见血的程度，爸爸什么也不晓得地笑眯眯地一天一百钱让我上学。要是他真晓得我逃了那么久的学而恍然大悟之后说不定会吓死。我可怜爸爸一晃一晃往傅公祠迈步的背影，比朱自清写他宝贝父亲的背影还背影……"

序子跟他爸爸好像朝山敬香的善男信女一步一步往难字上爬，一直爬了六七坎石坎子，一阵阵读书声音传进耳朵。

爸爸站在坎子上回头用神地望着序子，"还进不进去？"

序子认真地摇了摇头。

爸爸说："好！我们回家。"

"我真想不到，你怎么会逃学呢？"

爸爸坐在走廊那张老躺椅上，拍着膝盖头笑，"你扯谎怎么老扯一种谎？左唯一死了妈，李承恩也死妈……扯谎不换口味，人家怎么相信？咦？'左唯一死妈'到现在两个多月了吧？你两个多月没上学了！这了不起！你怎么搞的？"

"我不会再上傅公祠了！一定的。不上了。"序子说。

"不上总有个理由，做哪样要扯谎？"

"我不扯谎怎么办？大人又不懂我们的事。"序子说，"你以为我们喜欢逃学？你不懂我们逃学的辛苦！"序子说。

"辛苦还逃？"爸爸说。

"'苛政猛于虎'！"序子说。

爸爸站起来看着序子，"怎么这么讲？我亲耳朵听到傅公祠伢崽家读书读得好好的，做哪样是'苛政'？怕是你做了哪样转不来弯的调皮事了吧？好吧，我看你明天还是上学好。等下我写封信，帮你扯个谎，证明这两个多月你到家婆屋里办事没有上学，明天拿给你们学校那个左唯一就行了。"

序子心里好笑，爸爸把天下事看得一条苔那么简单，把左唯一看得一条苔那么简单，把自己也看得一条苔这么简单。

戴振煌给了左唯一两岩头，序子咬了左唯一一大口，好大的阵候！爸爸一点都不晓得；傅公祠哀鸿遍野，爸爸也是一点都不晓得，只亲耳听到那一片读书声，真以为是天下太平。好笑好笑。堂堂张序子，明天会拿着一封糊里糊涂的信送给左唯一？这才怪咧！这位天真可怜的音乐家，连儿子世界的边角都摸不着。

第二天，爸爸真以为序子拿他的信上学去了。

序子呢？正上着喜鹊坡。

这一盘，他带着书包。一个讲义夹子，一厚沓纸，毛笔和砚台跟墨妥妥当当地放在书包里。

前些时候见苗妹崽绣花的花样实在难看，连左右对称的讲究都不懂。不像是她们妈教的。她们妈搞这些绣花名堂个个凶，摆到赶场的摊子上简直炸人眼睛。这些苗妹崽的手艺实在不行，东西还没有绣好，泥巴、口水粘得到处都是，肮脏死了。（你认真欣赏过吗？）

听人讲，苗妹崽出嫁所有衣服都是自己绣的。十几年时间够她们磨炼的了。看起来这些放马妹崽还没有正式开步走，就像汉族伢崽家这种年龄屙把尿在泥巴里捏泥人泥狗，算不得雕塑手艺。

有情致、见识的成人见到这些拙稚的作品——绣花和泥塑，由不得陷入沉思。在世界上，这类东西像鲜花一样是留在记忆里的。

序子坐在石头上，摊开文房四宝画起花花草草写生来。序子晓得，要是主动去帮她们画鞋样、画围裙、画衣领和袖口，她们会警惕，会害怕，会拒绝，会怀疑你的好意里的别有居心。

不理她们，顾自己画，她们就会慢慢过来，加上同街的"老咪"的说明解释，才明白序子画的和自己手边绣的原来是一个意思，就亲近了。

她们要什么就给她们画什么。

听她们、看她们爱娇的笑。拥在一起又散开来又拥在一起开心。

她们围成一个圈，看一下序子，又看一下画；好像夹一筷子菜又吃一口饭。

序子也觉得一直这么下去到天黑都好。

他从没遇到过这么多妹崽家给他这股好闻的气味，让他心跳。他的脸烧起来了。他抬头看一个脸，像小偷一样又看另一个脸，画几笔忍不住又看另一个脸，他的笔乱起来，拈墨也失了分寸，好浓的一团墨居然滴在一根线上，坏了，画、画、画不下去了。序子口干，站起来要喝水，苗妹崽提来个竹筒让他喝，喝了还不行，像是要发痧……

大家围住看他。

文星街的老咪告诉他，大家讲他长得好……序子耐不得这样讲，就变成一棵树干子。

大家哄他，问他会不会骑马，序子讲会。

又问他，想不想骑一下马。

序子说好。好，又上不去。几个人抬他的脚，抱他的腰。

马不高兴了。马不认得序子，不认得就不让骑，就打圈圈。

老咪尽管拉紧"嚼口"，序子好不容易上了马背，马背胛一弓，后脚腾空一踢，序子摔在地上，左脚板骨脱臼，起不来了。

『不要抱我肚子抱我腰杆，抱紧！我要走了。』

于是让马打个转身，下坡了。

老瞎常序子

苗妹崽们嚷成一团。老咪拉着缰绳轻轻骂她的马。

老咪对序子说：

"冇要紧，我爷爷会医你的脚，我带你去！"拉过马来，一跳就上了马，转身让几个妹崽扶起序子骑在老咪背后，老咪摸摸马脸，对序子讲，"不要抱我肚子抱我腰杆，抱紧！我要走了。"于是让马打个转身，下坡了。

背后那群苗妹崽放声一齐"咦"起来，笑，唱称赞的歌。

过了金家园那条小路，姜家碾子、灵官殿对面这边河滩有一座杉皮壳壳盖的棚，没有墙，一个大"人"字撑到底。老咪骑在马上对棚子大叫。叫什么？序子不懂。

棚子里好深好深的地方先出来一只黄狗，狗后头一个苗老头子。老头子一脸皱纹却是一根胡子不长。

他已经晓得是什么事了，走到马腰身这边背转身来，让序子趴在他背胛上，一直背到近门口的一张床铺上。

老咪讲完几句话，瞟了序子一眼，上马走了。

论苗族人，妹崽家的表情最多。唱呀！蹦呀！家里不大管她们的。所以最是自由，最是美丽好看。

男伢崽总是那么温宁有礼，无论遇到哪个老人，都敛眉谨身，轻声应答。这是一种善良的人际风景，外人总容易忽略错过，没有认真体会欣赏，算是一种可惜。

苗族的老人最具哲学力量。不仅仅话少，行动也沉着缓慢。谁也没有见过嬉皮笑脸的苗族老人。很多老人都拄着拐杖或烟袋棒，你以为他背驼腰酸，气力衰败？错了，那是敲打山里或城里头豺狼棚子里好深好深的地方先出来一只黄狗，狗后头一个苗老头子。老头子一脸皱纹却是一根胡子不长。

虎豹的贴身武器。

跟他对话，你说得快，他说得慢；你说得长，他说得短；你说的是扯淡，他说的是寓言。

你满腹经纶，向他宣摆历史掌故；他随便屙泡小尿就让你洗个热水澡。你书上读过的，是他亲身的经历。

城里的年轻人呀！千万别对苗老头卖弄学问。你的知识是间接从书本上得来的；老头子直接从人生和土地里得来。

你晓不晓得苗族语言的含金量？你懂不懂我的这个问题是什么意思？

说一个故事，用汉语要讲十分钟，用苗语三分钟就够了。（这是诚实的报告，既不浮夸，也不意气用事。）那么，驾驭语言的思想质量呢？它的运转速度呢？既有思想和语言的力量，那么，完整的苗族文化到哪里去了？

多惊人的历史淹没智慧的例子。

英国的那个《世界史纲》作者韦尔斯写过：

> 寒冷、贫困和危险劳累的生活增强了蛮族（指帝国主义列强）的力量和勇气。每个时代他们都压迫文雅的、爱好和平的民族，如中国、印度和波斯。这些民族过去忽视，现在仍然忽视以军事艺术的手段去抵消这些自然的强敌。[1]

韦尔斯书中讲的是历史上国对国的压迫；中国的民族压迫自古

1　［英］韦尔斯著《世界史纲》第三十四章。

就有；被压迫者也曾经运用过韦尔斯所云的"军事艺术手段"。没有用的。没有用之后，于是出现一代又一代不尽的沉静、言语简练的老人。

造金字塔，奴隶们的勤奋绝不是为了艺术，也不是害怕鞭子，只不过想以它抚摩绝望罢了。

老头会讲几句汉话，可能是不习惯，要打手势把他要讲的话抠出来。

"把你的裤脚捋上去。"

老头子用两根手指头托住序子左脚后跟一看，摸都不用摸，捏也不用捏，轻轻放下，对序子说："你坐着等我。"

棚子木橛子上取下把镰刀，一个长腰身小竹篓，门口捡起把小锄头。狗晓得要做什么事，伸起舌子赶紧走在前头，就这么上山走了。

序子这时候才有空端详房子。

这棚子要这么大这么高做哪样？高到比文昌阁小学礼堂还高；又没有墙，没有窗，没有地楼板，顺势在河滩上盖这棚子。也没有门，空荡荡子，豺狗老虎来了怎么办？就这么一只狗崽崽守门（也可能是一只长得像狗崽崽的老狗）。

棚子那头黑魆魆的，有口灶，接着几节瓦烟囱伸到河那头去。几口大小瓦钵子摆在地上。

做哪样把床铺安在门口呢？老虎来，一口就叼走了。唉！唉！唉！

喔！脚头棚上挂着把火枪，火药筒、铁砂袋一应俱全，还有根红缨子梭镖。

低头一看，屁股坐着的破被絮底下有两张野物皮子，认得的是豹子皮；不认得的没有花斑，一身黑，晓得它是什么皮？

这老头子怪！他不晓得这条河年年都要发大水吗？大水一来，跑得再快也来不及。他活了七八十岁，他不会这么蠢。

（住在大城里头的老头子跟小地方，尤其是乡下的老头子不一样。城里的老头子自以为见识多，经历辉煌，平常动不动要表现一点"性格"，发一点脾气。电视、报章杂志上见到有什么健身补药，就要弄来吃吃，自我表示为国家珍惜人才、老骥伏枥志在千里的决心。见解不见得高明，倒是不愁没人听。儿女都阳奉阴违，装着特别爱听他天下第一的教训，捧着、哄着、忍着，任他信口开河地谬论。只为等他午时三刻瞪眼断气之后，分他的金银财宝。

乡下老头不存这种奢望。他身后所可能留下的好处，一眼就看得穿。他没有什么忧国忧民的议论需要表达发挥，更谈不上一天两餐饭吃饱之后还要吃补药与党国关系进行微妙连接。儿女子孙关心体贴他是应该的；帮他在河滩搭个棚子让他开心也是大家心甘情愿的活动。

到时候雨季来临，拆棚子上山也是大家的事。

老人的欲求想法不越轨，儿孙们的能力和兴趣配合得也恰到好处。几十年默契已成习惯。瞧他们这个世界多好！）

差不多三炷香的光景，老头背着一些草药回来了。那只狗走到序子身边，伸着舌头两只眼睛微微笑着，好像告诉序子，我们帮你采草药去了。老头把草药放在门口，进棚后头洗手，出来的时候，提着个小篮子，里头放着不少东西。

搬来张小板凳坐在序子跟前，"我要帮你医脚，你有要怕。"

"我才不怕咧！"序子卷起左脚裤腿。

老头从篮子取出个药酒罐罐，倒了一点在嘴巴里，喷在序子脚上，两只手轻轻上下抚摩，还吹气，又倒了一点酒在手掌上，两只手拭弄着，又在序子脚上抚摩。那么轻，那么慢，像是在哄伢崽睡觉，唱安眠歌，弄得序子这时候迷迷糊糊正想睡觉的时候，雷电一闪，老头把脱臼的脚拐掌扭回去了。序子叫疼已经来不及，脚这时候真的疼起来。

　　"我再揉几盘，就不痛了，就肿了。肿不怕，我有药，巴上去，慢慢就好了。"

　　老头子在棚子外一块石头上捶草药，序子认得出一种叫三七，一种是栀子花的果果，可以画画的黄颜料，别的就认冇到了。捶完之后打了两个鸡蛋，取出蛋黄不用，和在草浆里头，又加了半碗石膏粉（原先以为是石灰粉，后来晓得不对；是石膏粉）。撕了好宽两长块烂布片，天晓得是哪里来的，在城里包扎伤疼是用不得的，不卫生，不清洁。老头子说用就用，顾不得那一套。把调好的糯糊摊抹在布上，在序子脚上包起来，又拿另一些天晓得的布条条左捆右捆，序子就俨然像个火线上下来的伤兵了。

　　老头子做完事情就去河边洗手，好像刚才那些事情不是他做的；好像一个扒手偷了别个人的东西装作没偷东西的好人那副老实样子。洗完那双大手之后进棚子里头取出大约一斤重煮熟的大红苕交给序子，打手势要他吃。序子想，大概这算顿晚饭了！

　　狗远远闻闻那坨捏在序子手上的凉苕，舐了舐嘴唇。序子看了看狗，晓得马上喂不得狗，吃到差不多再喂一小块是可以的……狗不一定在等吃苕，狗是在棚子口守卫。

　　老头子在里头喝茶，喝完茶又抽烟。里头有座火炉膛，火一燃就看得见老头子红红的脸，火不燃就只听见老头子嘴巴跟烟袋锅"打啵""吧吧"地响着。

远远的北门城墙开始罩雾，城楼子上有号兵校号，老鸦群在天上打圈圈，明天天气有多好，它们飞得有多高。太阳快落到八角楼了……

"爷爷！你困哪浪？"序子有点过意不去。

"我这里有块门板。近火炉膛，抽烟方便。你脑壳边有水缸，有碗，口干喝水。屙尿出门走远点，脚底下有根棍棍，好撑着走……"老头话说到这里，城里放了定更炮。

苗族老头很少问东问西，不好奇，不艳羡外头世界和外头东西。来了个脚拐脱臼的伢崽，医好他，哪天好，哪天自己会走。

他怎么没想到他孙女带来的是个强盗骗子呢？他一点都不防，讲哪样信哪样，拿住脚就医，眼睛都不认真看一看？也或者是，他老早就看过一眼了。苗老头看人只要"打火闪"的一眼，用不着像汉族老头要看你五秒七点七（约数）；他一睐就看出你是不是个痞子货，于是乎他就放心了。

他放心，他的狗不放心；序子就从来没见过有这么存心恶劣的狗。你不要以为它那副黄不黄、白不白、干不干、湿不湿的样子是只卵狗；序子走到哪里它跟到哪里，用那副小眼睛斜着序子。纵然序子转过身去，它那副小眼睛也没放松。

若果你以为它是只小可怜，想依靠你，得点温暖体贴，像普通家常狗一样你就错了。它长得虽然猥琐，却像个身怀绝技的便衣人员装得没事一样在你周围转来转去。

它就伏卧在序子床边。

你不要以为它那副黄不黄、白不白、干不干、湿不湿的样子是只卵狗；序子走到哪里它跟到哪里，用那副小眼睛斜着序子。

序子和那只狗

序子一拐一拐去屙尿，它跟着；序子回来取了张小板凳坐在大棚子口，它也跟在旁边坐着。

序子吃了那块板栗大红苕满肚子有气，就狠狠地来了一下；吓了狗一跳，它轻轻"恶"了一声，表示反感。

它根本就不想把序子当朋友。

今晚上没来月亮，满天星；天底下像一口装满星子的大锅子扣着。天那么蓝，那么亮，自己觉得像蚂蚁那么小。

大桥和吊脚楼的灯都亮了，城里也亮了。序子坐得矮，好像眼前那些水，那些鹅卵石都贴着脸、贴着鼻子越走越近。要是在平常日子，这光景人一辈子也不容易遇得到，算是一种缘分吧！让你有机会领会古诗里都少有的感觉。诗里没有的，这里有；这里没有的，诗里有；乘去除来，互相勾引，人就活得比较有意思一点了，不那么凡事都傻傻地一个人戳在地面上。一个人不会作诗不要紧，要时常想到诗……

序子一个人正在孤芳自赏、领会诗意的时候，文星街古椿书屋却是闹翻了天，动员所有的亲戚六眷去找寻那位至今没有回家的宝贝伢崽序子。用几十年以后流行话来说：那阵势真是"确实把群众发动起来了"！

事情一急，冷静思考的可能性就少一点，好多幼稚浅薄的举动就做得出来，居然有人用短竹竿在浅尿盆里拨了几下。门背后、灶眼里都瞟了几眼。这都怪不得的，纯属好心好意。

人能想得到的地方都走过了，光是火把松明都烧了五十多根。大桥头、沙湾、南华山、八角楼、观景山，包括老师岩上那块床铺大的小宫殿都踏查过了，得胜营家婆那边也得了信，来回四十五里走过好几遍。

到实验小学问过左唯一。左唯一说："笑话！你们找他；我还找他咧！"举起还捆着纱布的手，"三个多月，快一个学期了，你告诉张幼麟，他那个宝贝儿子不是人，是毒蛇猛兽！"

奇怪就奇怪在这里，柳惠和幼麟好像没有大家着急。热心的人几几乎都有点失望。柳惠就说："论我这个儿子，一不会跳河自杀，二不会悬梁自尽，三拐子佬哄不走他，四我们张家没有仇人……"

幼麟接到讲："昨天我还在正街上见他买书，和他一齐到傅公祠门口准备上坎子，还写了封信要他转交给左唯一，转交给左唯一，我怎么糊涂到要写信给左唯一还要他转交？他怎么可能回傅公祠呢？当然他不会回傅公祠，当然也不会转屋里，那么他到哪里去了呢？能到哪里去呢？荷包里有钱，肚子里空荡荡，到处走而能肚子不饿；别的不怕，就怕他去找玉公。玉公和他前几年有个约的，玉公要他有空上西门坡摆龙门阵，要是想得起来他就会去。去了，这事情就闹翻天了。嗯，小时候不懂事胆大；长大点点，未必敢去。应该是不会去；何况背了个逃学包袱。不会去。这方面没有哪样好想的；不想了。不想，往哪里想呢？

"有没有可能上木里？要是上木里见到他那个王伯豹子娘，那一切就完了，就没有救了！就没有我这个崽了！几十年长大之后就是另一种风神面目了！万一到了木里找不到王伯，一个人流落异乡，在人家屋檐底下困觉，讨几口锅巴现饭吃，落雨晒太阳，狗追蚊子咬……也好，这么子历练历练也还是可以的……

"哎呀！不好！

"上芷江找爷爷。

"怎么先前冇想到他会上芷江？

"你上芷江做哪样？这么远，小小八九岁伢崽家，一路上这么多凶险，流氓拐匪你经得住吗？脑壳拍了花，迷药一吃，以后卖到广东广西、奉天哈尔滨，长大姓甚名谁都不晓得了——纵算一路上平安无事见到爷爷，爷爷会如何打发你呢？会捶你一顿？不会。会拿舌子舔你，称赞你是个了不起的乖伢崽？不会。会一见之下，心脏病发作，往后便倒吓死了？不会，爷爷从来不害这病那病。会派个人一路送你回来，顺便一封信，把家里所有人臭骂一餐，这最是可能。可能是可能，你要序子真到了芷江才算！

"序子上得胜营还走错路，怎去得芷江？

"吓！这伢崽不可貌相，看起来懒洋洋，横顺不在乎的老实样子，眨眼就是一个谎，逃了快一学期的学，面不改色，这要多大的功力啊！看样子朱雀小小一块地方是莫奈其何的。

"不会出意外！没有事，不用费神搜索了！"

说是放心，其实还是不太放心。所有聪明朋友的估计，都没有越过幼麟的想象力。共同的结论是——

死是不会死的！

说来说去，把实验小学的左唯一倒说透了。各人消息来源不同，结论倒是一样——

左唯一的确是个烂污客，是个坏杂种，是个叛徒。公然对学生骂他们爹妈。国共两党的子孙他见到、想到都恨，拿他们泄愤发气。

后来又听说戴振煌给了他两岩头，张序子咬了他一大口。传来传去，左唯一在教育界、社会上变得不算个东西了。唯独幼麟和柳惠晓得这个原委迟了几天。又没有把序子的逃学放到一起想，更没料到自己的儿子会做出那么惊天动地的事情。这么一搞，儿子受了这么大的委屈不动声色，做父母的心里反而有愧起来。

序子哪晓得利害深浅，他只明白逃学不对，见不得人；咬人不对，何况是老师；别的大道理在他心里没有放处。

人世间所有委屈的出路都是一样：忍，还是解释？

怪不得俄国的屠格涅夫在薄薄的一本回忆录最末一页有同样的看法，也是劝年轻人一辈子不要花工夫浪费在解释上。因为越抹越黑。

契诃夫在一个短篇小说里说一位邀请了许多客人到家里吃饭的主人，很兴奋地在厨房巡视预备的丰盛菜肴，见到一只特别珍贵的大鱼摆在托盘里，便低头吻了一下。吻鱼之后抬头的刹那，发现一个客人在厨房门口对他微笑，他连忙出去告诉那位客人，刚才吻的是鱼，不是厨娘。过一些时候，在客厅里他发现另外几位客人也对他微笑，便一个个地去解释他吻的是鱼而不是厨娘。

于是，过不几天，全城都晓得他吻了厨娘而不是鱼。

序子不懂解释的好处和坏处。发生了那么大的事，他只愁左脚几时才好。

那只狗盯得他没完没了。他和这只彼此都不信任的混蛋成天黏在一起，序子动一动，它就斜着小眼睛咧一咧嘴，表示"我在看着你"。序子也斜着眼睛看它，咧一咧嘴。它居然不好意思地歪过头去。

（序子长大之后才习惯，这样的生活关系不只是狗。）

白天，序子撑着拐棍出来。喔！那么一大片沿河蔓到山上的竹林，河滩上晒着几十步长的"拦网"，用插在滩上的短棍棍撑着，原来老头子喜欢打鱼。

老头每两天帮序子换一次药，到第七天，序子走路不用拐杖了，第八天，老头拆了包脚布，端来一盆热草药水让序子泡脚，"你好了！你好转屋里去了。"递给序子一块干布擦过，自己扛着三根长竹竿到河边去了。

序子坐在床沿上，"就这么让我走了？我连答应一声'喔！'都来不及。看样子这老头憨，我要是手边有点钱就好，或者几时省下点上学钱积攒起来，或者是'取'一点家里的钱，买两包'老刀'牌、'美丽'牌，下次来好送给他。不晓得这老人家喜不喜欢新烟？要不然，称两斤红糖？"

世界上怎么会出产这种动不动就板脸、看人斜眼做善事的老头？让人家不晓得如何是好。

好！收兵回朝，进城去者！捡起书包起身。

序子站起来回头一看，怪物狗还盯在旁边。

"你做哪样还跟到我？我走也走了，你哪里来这么怪脾气？你要盯到我哪年哪月？你看你的卵样子像只狗吗？你狗没个狗样子！我进城了，你敢跟我进城吗？你进过城吗？你看，我走一步，再走一步，再来三步，你麻个皮真的跟了！你看！我偷了你屋东西了吧！偷了吗？"

狗"恶！恶"地哼着。

序子上坡，狗停住了脚步，撑腿坐看一步一步走远的序子。这算什么？分手了，连尾巴都不摇两下。

序子好像出远门还乡的老头，一切都觉得好！

原本是惯到不能再惯的景物——老远的蓝山，河里快活的鸭子们，吵吵嚷嚷、红艳艳子的洗衣婆娘，都让人新鲜醒眼。走在跳岩上，两脚一弹一弹，显得特别精神。

过完跳岩进北门之前的那一段斜斜的红砂岩坡，两边——一左首的河，一右首的城墙；正前方老远齐眉毛高的大影子是北门城楼。更远的朦胧影子是虹桥，是八角楼，是天上的太阳。

北门河的景致是朱雀城最牛皮的牛皮。

几千几百年来，朱雀人天天从这里走过为何精神如此充足？他们不明白身在福中不知福。

序子进了北门城门洞往右拐的时候，一个人牵着一匹驮粮草的毛驴迎面走来。这毛驴是个白嘴巴，见到序子，忽然大叫起来："你——逃！你——逃！你逃学啊！"

序子好笑，明白这是迷信。

序子从来不迷信，也不怕鬼；他看过不晓得多少回砍脑壳都不怕，逃一点学算哪样？

过了罗师爷的土地堂往左拐到文星街，到了文星街马上进文庙巷了，序子还真是有点紧张。

序子慢慢走进文庙巷的石头院坝，七八个伢崽正玩得浓朵浓朵的时候，子厚站在大门口腰门槛上，一眼看到序子，连忙闪进屋去。

"这个汉奸报信去了！"序子想。

很快爸爸就出来了，也站在门槛上，微微地笑着，向序子招招手，一点也没有惊动别个。

序子想，你追我就跑。

爸爸又微笑招手，意思叫序子回家。

序子左右看看，慢慢走向大门。他提防大门背后倪家表哥在那里打埋伏。这局面还真危险。

这毛驴是个白嘴巴，见到序子，忽然大叫起来：「你——逃！你——逃！你逃学啊！」

没有。没有就好。

跟爸爸进了堂屋。爸爸根本就不问"这几天你到哪里去了"，而直说："那个实验小学很糟糕，先生左唯一是个坏家伙，大混蛋！我都晓得了。我们不上实验小学去了，我们改学校！"

序子想不到会有这个结果，大哭起来。

爸爸等他哭，哭个够，然后说："你先吃饭好不好？"

"好！"

于是吃饭，喝糊米茶，喝完坐下来。序子又哭，哭完了序子就讲在老咪爷爷那里住了八天医脚的事。

"那就好！那就好！你妈见你回来就比哪样都好，我还要派人去得胜营报送你家婆和幺舅让他们放心。"然后又说，"你们那个左唯一呀！真不是东西，你咬他一口，多咬他两口都应该……"

婆也出来了，哭了一场，搂住序子亲了又亲："我晓得我的狗狗最是值价，走到哪里都会转来，菩萨都报送我了，都报送我了！"

妈妈回来得飞沙走石，"开会，开会，开个没完，我简直是跑步回来的——左唯一还去县里告状，讲狗狗咬了他一大口，至今还肿。全县衙门都笑瘫了，都讲左唯一不是东西！狗狗，听到讲是个苗妹崽带你到她爷爷那里医好你的脚的？住了一星期，她是哪个样子的苗妹崽？"

"就住在我们文星街，向马客隔壁吴家那丫头。"爸爸说。

"多谢她，多谢她，我看我要送点东西给她。我要找点东西送她。"妈性子急，她其实用不着马上就翻手袋，手袋又不是百宝囊，要哪样有哪样；果然没有翻出个道理。还要讲："我要找点东西送她！"

子厚拉着序子的手，子光站在序子跟前傻看。

四婶娘、四满也都赶回来了。那一帮姓各种姓的表哥、干大干弟也都用鼻子嗅着来了。

大伢崽们把序子拥到院坝搬凳子坐着，讲住的棚子，喜鹊坡红堡子、白堡子，苗药，苗老头，那狗，马，苗妹崽，苗妹崽老咪……

"……那是种卵狗！只配住山里苗寨，只对一个人好。自家找食，老鼠呀，蛇呀，蛤蟆呀，四脚蛇呀，死雀儿呀，理不理它都是个卵样子——那个老咪漂亮吗？"

"哪个？"

"带你找她爷爷医脚的那个。"

"我冇注意，冇看清楚！"

"老实讲，我有点佩服她。帮你上马背，驮你坐在她后头，要你抱着她的腰去找爷爷，和她一住七八天，换了是我就好，住半天也行，断半条腿也行。"

"她没有跟我一起住，把我交送她爷爷就骑马走了。"

"可惜，可惜，这事情让你白白糟蹋了！"

妈找到东西了，是一本女学堂刚出版的石印绣花图样，对苗妹崽特别有用，一定会喜欢。便叫序子去叫那个妹崽来。序子不敢去。

"我去！"毛大说。

"你去做哪样？"爸爸说，"柏茂你去一下，好生讲，怕她不敢来，跟她父母慢慢讲清楚。"

柏茂一去就带来了。

"哎呀！这妹崽好漂亮，你几岁啦？"妈问。

"十一岁。"吴老咪低着脑壳。

"这本花样书送给你，多谢你这一盘招呼序子，多谢你爷爷啊！你读过书吗？"

吴老咪摇着脑壳，紧紧捏着那本厚厚的花样。

"你想读书吗？"妈妈问。

"我冇想读书。我冇空。"

"读书就认得字了，我帮你进学堂好吗？"

老咪脑壳摇个不停。

大凡请客总是要让客人舒服，客人既然这样地不自在不舒服，就算不得请客了。只好让客人走了，仍然是柏茂送她回家。

"不然！不然！多谢人家不可如此简陋。我要准备点东西送上门去。"爸爸说。

于是就跟序子探讨送点哪样东西好。

"香烟？"

"我原先也想攒点钱买香烟送他，后来一想，他老人家抽草烟，大概不喜欢香烟。"

"酒呢？"

"八天冇闻到他老人家喝酒。我想，送几斤红糖好。"

"红糖？"

"这东西用处大，不用，放在那里也不会坏。"

"冇想到你还有大人脑壳。这样子吧！我们又送草烟又送红糖。"

过了几天，爸爸带了柏茂序子和礼物走到灵官殿对面高头的河滩上，棚子冇见了。

"棚棚呢？"爸爸问。

"棚棚呢？"序子也问。

搬走了，苗老头回乡里去了。

转到文星街，三个人先到吴家找老咪爹妈，把礼物交给他们，讲是送给老人家的。老咪的爹妈收了。

柏茂跟他三舅讲，会不会让他们吞掉？

"屁话！苗族哪有这一套？你以为跟你们一样？"爸爸骂柏茂。

先是听到序子几天没有回来，爸爸的那帮朋友半夜三更派人拿了根竹竿在常平仓池塘、天王庙、三王阁、洪公井的井里头到处捞过一番，算是尽了朋友之谊，一下子听到序子转来，都来庆祝。

"狗狗，狗狗，我算佩服你这个大角色！"高素儒伯伯说，"你竟敢咬左唯一那么一大口，你哪里来的胆子？"

序子低了脑壳笑。

韩山满满说："你简直是一口定天下，听到老师长都笑翻了天，——妈个卖麻皮！我们朱雀伢崽的屁股是随便打得的？是吗？狗狗！"

院坝椿木树底下摆了张大矮桌子，四围十几张小板凳，大家都坐下来，上了茶，点了烟包。

"你又不报送屋里，你又不报送满满我，你报送我，我就会给他一梭子，省得你咬那一大口了！"竟满满讲。

欣安伯发感叹："这个关起门来办教育实际是搞阎王殿，搞屠宰场。兴之所至，为所欲为，要不是狗狗这一口，盖子几时才打得开？"

印瞎子伯伯讲："玉公叫我到坡上去问了一下，讲他记得你这个狗狗，冇想到是狗狗咬的这一口。笑了好久。讲左唯一这人有仇有恨没有廊场舒展，就拿伢崽们发气糟蹋，这要不得得很，不是办教育的样子！"

"让玉公失望，虚有共产党之其表。"段一罕讲。

"他早就不是共产党了，他算什么共产党？"方若说，"看样子玉公原来也是不怎么放心，所以取名'实验'。你看，果不其然！实验失败……"

"实验，最好不要拿人来做实验；什么事情都要实验、牺牲很多人才明白，甚至还不明白；那要读书做哪样？"素儒讲，"书读得好，多想一想，省得白做好多蠢事。"

这时候，几根烟包正燃得雄，让人腾云驾雾。晓得对人有好处，蚊子的确不来了，人也熏得差不多了。

有人拍门。序子引进一帮伢崽，都是熟人，各人叫各的满满伯伯。有一个生得"蛮卡卡"的壮伢崽。

"咦？你是哪家的？"韩山问。

"王家弄的。"伢崽老老实实回答。

"姓哪样？"

"王。"

"坐[1] 哪浪？"

"坐蒋家院坝。"

"哦！你爹王满福对吗？"韩山问，"你叫哪样名字？"

"王学轩。"

---

1 住。

"怪冇得你长得这副体质，你爷爷还好吗？还杀得动猪吗？"

"跟以前一样，一刀一只。"学轩讲完这句，大家都笑了。

幼麟问伢崽们："你们有事找张序子吧？"

大家点脑壳。

"那你们走吧！天夜了，早点回来！"

伢崽们一哄而出。

"我们朱雀城还真是有名堂。不单是出豪杰，出侠客，还出怪人。这伢崽那个爷爷就是个人物……"韩山讲。

"我从小长大，没听到讲过！"方若说。

"凡事都要经你大爷滤验过才算吗？你晓得兵房弄子的陈志远吗？——冇晓得。你晓得刘士奇是哪个搞掉的？冇晓得。你晓得王满福的爹会驾土遁吗？冇晓得。你还自称是朱雀人……"

"就是天天在南门内案桌卖猪肉的那个白胡子？"马欣安问。

"当然！"韩山说。

"这是封神榜上土行孙的事，怎么弄到他脑壳上来了？"马欣安说。

"书归书，事归事；活人一个，你到南门上找人打听一下就明白了。"韩山懒腰风膝地说。

"那你就来一盘吧！"方若说。

"老实讲，我也是天天看到这个八十多白胡子老人家早晨跟他伢崽一人扛半边猪到南门案桌上去。活人一个，各位想看都看得到。切肉，收钱，肚子底下挂着个又大又重的牛皮口袋，光洋铜圆哗哗响。不是古人，不是书上摆的龙门阵，就是这个眼前的活人会驾土遁。

"有一天卖完猪肉回王家弄，屋内来了帮熟朋友一起喝酒。饭菜桌子摆在大院坝上，酒喝到一半，大家兴子来了，要老人家驾个土遁。老人家不肯，说：'我哪里会？'看看弄不成了，有个聪明人就讲：'我也这么看。大概是不会！老人家不会乱讲话的。'老人家听了不高兴，'不会？哪个讲不会？点蜡烛烧纸钱！'看他盘腿坐下，两手一合，手指娘打着圈圈，嘴巴轻轻念些名堂。忽然，人不见了。

"人就真的叹服起来。

"一炷香过去了，两炷香过去了。

"人奇怪起来，'该出来了，怎么还不见出来？'

"儿子王满福觉得有事！'锄头！快拿锄头！正南十步赶紧挖！'

"在地上画了个大圈圈，绕着圈圈往中间挖。

"挖到三四尺深的地方，看到老人两眼翻白满嘴泥巴卡在土里。扶他起来扫刷干净，酒醒了，喘两口大气。问他做哪样卡了壳。他讲：'酒喝多了，咒语念到一半卡了壳。'

"从此以后，再怎么求他驾一次土遁，老头赌咒也不干了。"

大家听韩山这么一摆，好像亲眼见到一样，唯独方若有话讲：

"哪！妙就妙在老人家在土里卡了壳，走了元神。世界上从此就不是有没有驾土遁这回事；而是王老头以后肯不肯驾土遁的问题。有而不肯不等于没有，也不等于有。

"这就是大地方有学问的人搞他们学问的办法。信了他，上当；不信，又心虚，让普通人待在半空里……"

印瞎子进门到现在一直话少，大伙告辞出大门的时候他留在后头，对幼麟轻轻说了一句："何键要老蒋动玉公，我有空再跟你讲……"

另外，序子这帮人正准备上北门城墙上去看月亮。

文星街这条街我已经提起过好几遍了，是条比较齐整的宽街，让人喜欢的，也让人记得住。

有时候干净得像是用舌头舔过的；有时候不然，猪呀，狗呀，牛呀都留下路过的痕迹。人踩着了没有感到幸福，也没有人感到倒霉，只骂一声朝天娘。

孩子们恰好这当口有人踩了这么一脚；这一脚下去，引起一阵像见到领袖般的欢呼。（被幸灾乐祸折磨的伢崽连忙冲出北门到河边把鞋子洗刷干净——我们都是自小踩狗屎、牛屎、猪屎并依赖河水洗刷长大的。）

这么一路走、一路笑着到北门城墙上去看月亮。到了城墙上，有的上了城垛子，有的坐在城垛凹凹里，脸都朝着东边八角楼那头看。

八角楼其实是山的名字。楼不晓得几时没有了，以前应该有的，要不然就不会叫作八角楼。八角楼没有了，以后凡是哪样东西没有了，打落了，跑掉了，都说："八角楼了！"

太阳、月亮都从八角楼那边出来。有时高高的黑云风暴也从那边出来，像个鬼王，镶着金边的脑壳、肩膀，金盔金甲，响着雷，慢慢向你扑来，非常怕人。风暴一来，满天黑，有种四五寸长的

"雷公丁丁雀"[1]飞到序子家玻璃窗上来躲难。序子就开窗救它进来，它嘴巴大，会咬人，它不懂事，把救它当作害怕，捏住它翅膀不小心，它就转身一口咬过来，怪不得它。很漂亮，威武之极，若让它咬一口，起码半个手指头会流血……

（我原先一心一意写八角楼月亮的，像开汽车走错了一段路，虽然沿途的风景好，却不是我应该去的地方；尤其你坐在车子后面。我晓得文章这个东西是写给别人看的，其实也写给自己看；好像请客喝酒，喝来喝去，糊里糊涂，做主人的自己跟自己干起杯来。）

月亮还没有出来。序子的事一路上他们都问完了，就讲点别的事。讲实验小学眼看快断气了，教育科、教育局都派人查左唯一的账；左唯一婆娘回麻阳了。左唯一那只手还在上药，总是换人，讲这个草医赚他的钱，又讲那个草医赚他的钱，换来换去总不见好。——序子呀序子！话讲到底，你那副牙口实在险毒，像七步蛇一样。快暑假了，你是在为民造福。左唯一右手板肿成那样子，打不成人了，他姓左，他不是左把子。左把子打不准手板。我们三个月有挨板子了，不打伢崽的实验小学看起来好像不像实验小学……

坐在城垛子高头的曾宪文讲："我给你们来个倒立拿顶！"

大家都嚷："不要！不要！"

曾宪文听都不听果然倒立在城垛子上。

大家都不敢出声了，连气都不敢喘。

曾宪文就这么一动不动地待着，好像钉在城垛子上。

月亮出来也不敢叫他，怕有一分钟那么长吧？不止；两分钟也

---

1 蜻蜓。

不止，最少也三分钟，月亮照着他倒竖的影子，真是肉麻。

序子不敢看，也不敢想。他看过那么多回的砍脑壳，也没有曾宪文倒立在城垛子上怕人。序子至今还没有在城垛子上坐一回的胆子。

曾宪文万一从城垛上下去，照他的体质，两丈多高的城墙未必就得死！凭什么曾宪文下城墙不会死？就算体质好怕也会搞得五痨七伤。

序子自己也会倒立拿顶。那是在地面上。周师傅亲手教过，手掌贴土不要打横，要搞成个内八字；横成一条线人就撑不住，容易倒。看眼前这个问题，也不是内不内八字的问题。是个胆。不单胆，曾宪文还是个榨粉世家，有蛮劲；不单蛮劲，他跟他爹一大早榨粉上下翻滚攀爬，全身都练得灵巧活泼，办一件事，不像我们动不动就汗水长流、气扯八罕。

有人喊一声：屙尿！

于是在城垛子上的，城凹上的，都站起来对着城墙外边挥洒起来。

城外棚户人家发气了，晓得是鬼崽崽搞的名堂，"你个鬼崽崽！你等到！看老子不进城割你们的鸡公！"

"哎呀！哎呀！我晾的衣服！鬼崽崽！背时的！你赤塘坪砍脑壳的！"

田应生理都不理，"苏东坡《前赤壁赋》有云'少焉月出于东山之上'，这个'少焉'也就是'俄顷'，也就是'一下子'的意思。没有'少焉'这两个字，光是'月出于东山之上'，就牵引不出这一点好景致、好意思。这是个写动作写时间的学问修养，我爷

曾宪文就这么一动不动地待着，

好像钉在城垛子上。

曾宪文倒立纳所

爷讲他年轻时候到山东淄川蒲松龄老家去参观，参观完了走出左首边一弄子口，弄子口高头檐上刻了四个字：'少焉月出'。弄子口朝东，远处是山，月亮会从那一头出来，很是感动人。他就想，这四个字一定是蒲松龄自己题的。"

曾宪文问："你讲的那个卵人是哪样人？"

"怎么是卵人呢？是个清朝大学问家。"陈开远说。

"你爷爷和他熟呀？"曾宪文又问。

滕代浩叹一口气，"好！好！好！转屋里榨你的粉去吧！"

序子对滕代浩说："咦？他不懂才问嘛！你原先也不懂！你天生懂吗？"

就在这时候，没想到城墙外的一个棚户老头真的拿根竹竿子一路骂来了。

大家一声不出拔腿就跑，影子也不留一个。

队伍到了陡陡坡底下王家弄口前才停下来。

"你看，你看！把看月夜景致耽误了！唉！"吴道美说。

"是哪个混蛋喊口令屙尿的？"余茂盛问。

滕代浩说："除了我，还有哪一个？"

"你是个王八蛋！"王学轩说。

"我一尿定天下！"滕代浩很得意，"你们都服从命令，本帅有赏！"

"我没有屙！"陈开远说。

"我也没屙！"王本立说，"我先前刚屙过。"

"屙不屙，遭老王八蛋擒到就由不得你讲了！"滕代浩说。

"要是我事先想一想，就不会屙。"唐运隆说。

唉！一生有多少个一念之差啊！

文星街椿木树底下还剩三四个人。

高素儒讲："你听冇听到梁长濬、滕嗣荣、陈晓丹、左兢远、田景祥他们都不满意模小的阵候，在楠木坪的王殿另搞一间文光小学？"

"好久以前听到过影子，以后冇听到再讲。"幼麟说。

"还讲，要你出面当校长。"马欣安说。

幼麟马上站起来，"这不可能！要不然我辞岩脑坡做哪样？"

胡藉春说："文光小学这回事是真的，王殿都已经在找人扳拾了。还派人筹备桌椅板凳、黑板讲台咧！"

"王殿这地方我是晓得的，没有进去过，听到讲是三胡子以前搞的什么什么名堂的，很有个场面的廊场。我不太清楚到底是个什么地方。"幼麟说，"讲转来，那个什么文光我是不去的！"

藉春问："那欣安后天过生日，你去不去？"

"真对不起，年年这天，我怎么忘了！去，当然，我怎么不去？"幼麟连忙讲，"那要安排点'做法'吧？"

"听到他们都扳拾好了，还是请的老蓝，场面就是一桌，响动不大！"素儒说，"下午一两点大家都到齐吧！"

"那么早，去做哪样？"幼麟问。

"哎！早就早吧，靠靠灯，打打'博凯'[1]，听听留声机……"藉春说。

---

1 扑克，也就是桥牌。

"博凯我不会，靠灯，可惜了时间；我看，我忙完事情弄点特别名堂大家吃吃吧！"幼麟说。

"那也好！就这个样子吧！"

这一天，幼麟从菜市场买来廿五只鹌鹑。一般地讲，朱雀卖鹌鹑都是剥好用竹签子撑着的，爽爽朗朗，用细麻绳子一串串牵着，像个手工艺品一样。转到屋里，挂在屋檐底下，端了张小椅子坐着看了好久。

鹌鹑这东西干了不行，刚网回来的也不行，要让安静的空气滋润着，刚刚好干了一层表皮而里头的肉正好醒醒地微微起着变化。这是幼麟自以为讲究的过程。细心的食友体会得到，粗心的未必懂。一桌子粗心人，幼麟未必做。像鸣奏音乐，像画画，总是给会心朋友欣赏的。

厨房案板上一排小白碗，盛着冰糖粉、盐、花椒颗颗、胡椒颗颗、剪成丝丝的橘子叶、大蒜片片。另一头放着切好的青蒜叶，珍珠大小的野胡葱头，老姜片，又红又尖的干辣子。靠碗柜这边，一罐带盖的糯米甜酒，一瓶山西老陈醋，一瓶麻油，一小钵子熬好的猪板油。

幼麟起身，在砧板上把鹌鹑切成中手指大小的颗颗。菜刀子快，简直像机器切出来的。二十五颗鹌鹑脑壳分开在另一个碗里放着。

切累了，坐在小椅子上抽根烟。空气宁静，幼麟眼看到手上的轻烟直直地升到瓦梁上去；他觉得做菜这动作有点好笑，做出的东西自己不吃让人家吃还这么认真……

鹌鹑切妥当了，滴几滴绍酒，放在一个海碗里用碗盖扣着；让它们自己互相沤出点名堂来。这有一种讲法，跟沤豆腐乳的原理差不多，一个时间长，一个时间短而已。

眼前，他容不得人在旁边。他要一个人一口气地待着想着。这不是乖张。个个人都是这样；连挑粪的粪客都不喜欢两个人一起。

他开始在灶门口点火，燃几丛松毛，再送几根细柴棍棍，火开始着起来，放进四五根金块子柴。眼看灶火匀称了，转身舀两瓢水放进锅子。"竹刷把"沿锅子走了几圈，铲掉翻滚的水，眼看大锅子里冒着蒸汽露出一张笑脸。再等一等，干燥的锅气上来了。他舀起一勺猪油放进锅里，又到灶眼边压了压火势。将摆在小碗里那二十五颗鹌鹑头先倒进锅里，三分钟后再把满满一碗切好的鹌鹑粒轻轻倒进锅里，让文火慢慢地烹熬。两分钟后铲起放回原来的碗里盖上。剩下锅里的猪油渣子铲起盛回另一个小碗里，又潇洒地用锅铲清了锅底。

再回到灶眼边，挑拨出一阵猛火，转回锅边倒进小半碗麻油，麻油起烟倒干辣子，倒花椒，倒蒜片，倒橘子叶丝，倒姜片，倒胡葱头，有序有节地观察等待。撒盐，倒小半碗山西老陈醋，三调羹冰糖粉，来回大炒大拌，热火朝天之际倒下鹌鹑肉粒和二十五颗鹌鹑头，再倒青蒜叶子，最后大半勺糯米甜酒，翻炒，翻炒，快！再翻炒，好！起锅！

大功告成。装进原来的海碗里，盖上碗盖，转身在锅子里加了两瓢水，伸长颈根在灶房门口大叫："狗狗！狗狗！序子！序子！"

序子来到。

"快！好好子端稳，慢慢走！冇要打趴了！送到登瀛街你马干爹家去。烫不烫？烫就垫块布。你马干爹问到我，就讲我收拾完廊场就来。你冇要走后头大伯娘弄子，近是近，太肮脏，把菜熏了。

走文星街好，阳关大道！"

序子端着这碗东西走出文庙巷口，在石坎子坐下，碗放在右首石台子上。他要好好盘算一下，这段路不短，东西也不轻，一路上会不会碰到意外？顺着这条路想了一盘，中午过后，各家门口的狗都困了。这一条路，只有两家门口有狗。山上的马回城又还早了一点；进城赶闹热的乡里人，这时候该走在回家的路上了。他站起来，端着这口宝贝走路，老远让人看起来，好像是端着老祖宗的灵牌子。幸好，学堂还没有放学，那帮老同学还在笼里，序子的这个神圣行动是经不起闹热的。

走到熊家门口，他坐在石头门槛上。

"不行！"序子想，"我要看看里头到底是哪样东西。我哪能端着不晓得是哪样的东西走那么一段长路？好像《天方夜谭》里头带信给妖魔的那个倒霉伢崽——信上交代：'见信请将送信之小儿吃掉。'幸好他半路偷看了这封信。

"我简直就是那个'小儿'——"

序子轻轻揭开一角碗盖，手指头蘸了点里头的东西放进嘴巴——

"我的天！这么好的味道！"全身都麻了。

舌子欢喜得在嘴巴里翻了几十个筋斗。

序子连忙捂紧碗盖，四顾无人，端稳了位置，重新隆重地揭开碗盖——

哪！怎么说好呢？最恰当的形容和感受莫过于几十年后的儿童歌曲所唱的"我们的祖国是花园"了。

序子心里发颤，两手捧着这碗"花园"，"花园，花园，你可怪不得我了！"从里头谨慎地挑出一颗鹌鹑脑壳放进嘴巴。他抿住嘴，冷静地调整舌头，盖上碗盖。

他晓得嘴巴里这颗鹌鹑脑壳非同凡品；是经过温油炸酥的；饱饱一脑壳甜糯米酒、麻油、香醋、冰糖粉和干辣椒、大蒜、野胡葱头、橘叶丝综合起来的温暖液汁。

序子含着这个鹌鹑脑壳一动不动，他在用舌头四周探索，他明白，只要一咬，世界就会出现一个新的景象。

他真的一口咬下去了。他闭眼不动，谛听着这些液汁在全身流动，五脏六腑在欢呼。

序子站起来，捧碗前进。不行！他已经加入了饕餮队伍，松不了口，在对门向家台阶上再坐下来，揭开碗盖，吃了第二颗鹌鹑脑壳。

在刘凤舞家门口台阶上吃了第三颗。他想："死就死了吧！"

自己家后门口吃了第四颗。

考棚门口吃了第五颗。

北门城门洞对面王老板油盐铺门口，第六颗。

丘家门口第七颗。

龙执夫先生门口第八颗。

温家门口第九颗。

姚家，吴耗子家，萧舅公家，赵家，箭道子后幺门……

到了马欣安干爹门口，二十五颗全部吃完。一肚子的充实，打了个饱嗝，调匀呼吸，右手袖子擦干净嘴巴，进了马干爹院坝，进了堂屋，伯伯满满们打博凯的打博凯，喝茶的喝茶，靠灯的靠灯。饭桌子已经摆好，大家见序子捧了个海碗进屋，都晓得有好名堂，一齐嚷起来："幼麟来者不善！来者不善！"

围着都想看个究竟，欣安不让，接过序子海碗，送到厨房去了。

巧巧大姐出来哄序子，又问："你爹呢？你爹'详子'[1]不来？"（怎么不来）

"他讲他收拾廊场就来。"序子接过巧巧大姐的地萝卜，剥了皮，吃着走了。

"狗狗，你怎么走了？不一起吃饭？"巧巧大姐问。

"我妈有事等我！"序子说。

开席之后，大家都称赞幼麟这碗鹌鹑的确是件神物，"可惜冇脑壳。"

"不可能！"幼麟说。

"怎么不可能？你自己看！一颗都没有。"大家说。

"明明二十五只鹌鹑，二十五个脑壳。我自己一颗也舍不得吃……"

放暑假了。

放不放暑假跟序子其实一点关系都没有。他老早就自己放自己的暑假了。

也不是一放假就非找同学不可；也不是找到同学就非做一番"事业"不可。

序子有时候见爸爸画通草画，自己在纸上也画两笔。也不是

---

1 怎么，为何。

觉得自己画得好得不得了。子厚也画，子光拿粉笔在堂屋地上也画。画画这事情不像上学读书，没有人逼的；也不像吃糖，好吃得不得了就流口水想吃；这或者是跟天上出太阳、出月亮、出星子一样没有哪样道理好讲；比方说，张序子家里是这样，陈良存家里就不是这样。陈良存喜欢算术，算术这东西世界上居然还有人喜欢？就好像人专门喜欢吃苦瓜吃花椒吃芥菜不吃饭一样，也都是讲不出什么道理的。

借来几本《上海漫画》《时代漫画》，让序子、子厚、子光很高兴。序子一边看一边得意地讲给子厚听，子光只看画，不太懂意思。序子其实也半懂半不懂。子光只是贪热闹，看到印有颜色的书，抢着要拿在手上，这是不行的。哭？哭也不行，借来的书，到他手上就烂，怎么还？哭送爸听妈听都没有用，道理在手，序子不怕这种哭。碰到这种场合，日子久了，子光也就不用哭的办法了。

序子出门就把画书交给子厚，"看完了放到柜子顶上，免得子光惹坏！"

一般地讲，连子厚也不放心。序子藏书总是很费心思。

好不容易得钱买到一张白报纸，裁成二十四开，临起《上海漫画》《时代漫画》来。爸爸看到，明明晓得是临来的，还像儿子中了"举人"那么高兴，拿去给高素僑、胡藉春看。

朱雀城的父母总是关照伢崽们："冇准下河里洗澡。"（朱雀把下河里的一切活动都叫作"洗澡"。）所有的朱雀伢崽都是在如此凶恶禁令底下，精通了土法游泳技能的。

序子有时一个人到对门河那边，跳岩附近水里头走玩。

人到了跳岩底下，才晓得跳岩原来这么高。

序子喜欢一个人蹲在水里只露出脑壳在水面上看水，想水，让水波轻轻拍着脸颊，拍着岩头。这就像是天底下只有他一个人了。让所有人都忘记了……一种美丽的凄凉和悲哀。

水面上"爬爬虫"[1]浮来浮去，人一近它就远远滑走。它傲慢之至，晓得人抓不到它，故意在你面前来来去去。它让你好像有本事抓得到它，哄你，故意在你手指头一尺多的地方等你，你稍微动一动，它就闪了。你永远抓不到它，它惹你生气。没有人抓到过它。抓到也没有一点用处，它之所以在你面前晃来晃去也是明白于人无用。晓得你不想害它。

还有一种"鬼丁丁雀"，颜色像缎子，紫的、蓝的、深绿的、黢黑的，翅膀有隐花，瘦得像条细丝线影子，它来来回回在跳岩脚的湿地方打转，这里停停，那里停停，像是讲悄悄话，像是个传播小道消息的忙人。

还有种黄黄的叫"油纸扇"[2]的小雀，在水面上一高一低地飞，这座岩头上停停，那座岩头上停停。停下来的时候，两只脚一蹲一蹲，寓言家伊索就说它是个野心家，想踩烂地球。哪有影子的事？

序子的脸颊如果不贴近水面就看不到这种光景，就闻不到像春茶那样的水香。

跳岩上好多脚杆走来走去；跳岩爿爿那边好多洗衣、洗菜的婆娘家和老娘子。

序子对贴着脸颊慢慢荡走的河波想："我晓得你们早晚流到哪

---

1 水龟。
2 鹡鸰。

这就是天底下只有他一个人了。让所有人都忘记了……一种美丽的凄凉和悲哀。

103

里去的。洞庭湖，长江，大海，等长大了我也会走的，你等着看好了，我会远远地走的！"

序子瞟着远去的水，过了新跳岩、过了老跳岩，过了北门，唉！过了水门口，过了虹桥，看不见的时候就接着想，到沙湾了，过万寿宫，拐弯，过准提庵了，过字纸炉了……

爸爸去了那么多大地方做哪样要回来呢？你看，熊希龄都不回来，爷爷都不回来，朱干爹都不回来，黄兴字克强都不回来，袁世凯都不回来——唔！黄兴、袁世凯不是朱雀人——回来，出不去了吧？哈！流落凡尘了吧！

妈也讲她像七仙女回不了天上，讲她下凡洗澡衣服让牛郎偷掉，回不了天上了。她是想讲她原来本是好好子的共产党的意思，和你不一样。你当然也是共产党；你怎么会是共产党呢？你样子一点也不像共产党，你脾气和妈一点也不相像，她敢化装游街装帝国主义，敢打菩萨，你敢不敢？你只会按你的风琴，画通草画，炒牛肚子，炒鹌鹑，做鸡蛋糕，你连"麻将"和"博凯"都不会打。我讲你有点好笑。

回屋的时候，婆告诉他道门口粉客的伢崽来找了他好几盘，婆不太晓得外头的事，把序子"放暑假"叫作"放水假"。

序子去道门口找曾宪文，不在，走到道门口碰到了，他跟滕代浩、吴道美、王本立在一起。

曾宪文神气有点紧张，告诉序子："老师长让何键的省军'请'走了！"

序子不懂得"请"是哪样意思，"是'抓'吗？"

"不是'抓'，是'请'。派了兵团到，让老师长想，走，还是不走？"曾宪文说。

"后来呢？"序子问。

"后来个卵，后来！走都走了还后来？"曾宪文讲这话像个"里手"。

"好要紧，是吧？"序子问。

"你等着看，我们湘西要完台了！"曾宪文书读得不怎么样，这类事情又像是个学问家。

几个人坐在包大孃的腌萝卜摊子小板凳上。

"你带了钱吗？"曾宪文问。

"有一百多文。"序子说。

吃完腌萝卜，到沙湾去"滚宝"。

"滚宝"这游戏很有点意思。在沙滩上各人找一堆湿沙做一个球，挖一条斜坑，互相碰撞，破的输，不破的赢。做沙球的学问很大，一边做一边拍，越拍越紧，适当时候加一点水，水不够拍不紧，水多却又散了。这是不论个大个小的，不见得大就好。

输了的马上再做，做了再撞。

搞了半天，太阳晒得头发都快燃了。走老营哨河边，过跳岩的时候，序子讲他刚才一个人来过。

曾宪文就骂他是奸臣，"你怎么可以一个人在这里走玩呢？我找了你半天，你一个人卵在这里享福！哎！我问你，你晓不晓得要办文光小学了？"

"晓得！我听好多满满讲过。"序子说。

"那我们读文光去吧！"王本立说。

吴道美讲："文光离我屋近，最合适了！宪文你呢？"

"序子你呢？"曾宪文问。

"听我爸的意思，好像已经定了。"序子说。

"好！那放完暑假，大家一齐上文光。我再去邀邀那一大帮狗日的！"曾宪文说，"喂！你们讲，一个人屙尿要屙好久？"

"屙尿？"吴道美不太懂得他的意思。

"屙尿就是屙尿，顶多倒壶茶的时间。"滕代浩说。

"最长、最长的好久？"曾宪文样子像个大考的先生。

"两壶茶。"滕代浩说。

"三十壶茶也不止！"曾宪文说。

大家不信。

"不信？明天大清早放醒炮在南门城门洞集合，本帅带你们去参观。"曾宪文说完走了。

序子回到家里，见爸爸和好几个伯伯满满坐在堂屋椅子上讲听不懂的正经事，像跟外人吵完场合回来，讲话都是一钉锤一钉锤的神气。

到了南门口，在城门洞外头右首边靠城墙根坐下。田应生就讲："左丞右相。"左边卖泡麻丸，右边是本帅的队伍！话没想完，卖绣花剪纸的老苗婆赶他们走了。

只有田应生懂点苗话，要是曾宪文准时来，那苗话就全了。

"苗婆讲，这地方是她的。"

"苗婆又讲我们还有生，她就在这里摆摊子了。"

滕代浩急起来，骂田应生不会回嘴："卵，卵，卵！你光讲她的话！这廊场怎么是她的呢？——讲呀！嗓子大一点，恶一点嘛！怕哪样嘛？她又不是左唯一！你个死卵！"

田应生只懂听不会讲："哎呀！人家是老娘子嘛！她的确天天在这里摆摊子的。你又不是不晓得，老苗婆想事情总是一根筋，你又不是不晓得的。——"

曾宪文来了。

曾宪文和老苗婆讲了一盘，老苗婆和曾宪文又讲了一盘。曾宪文笑了："她还是讲，这廊场几十年都是她的……"

大家决定到楠木坪、兴隆街口隙去。

过了张家"大扇子"门口，走几步就到兴隆街口。街口对面没有风景，叉叉树过去还是叉叉树和烂菜园，臭凼凼。臭凼凼里头居然还有鸭子；那些鸭子泡在里头，连长相和颜色都分不清，很是让人不感动。

曾宪文就在这里宣讲："哪！到一个地方就要懂得一个地方的风土人情、名胜古迹。比方有人问你，你是哪里人？你讲你是朱雀人，那人问你，你晓不晓得你们朱雀城的毛家弄？呀，你晓得吗？"问序子，序子摇头。

"毛家弄你都不晓得？鼎鼎大名，全世界最肮脏得不得开交，历史最久，打明朝、清朝到中华民国没有第二的毛家弄你是朱雀人都不晓得？岂不惭愧？"

序子不明白，晓得了毛家弄又怎么样？

"晓得了毛家弄，你长大之后一肚子学问的时候有一个夜间你翻来覆去睡不着，你就想，是呀！是呀！我一肚子学问，周游名山大川全世界，怎么搞的？肚子里还有一个隙隙冇填满，咦？哪样道理呢？想到天亮才明白，喔！没去过毛家弄！眼前我要带各位去的就是鼎鼎大名的毛家弄。"

"你昨天讲的是屙尿的事情！怎么又搞到毛家弄去了？"王本立问。

"'不入虎穴，焉得虎子'？不到毛家弄，怎么看得到屙尿者？"曾宪文讲。

"屙尿的会一天到晚在那里等你？"

"这个不等那个等，有的是人。——不过要讲清楚，到了那里不准交头接耳，不准吵闹，不准咳嗽，要庄严肃穆，静静瞻仰。——从陈家幼沅屋对门弄子进去，岩脑坡刘家水银铺子旁边出来，这就叫毛家弄。要看屙尿胜景必须在此。——所以咿！婆娘家是不走这条弄子的。——好！出发！"

"我想，"序子说，"我还是不走比较好。"

"砍脑壳你都敢看，看屙尿你倒怕？"田应生觉得序子扫兴。

大家不管序子。序子跟在后头很是勉强。

走近毛家弄，很窄，一米多宽，要上一级一级小坎子。十来步又宽了，有十七八米，周围都是碎瓦片、碎砖，长满乱草，很多人留下的新老粪便。两边人家高高的墙脚，抬头小小一块蓝天；还有阵阵穿堂风，空气所以又臭又新鲜。快到岩脑坡那头又窄了，有二十多米长，一米多宽的石坎子直往上走。原来已经放慢脚步了，没想到上坎子的左首墙边真的一动不动顶住一个人。

看那个神气像是在偷看墙里头发生了好得不得了的光景。（那么厚的墙，看不到东西的。）

再上去一点右首边坎子上又是一个。脑门顶住墙，简直是睡着了。

曾宪文远远指了指一动不动的两个老家伙要大家看，吴道美想笑给止住了，然后挥手前进，成单行纵队轻轻从两个人身边擦过，出毛家弄到了岩脑坡街上。

"看到了吧？你们想，这一泡尿会屙到几时？"

"我认得左首边那白胡子，是永丰桥卖黄丝烟的。另外一个就不认得了。"王本立说。

"我认得。"鱼卡卡余茂盛说，"洞庭坎上'刘谢坨'，他孙子在大桥头摆盐摊子，癫脑壳的那个。"

"听到讲，这类人年轻时候在外头嫖堂板，到老来鸡公烂完了，封了尿眼眼，屙一泡尿要滴五个钟头，很花时间。听到讲，脱不了身的时候屋里人还要端中饭给他呷。"吴道美讲。

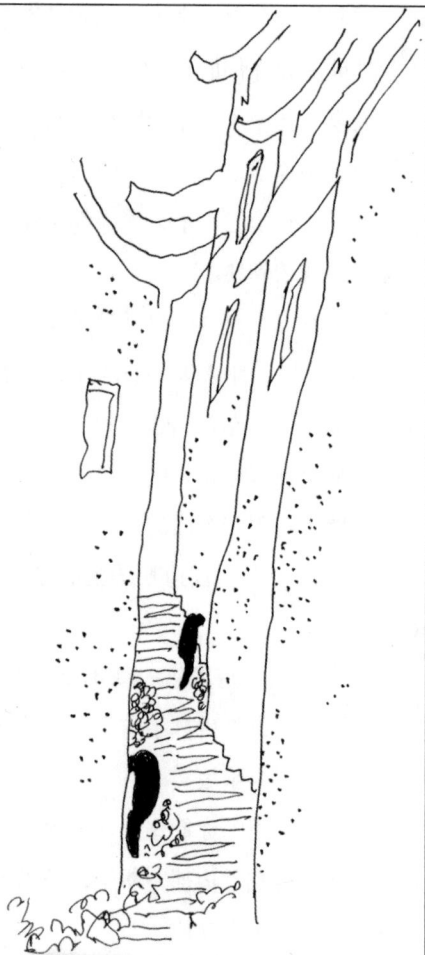

毛家綢猪景

原来已经放慢脚步了，没想到上坎子的左首墙边真的一动不动顶住一个人。

听到这话，各人心里都有点打颤，顺手摸摸裤子底下，担心自己的鸡公有天会出问题……

大伙一边讲一边下坡，遇到个把两个老家伙往上走，都会心地眨眨眼，认为一定是去毛家弄会友的。

唐运隆很是发愁，"唉！一个人到了这份田地！晓不晓得上海、汉口有没有修理鸡公的？比方讲，安一个新鸡公上去……"

"有喔！有喔！怎么没有？上海、汉口那些大地方的医生哪样都会做。手呀！脚杆呀！鼻子呀！下巴呀！哪样不合适，哪样坏了断了，就搞块木头削成合适的样子，割开皮子安上去缝起来，上点药，过十天半月，长得就跟原来一样。"田应生说，"听我爹讲，南门上那个姓夏的夏哪样？是个破兔子嘴巴，到上海都补回来了。"

"拿木头做鸡公怕是不行！"王本立讲，"没有伸缩性。"

一路嚷一路吵，从赤塘坪进老西门过西门坡下道门口，县衙门围了一群人，正看不出所以然的时候，序子他妈从里头走了出来，而且泪流满面，手里托着一个大概几个月大用烂片布裹着的伢崽，还有衙门里头的人跟到。

原来衙门口还蹲着伢崽娘和三个妹崽家，十四五岁的、八九岁的、五六岁的都有。

序子他妈连声地说："好了，好了，你们几娘崽先到我家里吃饱饭，再讲萧县长答应要给你们安排——走吧！"

于是就跟着走了。

序子见他妈办这种事，不敢上去招呼。就怕人家看出是他妈，心里有点惭愧。

旁边的好多闲人就说话了："天底下那么多走难的人，你救得了？"

"女学堂这类时兴人就喜欢抢风头。"

"唉！救得一个算一个嘛！"

"听到讲，半路上还让人拐掉两个小丫头。"

"那么讲，生了这一大铺！好家伙！"

"人越穷，生得越多！"

"听到讲是河南的。"

"安徽的！"

"河南、安徽都有，长沙有人报，我们湖南进来十好几万……"

"有地方'进'就好！"

"有的地方，比如古丈、桑植就怕'进'不起。"

"……'进'不起，'进'得起，有善心就好。家家都有这个善心，就死不了人。"

……

序子回到家里，一院坝人看几娘崽吃饭。

"慢慢吃，饭有的是。——看你哽着了，你喝口汤呀！"

"你吃辣子吗？我晓得你北方人怕辣。"

"你是哪里来的？——唔？你像在讲外国话。"

幼麟马上当翻译，"河南。唉！还是河南。河南河南，你们就那么苦啊！年年都是河南——两千多里路啊……"转身过来问柳惠："你到县政府，怎么带她们转屋里了？"

"二舅讲，我管闲事好是好，最好不要带人去找他；你看你看，这是我们中国的苦黎民啊！你是一县之主，我不找你找哪个？他讲：'我不是怕你找，你自己有能力管得了的！'他是嫌这件事情小。

我把小伢子送去卫生局，就带她们几个转来了。她们饿了几天肚子，干成这副样子。

"我看，这十五岁大妹崽放在我们家里，跟凤珍一起做点杂碎。那个妈放到我学堂，三个妹崽由她自己带着，给她个工人名分，住到缝纫组打袜子机房后头屋里……"

"那就好，"幼麟说，"眼前先这么办着看。"

几娘崽吃完饭，大家帮忙收碗筷进厨房，她们连多谢也不懂；或者，在自己家里原先是懂的，过了苦日子以后就不懂了，饱在板凳上坐着。

幼麟想和她们说几句话，柏茂匆匆进门在柳惠耳朵边讲悄悄话——

柳惠长长叹口气，对那妈说："你那妹崽在医务局止不住泄，过世了。"

做妈的原先听不懂，后来懂了，歪起颈根看了看院坝的天，自言自语："唉！囡呀囡，你算懂事啊！"

大妹崽叫春兰，听到妹死了，哭了几分钟就不再哭。（朱雀死人，起码哭三四天。）

（这几个蒙难母女总算得个落脚地方，和大妹崽只隔一堵墙，喊一声就听见，就过来了。不再受流离的苦。）

序子从来认为自己的妈就应该是这个样子而不是别个样子，换一个样子就不像自己的妈了。她做好事往往很即兴，决定了的事就一做到底，不怕麻烦。做了一件又一件，妥妥当当，做得快也忘得快，好像是别个人做的。

她还喜欢打麻将。学堂的事情办完轻松一番，哪家丫头来报信，牌桌子早就摆好了。打完几圈回家，显得舒舒服服，好像吃过高丽参汤十足的精神，嗓子也特别爽朗，向爸爸介绍和了几圈的经历。

爸爸在看杂书，她讲一句，爸爸"哦"一声，头都不抬。妈不太注意爸爸究竟是不是真听，她自顾自地喷薄抒情。

妈不像爸。她根本不懂得"闲"的充实。她总以为一个人要忙得死去活来才算意义。不到上床不闭眼睛。她以前喜欢书，谈书，或者别人谈书她应接得十分优雅。现在忙完公事就想换脑子打麻将，连饭也没好好吃。除了隔两年坐一次月子算是能安静两个月。

在小小朱雀城的人都信服她，逐渐觉得她很精彩。

有天四婶娘田氏从蚕业学堂转来找柳惠，讲她嫁到岩脑坡高家老二的妹从浦市转来，带了两个妹崽，眼前找不到屋住，想到文星街屋里搭几天，"你看行不行？"

"了了！了了！[1]一屋人你还问我？空屋这么多，快搬！快搬！叫南门上保大、毛大去帮忙抬下东西！"

事情就定了，等下人就来了。

其实四婶娘问一下柳惠是对的，问幼麟再转柳惠，那就不大好。说是说"一屋人"，四婶娘很识大体，虽然晓得哥哥嫂嫂这方面不在乎，大方，要是不问，那事情就突兀无礼了。

世上的简单事，有时要稍微拐两个弯才办得顺当，办得舒服，办得一尘不染。你信不信？

序子叫四婶娘的妹作二姨。四婶娘在她娘家是大姐。

---

1 朱雀人的惊叹词。

带来的两个妹崽不用叫名字，大的叫躲妹，小的叫躲妹。大姐跟序子同年，躲妹比序子小三岁。

她们三娘崽跟四婶娘住一起，让四满住蚕业学堂去。

头天吃完饭还跟婆、妈和爸讲了几句客客气气的白话，"敬如怎么不一起转屋里呀？""他忙，忙得不得了，浦中的课还要补，有个班暑假都往后推……"以后在四婶娘房里，除了吃饭洗晒衣服就不大出来。

序子这几天都不出门，有时候门外头王本立、吴道美那些人喊破了嗓子他都不理。

"外头有人喊你，怎么不答应两声？"爸爸问。

序子缩紧身子，只顾坐在堂房门槛上看书，脚底下摆了好多书，像个杂货摊子。

子光走过来要翻，序子就喊凤珍："凤珍！凤珍！把你的老四牵走……"

序子还认真地在查字典。这些闲书烂杂志有什么好查？搞了一阵，又搬那张吃饭小方桌子和小板凳，纸啦！笔啦！水碗啦！颜料啦！用神地画起画来。

躲妹出来了："你在做哪样？"

看到序子脚底下好多书，便坐在门槛上翻书，"你的书画多，真好看。"

躲妹也出来了。她不说话，静静站在序子背后看序子画画。

序子晓得躲妹站在背后，他闻到了。

"你画这张画做哪样？"躲妹问。

"嗯！这呀！壁报用的。"序子说，"壁报。我们班上暑期壁报，名叫《坦途》。有文章又有画。"（这事是有的，只是陈开远、田景友、欧敬云几个人说说，还没曾办事，何况进"文光小学"还在口头上。幸好舻妹没问哪个学校啊，那就完了！）

"你画的哪样？"舻妹问。

"'采薇'。"序子答。

"'采薇'？你画'采薇'做哪样？"舻妹问。

"'采薇、采薇，薇亦作止；曰归、曰归，岁亦莫止。'"

"这和出壁报有哪样关系？"

"和书上有关系的都可以画，算是一种学问。"序子又说，"我就画这四句。采薇呀！采薇呀！也有采完的时候；转屋里呀！转屋里呀！到年底都回不去。冒先生讲我是乱扯。讲'作止'不是'也有采完的时候'，是薇菜刚长的时候。他又称赞我好，读书东想西想，开脑筋。我就是开脑筋，不信他的；我想的有意思得多……"

"那是个什么先生啦？怎么这样子教学生？"舻妹问。

"吓！这先生世界第一，现在在赶场卖土耳其烟叶子。"序子画一个古人弯腰采薇，另只手已经捏了好大把，"薇是什么呢？一种可以吃的草，'薇，羊齿类植物，可食'，辞典讲过的。我看，平时有饭吃的时候，放点油盐就当菜吃；没有饭吃的时候，怕就是当饭饱肚子了。伯夷、叔齐采薇，一定不是拿来当菜的……嗯！你以前来过朱雀吗？"

舻妹说："我就是朱雀人。我爹、我妈都是朱雀人。我爹在浦市中学教国文。"

"教哪样？教国文？不是教算术呀？"

"唔？你怎么不画了？"舻妹问。

"我冇想画了——以后还可以画。"序子说，"有些部分冇斟酌好。"

躲妹不清楚序子怎么一回事，便也坐到门槛上跟躲妹一齐翻书，说："你的书还真冇少。"

序子不打算撤桌子，他怕人散。

……

"你看过四脚蛇吗？"序子问。

"什么四脚蛇？一本书吗？"躲妹问。

"真四脚蛇！"序子说。

"有什么好看的？"躲妹翻着书。

"那，土扑狗崽呢？"

躲妹蹙着眉毛，微微笑地看着序子，不知发生什么问题。

看起来，序子的口才是出毛病了。他感觉到有股东西在卡喉咙……

躲妹梳了根短辫子，前额刘海；躲妹剪成一大堆短头发，有时挡到眼睛要用手拂来拂去。

序子后悔跟她们两个提四脚蛇和土扑狗崽。天下这么多东西你不提？你可以提赶场，提打野外，提下河洗澡嘛！这一提她们就会问你赶场、打野外、下河洗澡如何之经过？唉！唉！接不下去了……失掉良机了。

躲妹妹抬头看了序子一眼说："我讲吓！你的书还真是多。你哪里弄的？"

"我爹、我妈帮我买的，我自己买的，我向同学借的，我屋里古时候传下来的。我屋里还有，《鲁滨逊漂流记》《大人国》《小人国》《十姐妹》《十兄弟》《三蝴蝶》《东周列国志》《苦儿流浪记》《月明之夜》《葡萄仙子》《可怜的秋香》……"序子专挑通俗的讲，有的古文书省下来，免得她们两个听了白听，"你们喜欢就到我房里自己挑。"

进房之后，坐在矮板凳上，两姐妹就认真找起书来。一大沓，姐是姐的，妹是妹的。《东方杂志》《绝妙好词》《小朋友》《儿童世界》《验方新编》《千家诗》《小朋友文选》《丰子恺漫画集》《日用百科全书》《上海先施公司货物大全》《良友画报》《写信不求人》……

她们也乖，把挑出来的两沓放在书柜旁边，讲好看完几本再换，免得打落，抱着书进后房去了……

序子收拾好桌子画具，觉得应该出门走走。

出后门上城墙，慢慢过了北门城楼子，一路上到东门城楼子。他想："屋里头忽然来了两个妹崽家，心里就这门子乱，这门子快活，这门子新鲜，就那么轻轻地心跳，像胸脯中间来了只刚脱尾巴的小蛤蟆乱蹦。

"心跳跟心跳不一样，有时像人拿脚后跟踢你肚子，有时像人扯你喉咙管……那都是倒霉透顶的事。这次不是！

"躲妹妹好看，躲妹也好看。要是她们住我屋里永远不走多好！我清清楚楚，我之所以喜欢她们是因为我是公的，她们是母的。大家都是动物，动物是按这种规矩办事的，冇值得什么大惊小怪……我们读过书的人，懂得多一点而已。"

下到铁炉厂井水边，看到两个人的背胛走着，一个田应生，一个吴道美。叫一声，他们回转脑壳见是张序子，开口就骂："你个死卵张序子，在你门口喊破了嗓子你都不应，你是故意的，我晓得你在摆卵架子。"

"我屋里有事，要紧事，出不来门。"

"哪样大事要你顶到？"

"我四婶娘的二妹带着两个表妹住在我屋里。"

"和你有哪样关系？"

"我要陪两个表妹，要照拂她们。"

"哈！照拂表妹，亏你讲得出口——表妹这类东西最毒。简而言之，你看，有了表妹，把同甘共死、十年寒窗的老同学都甩掉一边去了。——嗯，看你印堂发黑，三日之内怕是要出点名堂……"田应生念念有词，两根手指蘸点口水在序子脑门上绕圈，"——七月廿三，忌修造动土。喜神西南，贵神东北，财神正东。——是日西命互禄——宜捕捉……"

序子火了："日你妈！"转身要走。

"站住，陈肇发转来了，我在你屋门口叫你半天，邀你一齐到渠屋里去'探点水'[1]。"

"哪个陈肇发？"

"铁炉厂进士第那个陈哪样的崽嘛！读六年级后来到长沙进兑泽中学咯条嘛！"

"喔！他不是讲好跟李振军到共产党那头去了吗？我们几个送到接官亭的，怎么上兑泽？"序子想起来了。

"两个都冇走，只暂时叫作左倾，都在读书。"

1　侦察情况。

"喔，喔，晓得了。走吧！"三个人一齐往铁炉厂那边走。

到了陈肇发门口一叫，他爹是个肥坨子，亲自开门。门哈哈响，他爹也哈哈笑，原来是个乐人。

堂屋很有派头，是个读书人架子。墙上又是字又是画。

"请坐请坐，肇发马上下楼。"

序子想：还"请坐、请坐"，了不得！

陈肇发一股风进来，也是一模子的乐哈哈。

"你呀！"见到田应生。"你呀！"见到序子。"你呀！"见到吴道美。"那'一大胖'[1]都好呀？哈哈！"

陈肇发爹也跟着哈哈，好像这两爷崽一辈子头一盘见到人类那么高兴。

又是茶，又是寸金糖。

大人一样坐在两边太师椅上，陈肇发的爹一边笑，一边出门去了。

"——你那个兑泽有好大？"田应生问。

"冇小。"

"人呢？"

"七八百吧！"

"嗯！装这么多人，当然小不了！吃饭、困觉都在里头呀？"

"嗯！"陈肇发回答。

"放完暑假你还去呀？"序子问。

"那当然去！"

1　一大帮。

"嗯！"

田应生问："你坐哪样转来的？"

"先是从长沙坐小火轮到常德，再搭汽车到桃源、沅陵，再搭木船到辰溪、高村，再坐轿子转来。"

"远得很咧！"吴道美讲。

"还可以！"陈肇发讲。

"你一个人这么走法都不怕呀？"田应生问。

"跟我爹一起，有哪样好怕？"陈肇发说。

"哦！你爹在长沙一直跟你一起？"吴道美问。

"嗯！"

"转来一起转，去，一起去？"吴道美又问。

"嗯！"

"那就是讲，你爹陪你读书啰？"

陈肇发笑了，"哈、哈、哈！可以这么讲。"

"你妈呢？"

"早死了！就剩我们两个人了。哈哈！"

门外头也是一路"哈"进来。原来老人家端进一小脸盆凉粉，"哈哈！吃凉粉，吃凉粉！天气热死人……"

又进厨房搬来红糖浆、醋、饭碗、调羹。大家就在陈肇发两父子哈哈声中把一脸盆的凉粉吃完。

"我们给你们带转来两大包书报杂志，你们转去的时候扛走！"肇发爹讲完起身收拾碗盆，"哈"到后屋厨房去了；他不要大家帮忙，又"哈"回来，他喜欢儿子还剩有不少同学在朱雀，仿佛自己往年同学那么亲热。

"哪，哪，《良友》，看见吗？一九三四，一九三四就是我们的民国二十三年，一月，三月……这是比较热闹的杂志画报。哪，哪！《妇人画报》《人世间》，那是林语堂主编的。《小世界》，城里伢崽好走玩的东西，他们的世界和这里的世界不同。《电影画报》，《电影画报》只有天天看电影的才有味道，你们又冇看过电影，就冇晓得它讲的哪样了。《妇人画报》，妇人指的是城里头的妇人，我们这里的婆娘家是管不了这闲事的。婆娘家还会专门出一本杂志？哈哈哈，哪！哪！哪！这是本《音乐杂志》，这是城里的音乐专家出给自己看的东西，中国有几个人看得懂里头的东西？算是一种提倡吧！哪！这一堆是《美术杂志》，我买这几本东西是图个新鲜，晓得中国也有鼓吹美术的，一百多页，好厚好厚，一本大洋一块二角，我看得头昏脑涨，把我原来懂得的那一点也刮跑了！哈！哈！哈！哈！搬转去，慢慢看，让我们朱雀人晓得，外头是这样子糟蹋纸张的，那么好的纸，哈！哈！"

这些杂志，序子家里也有一些，有一些没有；看到陈肇发爸爸一边讲话一边快乐，好像一边洗澡一边唱歌那样，心里有一阵子感动。他一定是个很善心的人；一个很喜欢伢崽的爸爸。全家只剩下他们两个人了……

"来来来！伢崽，你们讲，喜欢吃哪样，我去办！"肇发的爹开心成那副样子。自家真的开心，也为他儿子开心。——很可能，两父子在朱雀断落了亲人……

这几个调皮的人，用得着问吗？来哪样吃哪样，连李子园的李子都没有放过，这时候忽然哑了，为哪样会哑？他们几时碰见过老人家这么真诚、坦荡的感情？

说完这话，老人家又"哈"出去了。

陈肇发指着他爹背影说："我爹永远都是这个样子，人家就讲他像我哥。我哪里有哥？哈哈……"

几个人又扯东扯西，序子咬左唯一啰，田应生讲自己妈挨曾宪文妈灌水啰，陈肇发讲李振军这时候怕在北平，读冇读书不晓得；康宗保早就到红军那边去了……讲到讲到，序子看到板壁上挂着两三顶帽子。

"那是你学堂戴的帽子？"

肇发取下来戴在脑壳上，"……顺着帽檐，帽肚子歪这边也行，歪这边也行！"

这有点意思。序子接过来戴在自己脑壳上，左边歪歪，右边歪歪，皱聚起眉头，走了几步，觉得实在好过之极。对着堂屋左边的大镜子来了一下，吓得退了一步：怎么这么好的派头？

想到屋里那两个表姐妹，让她们看看——

"肇发！这帽子你借我三天！"序子老着脸皮开口。

"你戴，你戴！上学前还我就是。"肇发说。

肇发爹买回来米豆腐，一个人在厨房里弄，一碗碗端出来，吃完了。大家长了乖，硬要帮忙洗碗收拾厨房。这帮家伙几时在厨房做过？弄干净之后才告辞出门。

陈伯伯站在大门口，"走了，走了，再来呵！哈哈！哈哈！"

书报杂志分四口袋装了，先冇忙分，田应生一担子挑进序子后门屋里，都放到堂屋背后柜桶上，过些时候再讲；各人从后门走了。

序子在房里对着镜子戴好帽子，把帽子从左边偏着；端详一番，觉得样子有点痞痞家，蛮有味道的。大凡上海、汉口、长沙来的东序子接过来戴在自己脑壳上，左边歪歪，右边歪歪，皱聚起眉头，走了几步，觉得实在好过之极。

中学生帽子和八字脚

西都有点"谑剥"[1]，帽子呀，衣服呀，裤子呀，皮裤腰带、皮鞋呀，眼镜呀，银子纸烟盒甚至于嘴巴上留的胡子，下巴底下长的胡子，都是弄得人见了想笑又不敢笑；连手里捏的文明棍，粗的粗，细的细，镶了牛角象牙、金子银子，很是让人见了提神醒脑，一下子觉得来头不凡，要不是有钱有势便是满肚子学问令人惹不起。

序子借来的这顶学生帽就属于这层意思。朱雀小学生戴的是"碗碗帽"，不过是正街上裁缝信手做的。那个帽檐让人一眼就认出来是做鞋底打壳子时顺手剪下来半月形纸板缝在上头的，让人戴了失败灰心！了不起比幼稚园三岁儿童的"荷叶边"帽子稍微高级一点点而已……

长沙中学生帽不然。帽檐子是德国漆皮的，帽身是英国黑呢绒的，帽子中间闪闪亮的一只飞鹰帽徽，是珐琅瓷。唉！你想想看什么光景？完全是工厂里的机器做出来的，每顶里头都编了尺码，根据脑壳头形大小各领各的号数，科学分类，毫厘不差。一上街，城门洞一站，哪！中学生！

这是序子不晓得从哪里听来的印象。听来的东西有时比亲眼看到的东西理想得多。（理想可以塑造啊！）

序子以前看到的陈肇发和今天的陈肇发很不一样。高了，宽了，帽檐底下那对眉毛，眉毛底下那对眼睛都在仰望着光明前途。（朱雀伢崽两只眼睛只望着苕粑。）

陈肇发走起步来像行进的北伐军昂扬、稳重的风神。这种步子并不难学。

1　滑稽。

好了，序子要走出房门了。到堂屋顺手在玻璃窗子上瞟了自己一眼。拖椅子弄出点声音，不见什么响动，便一个人走到院坝椿木树底下练习陈肇发的步伐。反复了五六回，妈从学校转来，进门见到序子这副神气——

"你在做哪样？帽子哪里来的？怎么走路八字脚？"

序子得意还没有尽兴，他一边走路一边回答："老同学陈肇发的兑泽中学学生帽。我借他三天，三天就还。"

"你是想冒充中学生啊？连八字脚都在学啊？你讲你多好笑？"妈认真地看着序子用八字脚走路。

"这不是八字脚，这是北伐军军步！"

"北伐军这么走路，怎么打仗？"妈说，"帽子还送人家去！快！这是虚荣心，不好！想一想，懂吗？"

"我还不太想马上还送人家。"序子说。

"那你讲，几时还？"妈问。

"后天还！"序子说。

"后天就后天。八字脚是个毛病，不要学，马上改好不好？"妈讲完进房了。

"好！"序子讲好，妈没有听见。

两姐妹出来了，没有觉得序子戴的帽子有什么新鲜。序子脑壳上这件东西不会叫，又不会跳，只不过是一顶帽子。朱雀人少见，到过浦市的人未必没见过，所以完了！

序子告诉她们又拿来好多书。一齐跑到后边去看，这一看了不得，比一百顶帽子还得劲。

"这么多书！这么多书，你真了不起，你真了不起！"

两对手抓着序子跳，两对眼睛对着序子笑。三个人忙着打开包袱，坐在后门门槛上。两姐妹分两边把序子夹在中间。她们妈听到嚷声便走到后头看个究竟，两姐妹就叫："妈！你看，好多书！好多书！"

她们妈就讲："还真是多！还真是多！伯娘在房里写字，你们不要吵，慢慢子看……"走了。

等下爸爸也来了，"哪里弄这么多杂志？"

"陈肇发从长沙带转来的。"序子回答。

"哪个陈肇发？"

"铁炉厂那个陈肇发，他在长沙兑泽读书……"

"呵！呵！晓得了，晓得了！铁炉厂进士第'陈哈哈'那个'笑客'屋里的崽是吧？呵！呵！他崽都读兑泽了，这光阴好快！嗯？记得陈家那伢崽读过'模小'。"

"是，他六年级走的。"

朱雀城好笑也算好笑，喜欢在人的名字前头、姓前头挂块招牌，好像《水浒传》的呼保义宋江、拼命三郎石秀、铁叫子乐和、黑旋风李逵，甚至有时候连名字都省了。

西门坳李驼子，洞庭坎上刘麻子，北门上印瞎子，洪公井刘卷子，老营哨吴阙子[1]，大街上李蹶子，东门口苏胖子。一讲，大家都明白，一条巷一条街出这么一个异人是很容易记得的。这类人大都属于生理特点，当面不叫背后叫，所以加个"子"在底下表示尊重，与孔

---

[1] 豁嘴巴。

子、孟子的叫法同等。

另外一种完全是谐谑性质的，环境时间一变就没有了。不过几十年后想起某人某个场合某些特点，会仍然觉得好笑。

长时间一直流鼻涕的叫"鼻泥客"，一直长眼屎的叫"眼屎客"，时常流口水的叫"口水客"，老拉屎在裤裆里的叫"屁屁客"，老尿急在裤子的叫"尿客"，光吃菜不吃饭的叫"菜客"，裤子老往下掉的叫"垮裤子客"，不择场合放屁的叫"屁客"，动不动号啕大哭的叫"哭客"，动不动哈哈大笑的叫"笑客"。只有"笑客"一种不带贬义，不过当面叫起来还是不好。

（我提前把这件事讲完算了，免得以后忘记或没有机会再讲。一九五〇年我回乡路经辰溪，听说陈肇发的爹陈哈哈伯伯住在辰溪，我顺着门牌找到了，就在城墙根一间小木板房里，好破残的屋子。我报了名字，他认出是我，请我坐在床沿上，他站着看我：

"哈，哈，哈！你看都没办法请你喝口水。"

我问他肇发现在哪里，他想从抽屉里找一个文件让我看，摸着抽屉又转身过来，"莫看了！莫看了！哈哈哈！他跟到林彪打四平阵亡了！"老人家满脸眼泪挤在我旁边坐下，弯着腰哭。

后来我也不晓得老人家有没有再回朱雀铁炉厂进士第。

有诗云："……故人星散尽，我亦等轻尘。"

时代如碾轮，也不知道陈伯伯几时才变作轻尘的？）

序子到陈肇发家还了帽子。

事情发生得慢慢特别起来——

序子每回跟躲妹讲话总是比较正经。《天方夜谭》《鲁滨逊漂流记》《格里弗游记》《葡萄仙子》《月明之夜》……跟躲妹就专门讲走玩，带躲妹出去跑，一口气跑到正街上吃汤圆。躲妹就一次也没有，序子想都没有想过。序子明白，躲妹只喜欢跟他轻轻讲话，有时还一齐唱歌："……声儿静夜儿悄悄。爱奏乐的虫，爱唱歌的鸟，爱说话的人，都一齐睡着了。……待我细细地观瞧。趁此夜深人静时，洒下了快乐的材料……"

唱这些歌，人简直都融在蜜里，昏头昏脑不得开交。

（这又让我想到十几年、二十多年前的一桩事。

我跟苗子、郁风、王世襄从巴黎到意大利，在威尼斯住了几天，酒店精彩，大理石砌的餐厅贴着海，布棚子遮着，海浪近尺，远远是玻璃岛……早餐的时候，郁风讲昨夜想到小时候唱的《月明之夜》，"'——爱唱歌的鸟，爱说话的人'，上头还有句'爱'什么的什么？一直想不起来……都睡不着……"

"慢点，"我说，"让我想想。"我也想不出。

郁风早餐吃到一半说要上街去买点要紧东西便走了。我们继续吃早餐喝茶——五分钟左右，郁风笑弯了腰转来说："——'爱奏乐的虫——爱奏乐的虫'，我走到半路居然想起来了。好！好！我还要上街，等下见，等下见！"你瞧这疯婆子！）

妈从房里走出来，"你们晓不晓得这歌是哪个作的？"

序子平时只注意唱歌，没管是哪个作的。

"是黎锦晖先生作的。他一辈子光为伢崽家作歌。有个歌叫作《可怜的秋香》，讲一个没爹没妈帮人放羊的穷妹崽家，一直放到老。那两个金姐银姐，有爹有妈，长大了生儿养女，日子过得平安舒服；那个秋香呢，到白发苍苍还一个人在草场放羊……没有人照顾她，理她……讲这个'古'已经让人伤心，编出歌来大家一唱，都忍不住边唱边流眼泪水。歌，作得真好听，好久好久、永远让人忘不了。"

"我们学堂先生教过。"躲妹讲。

"妈，你认得那个黎哪样先生吗？"序子问。

"没见过，我敬仰他。"妈说，"要是见到就好，我会有好多话和他讲，多谢他为受苦人作歌。"

"唔！我看他怕就是共产党！"序子说。

"未必就是共产党，有善心就好！"躲妹说。

"人有善心，个个有善心，其实比哪样都要紧。"序子问，"妈，你讲对不对？"

"对是对！好难啊！"妈上街去了，"这是个哲学问题……"

序子到楠木坪找到田应生，问："我妈讲哲学。哪样是哲学？"

"跖，贼学也，盗跖之学也。盗跖是古时候的一个强盗名字，恶狠狠之极——再往下讲我就不清楚了。"田应生有点奇怪，"咦？你妈和你讲盗跖之学何所为耶？是不是讲的不是指盗跖之学？我想我们去问问陈良存那个狗蛋吧！他书读得比我正经。"

"你一时怎么找得到陈良存？"序子问。

"好找！好找！他在丁字街剃头铺拉扇子。"

到了丁字街剃头铺，果然陈良存在角落隙拉扇子。好多人在剃头。不剃头的跟剃头师傅和挨剃头的在讲白话，一屋子坐的站的讲得蜜朵蜜朵了 [1]。

---

1 比热烈的味道要甜。

序子和田应生打手势叫陈良存出来；陈良存摇脑壳表示公务缠身动不得。陈良存像练他的颜鲁公一样，一笔不苟地认真拉扇子。田应生就和序子走到他跟前。

"问你，序子妈跟序子讲'哲学'，我以为是盗跖之学，怕又不是，所以来问你。"田应生说。

陈良存想了一想，摇摇头，"我也不懂。不过我晓得哲学不是盗跖之学。哲学大概是一种讲大道理的学问。天啦，地啦，人啦，今天的人啦，古时候的人啦……我书上看到中国和外国都有这种叫作哲学家的人……"

"还有吗？"序子问。陈良存讲："没有了。"

"唉！连你都不懂，我看就算完了。等长大再讲。"田应生拉序子走了。

走到道门口，口口隙，有百把二百人排队举着彩色三角纸旗子出来往正街上走，脸颊都不大嫣然，出殡不像出殡，办喜事不像办喜事，也不雄壮威武。一个人前头带队，嚷一句，后头零零落落跟一句，就那么走到不见影子。

街上有议论——

"听到讲要搞'新生活'了。"

"哪，怎么搞法？眼前的生活怎么办？"

"这队伍怎么弄得冷风秋烟的？"

"放暑假，哪里找得到人？凡是游行都是靠学堂学生才凑得出热闹。你不看到？救火局、常平仓的都拉在里头。还有教育局咯几个'酒客'，要是找得到人，不会派到他们脑壳上的。"

"哪！这'新生活'的阵候怕是有点怪，来头不小，不太好打发的。"

"跟拉兵派捐有没有关系？"

"'新'到什么程度？"

序子和田应生听不出味道，便过大桥到沙湾万寿宫门口坐到石坎子上，听这边的老家伙吹：

"……哈！长沙早就动起来了，走路大家靠左走；升国旗的时候，不管你在做哪样，都要停下来立正，行注目礼，当兵的行军礼。"

"是啊，是啊！我听到人讲，上海那边人赶场的时候听到升旗号，一排上茅房的人裤子都顾不得提马上站起来立正行注目礼；屙尿的屙到一半也都停止，肃立行注目礼。挑水的，挑着一担水就那么一动不动立正，等着升完国旗。还有抬新娘花轿的，一听升旗号都立正行注目礼，停止前进，连新娘在轿子里头，也是立正行注目礼的。还有上海人吃早饭，喝一口豆浆正咬着一根油条，也是一动不动等青天白日国旗升到旗杆顶上才咬第二口。家里死了人，哀声戛然而止，也是升旗号音的缘故。"

另一个人就骂他信口开河：

"你的消息这么灵通？你亲眼看过上海人'赶场'？蒋介石这狗日的你也不能讲他哪样都坏，他也在想办法为国为民。他也希望中国强盛不受洋人欺侮，所以他提倡'新生活运动'让国民振作奋起，做一个体面的中国人。

"他提倡人和人要有礼貌，尊敬长辈，友爱兄弟；人每天早晨起来要刷牙齿讲卫生；要勤换衣服，多洗澡；走路靠左走；做人要有信用，识廉耻；他讲要禁烟、戒嫖、戒赌，这都是不错的嘛！"

"禁烟？禁哪样烟？"

"当然是鸦屁烟。"

"哪，那我们这个烟袋锅的烟禁不禁？"

"冇讲到！"

另一帮人嚷起来：

"迟早也禁！"

……

序子觉得沙湾这帮人比较有味道。讲正经话的他见过，是诸葛亮庙里印庆福道士。

往回走上大桥的时候，田应生有感而得句云："闻井梧之慧俚兮，赏山水而雍容。"

序子问他："你嘴巴东念西念，自己懂吗？"

田应生笑了："讲直话，自己有时候还真的不太懂。"

序子告诉他要回家吃饭了，晚上约了人。

回到屋里，妈问他上哪儿去了。序子讲县衙门出来好多人在街上搞"新生活"，又听人议论，很好走玩。

饭桌上爸爸问他"新生活"讲的什么事，序子说："蒋介石发命令，要人刷牙齿，穿衣服扣子要扣好，勤洗澡，走路靠左，禁止吃鸦屁烟，这样子就可以救国，还讲要尊敬国旗，升旗要立正……"

"你看呢？"爸爸问。

"光是刷牙齿，走路靠左，尊重国旗，不准吃鸦屁烟，日本帝国主义和列强不一定怕。恐怕还要搞点别的东西才行。"序子说。

"我看你的办法比蒋介石的办法有道理。"爸爸说。

婆讲："我一辈子光漱口和刮舌子，不刷牙的；不晓得合不合格？"

"婆呀婆！你是跶跶脚，蒋介石不会邀你参加救国的。"序子讲完大家听了笑。婆也开心和"新生活"挂了钩。

爸爸说："好！快吃饭，吃完了，今天月亮大，在院坝看月亮。"

"我没有空的。"序子讲，"我和跶妹讲好等下带渠到幼稚园看菊花。"

"夜都夜了，看哪样菊花？——幼稚园哪里来的菊花？"妈说。

"一院坝满天星，在后院靠你们学堂白粉墙那一头。你都冇晓得。"序子说，"满天星到夜间会发亮，看门的田爷爷讲。他要我去看。那些花全是他栽的，我们都讲好了，他老人家帮我们开门。"

"跶妹冇去呀？"妈问。

跶妹动了动身子说冇想去。

序子敲了三下门，门开了，田爷爷说："快去快去！花等你都等急了，都漫出来了……"

跶妹跟在序子后头走。

"你怕吗？"序子问。

"怕哪样？"跶妹问。

"鬼。"序子说。

"真见到才讲。"跶妹说，"冇见过，怕哪样？"

"我哪样都冇怕！砍脑壳，枪毙！好多好多死人我都冇怕！"序子说。

走过一条很狭很高的走廊，两个人的脚步应着"啪！啪"回声，还没走完就闻到菊花香。到走廊口，右首边一片满天星的亮，真亮，像一地的小灯盏。

"你看，你看！不错吧！"序子说。

"我一辈子冇见过这么多花！"舲妹边讲边跳。

满天星本来是黄的，到夜间看不见黄了，只是满眼眶子晃晃的亮。到这时候人眼珠子就跟猫儿眼珠子一样变得又圆又大，鼓得像个蛤蟆眼睛一样。

高高的木栏杆围着。

"你要不要坐在栏杆上看？"

"好！"她自己爬上栏杆坐着，抱住左首一根柱子；序子也爬上栏杆，抱住右首一根柱子，双脚离地好高，脚杆晃来晃去很自在。

两个人泡在菊花里，那么蓝的天、那么大的月亮都顾不上了。

"你姐不会来的。"序子讲。

"嗯！"舲妹答应。

"我没有邀你姐，邀她也不会来。"序子说。

"嗯！"舲妹讲，"这一回的花我以后也不会再看到了，我晓得。"

"要是你姐来了，我冇晓得她看了这些菊花会讲哪样。"序子说。

舲妹说："你看，月亮旁边还有好多星子咧！看到吗？那么高，高成那副样子！"

"看到，看到。"序子看完月亮看星子，看完星子看菊花，又看菊花隙隙底下好厚好厚一层又绿又不绿的绿，像不动的烟尘托在底下……

序子有点昏。蓝天、星子、月亮、菊花，还有满满一鼻子的"碰

还没走完就闻到菊花香。到走廊口，右首边

一片满天星的亮，真亮，像一地的小灯盏。

和弟妹看菊花

香”[1]擂在脑壳里，把他脑壳当瓦钵子……

"躴妹！"序子从栏杆上爬下来，"躴妹！看饱了吧！我们转屋里吧！"

躴妹从花梦里醒过来说好。多谢了田爷爷等门，跟序子转屋里了。

院坝一屋人在赏月品茶。

"嗬，带回来一身菊花香！"爸爸说。

"真是！过来让我闻闻！"妈妈拉躴妹过来，"不错！是菊花香笼熏过的，你是个香妹崽……"

躴妹又自动到躴妹那边让她闻。也嚷香。

序子看到躴妹闻躴妹身上的香，差点点也跟过去了。幸好。

第二天大清早，序子邀躴妹和躴妹到大门口，站到腰门槛上，"你们看！你们看！往田家晒着太阳的白墙那头看过去，远山那座影子叫'旋旋楼'，在王家弄公园里头。"

躴妹问："远吗？"

"嘿！左首出文庙巷，走到陡陡坡一拐就是王家弄，没几步。"序子讲。

"那吃完早饭我们就去吧！"躴妹讲。躴妹没有说去；躴妹总是到时候不去的。

要是躴妹真去了，序子也不晓得拿什么话和她讲。好像是还没有练好跟躴妹讲话的本事，心里悬悬的。幸好，幸好！唉！其实躴

1 香极了。

137

妹要是去了，到时候会有话讲的；一定是另外一种话。躲妹小；躲妹大，读过好多书，不一样的。唉！其实躲妹要是去了多好！躲妹像常识，躲妹像算术。跟躲妹走玩只有快乐没有担心；躲妹呢？不晓得！

吃早饭在饭桌上，爸爸见序子神气："狗狗呀！狗狗，那么快扒饭，有哪样要紧公事？"

"有的，有的，等下带躲妹上王家弄旋旋楼！"序子说。

爸爸笑了，"带着躲妹，趁这个暑假，把朱雀走'高'[1]算了。我帮你算算，石莲阁去过吗？八角楼去过吗？老师岩、堤溪去过吗？观音山[2]去过吗？南华山去过吗？还有玉皇阁、阎王殿、牛王庙、马王庙、诸葛亮、准提庵，顺着下去还有杜母园、凉水井、龙潭……"

序子跟着笑起来，哼着唱戏的京腔道白，压低嗓门，手指着爸爸说："张、幼、麟啦！张幼麟！为何拿老夫'絮毛'呀？呀？"

"吓？吓？"没想到序子来这么一手，又觉得他不分尊幼的胆子太大，满屋子笑成一团，差点夹不成菜，喝不成汤。

序子自己也没料到如此神来之笔，缩在饭桌旁直想往底下钻。

吃完饭大家还笑的时候，序子带着躲妹早已出门。

妈妈对爸爸说："好咧！你这种儿子少见吧？你得意了吧？"

"你也不要讲，岂止是得意，儿子这种玩笑开得得体，不怨不怒，不哀不伤；不信你回味回味！"爸爸真的在品揣欣赏，"情感

---

1 走遍了。
2 观景山。

138

文化上有某种厚度，情绪挪拿极有分寸……哪天我要告诉素儒，让他笑笑。"

"世界上有这种儿子还要有这种爹配才行！"妈说。

四婶娘她二妹也说："我看是！我看是！要是别人家的崽，老早两耳巴子铲过去了。"

"——还讲出道理！"妈说完大家又笑。

序子带躲妹拐进王家弄，躲妹问序子："有狗吗？"

"冇要怕，有我。"序子说。

"你怎么冇怕？"

"狗都认得我！"

果然，狗见了序子都摇尾巴。序子还故意向它们招招手。

上石坎子，一坎又一坎，到公园门口，左首边有一丛花，紫红紫红的一小朵一小朵，摘下来可以吹出声音。

"这花叫哪样名字？"躲妹问。

"我冇晓得名字的花，你最好不要问；问了，我还是冇晓得！"

进了公园门，左首边就是陡陡的山和一口塘；半山上竖了座亭子，挂的匾上四个字"高山流水"。

序子告诉躲妹："这'高山'其实不'流水'的，根本没有水头；底下这口塘的黄泥巴水，都是下雨下的。'高山流水'四个字不晓得是哪个老家伙题在高头的，来都没来过，要是来了，转屋里就不会写这四个字。讲'高山'其实也不算高，再上去还有城垛子，城墙哪里会有流水？你讲是不是？"

"那你带我到这里来做哪样？"躲妹问。

"这是块新鲜地方，叫作'公园'。大地方、城里都有公园让人随便走玩，所以我们朱雀也有。原先还打算喂一些豺狼虎豹关在铁笼子里让人看，后来想一想，冇钱买肉送它们呷，一只老虎一天几十斤牛肉，买一天还买得起，久了就不行，还不如买肉自己呷好；就没搞起来，剩下这个空公园。空公园有空公园好，凡是人一个人要想事情就到这里来想。这里树多，上上下下，曲曲折折，也有点像古书上讲的风景名胜，也冇要走远，那一胖鸦屁烟客、酒客、茶客约几个人到这里来会一会，吃茶喝酒作几首诗也是有的。这都是有钱人吃饱饭助消化的闲乐。最好的好处是在城里，冇人'捉肥羊'。其实也少。鸦屁烟客冇劲爬山，酒客怕喝完酒从山上绊下来。我都是听人家讲的，自己冇看过。我爸爸也很少和朋友来。"序子耐心地讲送躲妹听。

"我们转去吧！"躲妹讲。

"来一盘不容易，高头还是有看头的。到了高头，你讲冇好，我们马上就转去。你想，离屋里又冇远，几步路的事情……"序子说。

上了两百多坎坎子，在几棵大柏树底下，两人转身坐在石级上。

"你看脚底下这城！"

"哦！是咧！是咧！好大一片城，都是瓦都是树，还有跳岩，还有大桥……"躲妹看得开心起来。

序子问躲妹："你看我们的屋在哪里？"

"那么多屋，我哪里去找！"

"哪！哪！"序子用手指着公园脚底下，"你顺着王家弄往前看，大屋顶挂铃铛的是文庙，看到了吧？哪！旁边那棵烧了半边的大树就是我家的椿木树，看到了吧？"

"看到了！看到了！"躰妹讲，"还看到文星街有人走路，有大人，还有伢崽家，还有狗在走！真好走玩。到高头来才有看头……"

转身上去，有座两层办公楼，也是空空的没有人住。旁边有梧桐树、杉、柳，更多的还是又老又粗的松柏，顺着坎子往上走就到城墙边了。这头有块平坡，好多大岩头，有的可坐，有的可爬。岩头上长着厚厚的青苔，有的岩头上长满"雷公屎"干皮皮，一到下雨就变作新鲜"雷公屎"，捡回去多加辣子、大蒜、葱姜，可以炒一海碗好菜。

城墙上长满厚苔，一路顺着岩坡斜到老西门那头，远远地让屋顶挡住看不见了。

右首边就是旋旋楼。

旋旋楼比城楼子还高，听说是老师长下命令盖的。要不下命令，就不会盖得这么好看。

进楼没有楼梯和坎子，是和田螺壳里头一样的斜斜的木楼板旋着让人走到楼顶的。有筋实的木头栏杆围着，心里只觉得好，不觉得怕。

城墙外是南。

躰妹妹扶着栏杆，脚底下到天边一片起伏的草坡。近在眼前的是绿，越远越蓝，蓝到和天接到一起，有时候跟乌云接到一起。你要看草，就上这里来。

"我姐可惜这次冇来！"

"她来，和你不一样。"

"我原先在山底下，都有点怪你。"

是和田螺壳里头一样的斜斜的木楼板旋着让人走到楼顶的。有筋实的木头栏杆围着，心里只觉得好，不觉得怕。

公园旋心楼

"冇是怪我，是怪它们！"

"天底下，满世界都是这草多好！自己长自己的，不要人管，还长别的东西做哪样？"

"要是下雨天来，下雪天来又不一样。早上来，半夜月亮天来也不一样。"

"唉！这风好凉快，头发都不用梳了！"

"不叫风，风是吹出来的；这叫新鲜空气，是这一大片草弄给你闻的。里头含叶绿素，草底下有水，水里头有矿物质溶在里头，闻这个东西长大成人最是好！"

"我信！"

"听人家讲，海也好，还有种好高的山也好；还有大沙漠也好，还有北极和南极也好，都长在我们地球上……"

"我够了，哪里都不要，只要这草。"

"你是对的。只要认真看，哪里都好。有时候看天井瓦檐上一个蜘蛛用神织网；看墙脚脚隙隙蚂蚁子搬东西，它们也有家，也有城墙，也有街道弄子；看瓦片底下蜈蚣打盘盘照拂它的小崽。你积攒起来，有时候想，哪浪都不去了，书都不想读了。你晓不晓得法国有个科学家名叫'法布尔'？写好厚好厚的书，一辈子讲虫。"

"他怎么姓'法'呢？"

"洋人姓哪样都有，名字也不一定两个字、三个字，有时候一个名字十几个字，叫渠吃饭光叫名字要五六秒钟。"

"我要屙尿。"

"屙就下楼屙呗！"

"有冇茅室？"

"哪里都是茅室。"

"我怕有人。"

"你屙一点钟也有有人。"

听到躲妹一步步下楼，序子顺手对着栏杆外头的草和天也来了一盘。

序子在楼上扯着嗓子问："屙完吗？"

"屙完了。"躲妹在楼底下答应。

序子走下楼来。

"转屋里，好吗？"序子问。

躲妹趴在城垛子口对城外喊："草呀！草呀！我这番走了啊！几时再来看你！"尖尖嗓子草把它吃了，没有回声；不是在庙里，山洼洼里。

一进门，人就叫："转来了！躲妹转来了！要不然还派人去公园喊你呢！"

"哪样事？"

二姨讲："快多谢伯娘！我们要走了，租到房子了，快进屋去捡你东西。"

躲妹见堂屋摆的自家行李，连忙走进屋去。

这情景让序子挨了一闷雷。他看躲妹一眼，躲妹也看他一眼。就是这一眼，他不晓得自己出了什么事。想讲点什么，一切好像还冇曾开始咧……什么叫作"开始"？自己也不明白。

躲妹背了个小口袋出来，序子拉着躲妹的手："躲妹，你就走了！"

"嗯！"躲妹讲，"是妈讲走的。"

"我们还会来看你，多谢婆，多谢伯伯、伯娘，打扰了那么多天……"二姨一边客气，一边出门。

众人跟到送出门去，留序子一个人在堂屋。

堂屋阴凉阴凉，序子打了个战……

"王伯！王伯！你在哪里？"

……

序子好几天像个不会作诗的屈原，一个人到处逛来逛去。

"怎么又在这里碰到你？你在做哪样？"滕代浩见序子又坐在金家园跳岩那头岸边。

"我在坐。"序子回答。

"坐有坐的道理。"滕代浩问，"大家几天冇看到你，都在找你。"

"曾宪文呢？"序子问。

"哈！曾宪文呀！他遭难了。烧了他爷爷的胡子。"

"渠几时又蹦出个爷爷了？"

"他爷爷前天早晨从高坳乡里进城来，曾宪文他妈买了一钵子灯盏窝、油炸粑粑让老家伙吃。老家伙一边捋胡子一边吃，嘻嘻哈哈原来是个乐人。吃完粑粑不点'吹吹棒'要抽城里的纸烟，让曾宪文取火，曾宪文从灶眼里取出根燃柴，把爷爷一脸白胡子点燃了。胡子刚抹过油炸粑粑油，火烟腾天，一蓬白胡子烧得一根不剩。幸好往水盆里跳，救回了上半张脸，卫生局转来脸颊又红又肿像个烧腊卤水猪头。曾宪文看了想笑，挨了他爹两耳巴子。你想他爹那手劲，脸也跟到肿了。现在全家都闷在屋里，粉也冇榨。"

"他爷爷不会有性命之忧吧？"序子着急起来，"我们该去探探水。"

"哎！这时候去？人家以为你是幸灾乐祸，讲冇定也铲你两耳巴！性命之忧大概不会，'烫伤不过半，不进阎王殿'，才半个脸嘛！"

滕代浩讲，"我问你，这几天你屋隔壁'考棚'有没有哪样响动？"

"哪样响动？"序子问滕代浩。

"我问你，你反而问我，真好笑！"滕代浩急了，"这几天'考棚'、三王庙、箭道子、小校场、大校场来了好多兵，讲的是外头腔，你晓得吗？"

"我也冇晓得！也冇听到讲过。"序子睁大眼睛。

"你闻也不闻，看也不看，简直是'鼻子是个猪拱锤，眼睛只读狗屁书'。平时你做哪样去了？"

"你要骂我，我就要打你一盘！"序子生气了。

滕代浩笑起来，"这是骂你吗？我是想告诉你，来了外头兵，一口外头腔，怕是要出大事！"

"所以唦！所以我讲你是……我看，我们一起到'考棚'门口看看去，好不好？"滕代浩说。

"要不要去邀一下吴道美他们？"

"探水的事，人越少越好！"

两个过完跳岩进了北门。右转弯果然"考棚"门口两个恶狠狠的荷枪实弹卫兵，门口挂了块新漆的白底黑字招牌，写着："朱雀城城防指挥部"。

两个人又转回城门洞去看"告示"。好多人围着，根本挤不进。远远只瞄到后头清楚六个字：指挥官柏辉章。（这个指挥官说大不大，说小不小，问题是他有一个跟几十年以后的大大有名的历史连在一起的东西。红军一九三五年在遵义开会的那座房子是他家的，他就是贵州遵义人。）

看完没头有尾的告示就各回各的家，心里只晓得这不会是哪样好事。曾宪文前些时候顺口讲到过的，和"老王"被"请"出去有点关系。"老王"请走，柏辉章进来，大概是麻烦来了。

这几天好多事压在序子心上，烦得不得开交。

书上读到两个字"彷徨"，很是新鲜，自己眼前就有点这种味道。停也不是，走也不是，在地上打转，左看右看，哪里去好？这就叫"彷徨"。两个字不单好听，像李商隐的诗一样，懂不懂不要紧，好听。"彷徨"到底什么意思？便去问爸，爸讲："庄子《达生篇》曰，虫名，是五颜六色的两头蛇。"呵呵！麻烦了！和歌里头的"……只有，一只，失群的孤雁，彷彷，徨徨，向着北面飞；雁呀！你可是同我一般地受人欺侮，没人怜……"完全走了样。

有一个嘴巴长一撮黑胡子的瘦老头子叫作鲁迅的人写过一本书，也叫作《彷徨》，论起来这两个字挺让人喜欢的，不该是写两头蛇意思的书。

"爸！你讲'彷徨'两个字是五颜六色的两头蛇，是不是对我扯谎乱煽？"

爸在画通草画，转过身来，"怎么是扯谎？是庄子书上亲口说的，不过，庄子有时候也是东一句、西一句让人抓不着头脑。比方《逍遥游》里头讲'彷徨'两个字是飞鸟的翱翔的动词；到《知北游》又讲是'彷徨乎冯闳'，你晓得'冯闳'是哪样吗？是虚旷茫茫的形容词，'彷徨'摆在高头仍然冇讲清楚。唉！'彷徨'两个字其实平常日子都是当作'徘徊'的意思看的……"（爸爸那时候也年轻啊！）

"你要早讲'徘徊'两个字，我就不那么费心思了！"序子说。

"嗳？话不能那样讲！读书人多费点脑子是好事情。可以把

148

学问一点点存起来。看你这么一问，拨动我又温习了几段《庄子》，不也是好事情吗？你听我讲，不管你以后长大成人是穷是富，当不当名人专家，多懂点稀奇古怪知识还是占便宜的，起码是个快活人；不会一哄而起只准读一本书，个个变成蠢人。"爸说，"从今天起，你可以随便翻我书柜的书。"

"我——早——翻——了！"序子说。

过不好久，文光小学传来消息可以报名了。几几乎所有同学，除顾远达、顾凤生到省立读书之外，实验小学都掏空了，模范小学也有反水过来的。这么一来就变成朱雀城的一件风浪大事。

原来朱雀只有一间岩脑坡文昌阁模范小学，后来多了一间左唯一的实验小学，算两间。这下子又多了一间文光小学，一加二等于三，朱雀城就变成文化教育很发达的地方了。

其实，话也不能那么讲。是一些年轻的先生们不服气和省里有关系派来的刘校长才另立山头的，怪就怪在原来模范小学所有老教员因为这浪头也都自动解甲归田了。

这和那个新上任的刘校长有哪样关系呢？刘校长是一个和颜悦色的人，和哪个都没有得罪过，听说还是个大学生。岂不是很好？大家说不好。为什么不好？"老王"刚走上头就派了新角色来，好像和这股潮流有关。劲头看起来绷了好几个月，到最近才正式开锣。看起来文光小学的年轻先生满面红光，喜气洋洋。

前头都已经提到过了，文光小学校址在"王殿"，是田三胡子盖起来派用场的。看"王殿"的架势，那一圈高墙，高墙里头就一座大到没天没地的两层楼洋房，楼上楼下一间间大房小房，周围一些花果树木，到底原来做哪样用场的？很不容易猜得出。住家，单调；驻军，局促；公馆不像个公馆，别墅不像个别墅；要讲拿来办一间小学堂，却是再合适也没有。就那么一直空等多少年。奇怪！奇怪！就为了办这间学校？

门口很大，有铁门，周围装扮了西式图案花纹。

你问"王殿"在哪里，有的人不一定晓得，若是你问郭喜发的屋在哪里，晓得的人就多了。往郭喜发家弄子多走四五十步就到"王殿"。

郭喜发是个喂鸭子的。每年喂两三百只鸭子专卖给各路讲究的饭菜馆和烧腊卤水铺子。

没有别个喂鸭子的抢得了郭喜发鸭子的生意。别个喂鸭子的生意兴隆郭喜发也不眼红。

过年、过节、办喜事哪家买鸭子都不找郭喜发。郭喜发喂的鸭子很是特别，专长大脑壳和大脚板，这是大户人家吃鸭子最讲究的部位，肉不肉他们是不在乎的。

郭喜发又不是科学家，他用什么秘方让鸭子只长特别大的脑壳和特别肥的脚板？只只一样，成十成百齐齐整整的供应不断。

过路人见他天天摆张饭桌子在门口和屋里人吃早饭，吃夜饭，从从容容过日子，感觉他平常得实在有点特别，又说不出所以然，心里很有点这个那个……

城里哪家伢崽脚板和脑壳稍微大点的，人看了就会想到郭喜发，笑他可能吃了郭喜发的哪样药。

文光小学开学典礼，爸也坐在主席台上，还有其他好多重要的伯伯、满满。这就像唱大戏杀仗一样，敌我两边列好阵势准备骂战，显出底气很足的军威气派和阵势。

搞完了天下没人喜欢的开场仪式，要请来宾演讲了。头一个点的就是爸的名。

站在台底下的人最满意的莫过于张序子了。

大庭广众之下，爸从容不迫地从座位上站起来走到讲台，笑眯眯地对左中右三边鞠了三个躬，不咳嗽吐痰清嗓子，举起两只手对大家讲："各位先生同学，我现在还没有讲话，你们各位就先鼓起掌来，万一底下我的话讲得不好，你们要我退掌，我怎么还得清你们各位鼓掌的这笔账呢？（台下又笑又鼓掌）……

"有个人在山上挖出来一坨玉石，这块玉石非常之好，晶莹透亮。掌玉的主人就请几个车洗玉器的朋友到家里来讨论研究，到底把这坨宝玉雕琢个什么好。

"有个人说：雕个'三战吕布'。

"有个人说：雕个'春江花月夜'。

"有个人说：雕四只'喇岩'。

"有人说：雕个'渔樵耕读'。

"最后一个人说：雕个擂钵和擂椒槌……"

讲到这里大家就笑了。

爸问大家做哪样笑。

几个学生抢着回答："那么好坨玉，雕个擂钵和擂椒槌可惜了！"

爸就接着说："你看，你看！大家都明白了，一坨好玉，雕琢成擂钵和擂椒槌就可惜了。你们同学就像刚从山上挖出来的这坨好玉石，要是有人想把你们雕琢成一个擂钵和擂椒槌你们答应不答应？"

"不答应！"礼堂好大一场回声。

"谢谢！我的话讲完了！"爸说完，好长好长一段鼓掌，坐回椅子上掌声都没有完。

散会之后，序子牵着爸的手从楠木坪准备回家，开心得不得了，一路走一路说话。

"爸！你麻个皮真会演讲！"

爸低头瞪了他一眼。序子明白对爸讲话不该"带哨"[1]，就算讲好话也不该"带哨"。

走着，走着，原来是顺铁炉厂上岩脑坡高素儒伯伯屋里。

金秀大姐见了序子嚷起来："狗狗！你长得这么高了哇！"连忙牵序子带给她妈看。

"认得吗？妈！你看这是狗狗！"

高伯娘眼睛花，不晓得是故意装的还是真的，"嘀！吓了我一跳！我还以为你牵进一个大男人咧！"

给了块昨天的油炸豆沙糕让序子吃了，有点馊。

回到高伯伯房里，爸和他们几个人正在讲怕人的话。

"……不晓得哪样把陈回回伢崽绑了，几个人押进北门城门洞，碰见那个扎灯笼的霍进宝，霍进宝指着陈回回崽，刚嚷一声：'怎么？你出哪浪事？'话没讲完，几个人过来绑了霍进宝，拉到北门上跳岩边，几剌刀先把霍进宝戳了……这、这、这是哪浪事嘛！"素儒伯讲。

1　痞话。

"要是有个人找柏辉章讲两句就好。"幼麟说。

"霍进宝这不就才讲了两句吗？"素儒说，"底下怕还有闹热咧！听到讲，幸好印瞎子走快了两步，他们正在摸'老王'的底牌咧！"

"乡里怎么样？"藉春问。

"过几天你等着看挑人脑壳进城好了！"韩山说，"老百姓的青菜、辣子、大蒜、萝卜都有敢进城了……"

"这样搞一搞也好！"素儒说，"大家讲话办事也都要匀到[1]点……"

一罕说："好笑的是，朱雀城四门都贴了指挥官柏辉章响应所谓蒋委员长'新生活运动'的告示。一方面枪毙老百姓，一方面搞新生活，这种新生活应该叫作'腥生活'才对！血腥味道似乎是浓了一点吧？"

"你这个新提法我倒是没有想到。大凡杀戮之前，总要来场文明漂亮的闹台，一代代的历史就是这个样子，既新鲜又活泼，毫不留情。你劝它忍住一点都不行。它忍不住。"幼麟说，"忍，就不是残酷本色了。"

"幼麟这些话就不要传出去了，关起门讲讲倒是可以舒展舒展郁闷之气的。"素儒说。

"听到讲这位柏指挥官长得眉目清雅，风神倜傥，是个很有样子的人。"一罕说。

"那就更让人胆寒了。"韩山说，"我情愿刽子手稍微青面獠牙点，死也死得爽朗抻抖些！"

---

1 小心一点。别过激。

"好笑，挨刀还挑选刽子手？"素儒笑了。

韩山问："书上有没有写过这种雅人？"

欣安认真想了想，"好像没有。死得好笑、滑稽、从容、慷慨倒有的是。"

藉春说："得空认真查一查还是有味道的。"

正讲到这里，柏茂一路嚷着进门来了。

"三舅，三舅，了不得了，芷江打电报来，讲家公死了，三舅娘报你快转去！"

幼麟一听，呆了几秒钟，对几个朋友看了一眼，"我走了。"带了序子往回就跑，到了屋里，看婆坐在房里床上咬手指甲，又走到堂屋中间站了一会，"我马上到芷江去！"

叫柏茂到轿行订了轿子，跟妈在房里准备一些东西，轰里轰隆地走了。

序子脑壳里的脑浆像是一下子让人挖掉了，坐也不是，站也不是，空里空子！

"讲死就死呀？"他想，"怎么爷爷一下子就变作死人了？活得好好的，还讲转来和我有好多话讲——我们才刚刚认得嘛！"转身想到妈。妈赶到学堂去了。

"我到哪里去呢？"

序子便去找曾宪文。

陈开远就住在文星街，田景友就住在洪公井，为什么不找他们两个而找曾宪文呢？只是觉得曾宪文开通一些，有什么话一讲就懂。陈开远和田景友比他大，这还不算什么，要紧的是他两个屋里的大人管得严，脚杆一跨出门背后就会听到"哪里去"这句话。找他的人也会被问："有哪样事找他？"甚至还会听到，"不读书！一天到夜找这个、找那个！"骂人。

到了粉铺找曾宪文，他爹看到序子，马上伸长颈根往后头屋里喊："宪文！同学找你！"笑眯眯子。

宪文一听到序子讲他爷爷死了，高兴得蹦起来，"几时死的？"

两个人上西门坳找王本立、滕代浩，到楠木坪找田应生。大家都觉得这事情很新鲜，晓得是刚开学，都愿意请几天假陪他。

序子讲："我爷爷死又不是你们爷爷死，有哪样好陪？我就是想和你们讲，爷爷死了，我心里冇好过。"

"你以为我们好过？要是我们爷爷死了，都会冇好过。只是想到你爷爷一死一定请田景光道士做三天法事。那么闹热，大家不在一起就可惜了。你讲是不是？"

"嗯！"序子承认。

回到屋里，序子把刚才的同学的话告诉妈，妈正忙着交代这个，交代那个，一屋子都是人，听到序子这话急了，"咦？又不是双十节，快上学去！这时候插乱！"

名正言顺的倪家、孙家……那一帮喽啰都晓得这场阵候不凡，跟爷爷都有真正血肉利害关系。嫁到南门上倪同仁药铺序子的姑姑更是哭得肠子都断了，从此没有亲爸爸了，想走到文星街都走不动了，哪个都想得到姑姑的心最是可怜，留沅沅姐一个人陪她。

爷爷的灵柩几时盘回来还在等信。

北京秉三先生那边也来了电报，汇来了钱。玉公在长沙也来了电报，戴家顾家也都派人问候过。

柏茂永远是这方面的里手，该布置的灵堂材料早就准备好只等一声令下。陡陡坡住的田景光晓得消息早就在摩拳擦掌。得胜营家婆也准备了十个工人在那边等着随时进城。

子厚子光兄弟给弄得懵里懵懂，让凤珍和春兰不晓得带到哪里去了。

谢蛮婆一进门就哭声震天，告诉她还未到时候马上擦干眼泪扬长而去。

从大门口到腰门，到中门，到院坝，到堂屋，里里外外都打扫得一干二净，那一帮喽啰这一盘真算是彻头彻尾做了些正经事，而且是时刻准备着。

灵柩进门按规矩等到晚上。一切很静穆，人多却是一点声音也不出。田道士带徒弟把一切都安排妥当之后，坐在靠墙的小桌子边，柏茂陪着一起喝茶抽烟，眼睛一眨不眨地直到天亮。

序子晓得爷爷一个人困在棺材里头，便轻轻走到棺材跟前，"我也没想到你一下子就死了，你看你讲让我等你回来有话跟我讲，我也等你回来有话跟你讲，我再也没有像你一样的人讲话。王伯走了不管我了，你也死了。你看你，你看你一肚子的'想'都冇曾告诉我，我好舍不得你啊，爷爷。人家讲你恶，你哪里恶？好冤枉你。我最懂你了，你晓得吗？姑姑听到你死了，哭得走都走不动了。她是你的女，你只有一个女，她没有你她好可怜。世界上做人家女最可怜了。姑姑可怜，沅沅姐以后也会可怜，王伯可怜，秋瑾也可怜，你不要看她是鉴湖女侠。一个人去做刺客……'可怜的秋香'也可怜，我们屋里刚来的河南妹崽春兰也可怜……

"要是把你弄出来做成像兔子、鸭子、雁鹅标本，放在房里就好了，有个人听我说说话。我晓得这是乱讲，是讲笑话，真做了，全城人都会笑；笑你，也笑我。

"爷爷！你在芷江听人讲过吗？我咬了左唯一一口，那一口算是定了乾坤，我不用上实验小学了。原先，我心里怕你在芷江晓得之后发我的脾气；后头我又想，你一定会笑。我晓得我们的脾气是一样的。爷爷！你讲是不是？"

三更半夜，没有人想到序子会跟爷爷摆龙门阵，所以没有吓到人。

"爷爷，你想怪不怪，上回你回芷江，我舍不得你，哭得像个婆娘家；这回你死了，我一点也不想哭，只想跟你讲话。可惜的是你讲不出话了。过三天他们就把你埋在棉寨祖坟那边去了，埋在你妈、我的'太'旁边。等下一放醒炮，田景光就要开始念经，打锣打鼓，吵你几天几夜。香纸蜡烛，熏得你冇得开交。还要一边念经一边带我们围着你打圈圈，叫作'打绕关'。这类事情你做伢崽家的时候怕也见过。田景光道士嘴巴里头有词有调地唱，到底唱送哪个听呢？唱送菩萨听？唱送你听？唱送我们活人听？念的那些经卷里头有没有掺假？我们学堂同学唱校歌，就有一边唱一边夹着骂娘的……"

屋里人找序子，见他趴在爷爷棺材旁边睡着了，都伤心感动，说："怪不得老人家疼他，怪不得老人家疼他。"

便抱他进房睡觉。

序子做了个五颜六色的大梦，好多人在天上舞狮子龙灯，划龙船，炮仗，花筒，锣鼓，唢呐响板，黄烟[1]，笛子，荡荡锣……声音、气味、颜色……分不清哪样是哪样，波浪中翻滚？天上腾云驾雾？泥浆浆里头喊救命？是开心，是惊慌，想安静，想逃亡？闷在水底一直往上泅，看到水面一线光亮，屏气上升，顶到水面，堂屋一片嘈杂，香纸蜡烛味道扑进帐子里头，序子醒了，心跳好急，是的是的——

爷爷死了。

堂屋一片白，人也一身白。白仪仗，白蜡烛。田景光穿一身漂亮法衣念经，几个小道士跟到敲着打着"清静大海——观世音菩萨"。

进来个客人，磕一次头。爸和四满在旁边跟着谢磕。要是亲戚一路哭进来，跪在旁边的姑姑、妈、婶娘就跟着哭一次。谢蛮婆本身要进来的，门口送了钱打发走了。

人穿孝衣，个个难看，连哪个是哪个都认不出。

序子也打扮起来，说是长孙，还戴了白孝帽。子光见了，认不出是哥哥，差点吓哭。

穿戴归穿戴，伢崽家还是出出进进的自由。

满院挂的都是挽联，白得像落雪天一样。这是有地位、有学问的人显耍学问的场合。附会的书生观众们就一幅幅地品评，扬声地说好，压着嗓子说不好。

晚饭之前，法事停了，开始摆斋饭席，十几二十桌。

厨房大师傅手艺高明，弄得像荤菜一样口味，入席的人忘记了

---

1 大竹管里塞了一种特别药料，点着之后喷出黄烟雾，十分好闻。

是在吃斋饭。

吃完饭，大家都坐板凳上扯闲话，飞行机无线电之类。有的人回去了，剩下的是因为屋里横竖有哪样事，难得好机会大家聚聚，还有茶杯茶壶放在桌子上，里头泡的上好普洱茶。

那帮鬼头鬼脑的同学们早就来了，序子的表哥、堂哥早就盯在眼里；因为屋里办的是红白喜事中的白喜事，有种慈悲为怀性质，不好去顶撞他们。何况他们还是序子的同学。

毛大歪着肩膀慢慢走过去，"伢崽家！你们有哪样事呀？"

"等张序子，他是我们同班！"几个人都端了架势，他们都清楚和和气气背后或者有别的名堂。

"喔！"毛大装着恍然大悟的神气，"找序子的，好！他忙，等下他就出来。口干厨房水缸里有水。"慢慢地慈祥地走回来对一起的人说："找狗狗的。"

放完定更炮，春兰架来个小炭盆在坐人的地方，又搬来几张小板凳和一张小桌子。柏茂跟着过来打招呼：

"毛毛看好，给唱'上堂歌'的，别个有要用。"

春兰又端来把大茶壶，五六个茶杯。

"上堂歌"班子是拿钱请来的，从定更炮唱到半夜甚至天麻麻亮鸡叫才停。少的一夜，多的三夜。因为是张校长柳校长老校长家，班子喊来的人就比较正经，准备唱的东西也认真商量过，大多是"黄泉路上少人行"这类悲情悲调。

序子的那个班子，也是冲着这个班子来的。进门的时候都缩着颈根，各自找了石头砖头或木板板乖乖地坐着，像一群大白天哪座庵堂下山坐在街边耐烦等老尼姑办事的小尼姑。

唱"上堂歌"的进门了，六个人，打锣的、打鼓的、打铙钹的各一个，荡荡锣的一个，唱的两个。

不少闲人晓得张家有"上堂歌"，也都悄悄进门来选个地方坐好。

按规矩虽说不上是欢迎，当然也不拒绝，口干时还可以站起来混口别人的茶喝，都是熟人嘿！

也有闹台，锣鼓先打一阵，召唤该来还没来的人，且有助调整乐队情绪。

"道乐"的渊源很古，北魏明帝时候留下来的《云中音诵新科之戒》制定出《乐章诵戒新法》衍生出《华夏颂》《步虚辞》这类道家的韵律。宋朝徽宗时代又编整了不少道教的乐谱……传到元明朝得继以认真的整编。

"上堂歌"和流行的"渔鼓道情"和其他民间说唱也怕都是随着不断发展的"道乐"衍生而出的一支支"旁秀"吧！

节奏缓慢凄婉，轻微的鼓点和檀板衬托出毫无渣滓的哀怨长吟，沉入于寂寞夜深的空间，悼念这位身旁逝去的亲人，周围近百人聆听。这就是"上堂歌"。

三天过去，出殡开始。

队伍列于长街，炮仗、鼓吹开道，挽联仪仗队伍跟进，灵柩为新鲜兰蕙及洁白扎花簇拥。前后各牵引近十米布围栏，前行为直系亲属，后行为旁系亲属。布栏外随后缓行的是好友亲朋，殿末是丝竹管弦和沉香吊炉。

孝子贤孙都着白麻布衣，头戴白冠，亲子冠上挂若干棉花球线，以示泪垂，手执哭丧棒。

哭丧棒为竹质，稍短于手杖三分之一，上绕白纸花须，执者宜弯腰，表示痛不欲生……

序子和诸弟妹都在前边布栏杆内缓缓行走。

队伍从文星街展延至北门长约半里，可谓哀荣之至。

政府机关、文化团体、社会各界都派代表参加。

经北门内沿城墙出东门，走回龙阁，长街左右都有百姓和小学校学生列队行礼，走到杜母园时，序子看到"模小""实小"和"文小"及"女小"很多熟人，觉得十分好玩有趣，便拿起哭丧棒向他们做了个瞄准手势，引起一阵哄笑。说时迟，那时快，脑门顶挨了狠狠一个"波子脑壳"，痛得登时大哭起来。（八十年前至今序子还不清楚敲波子脑壳的凶手到底是谁。）

从客观需要看来，序子这种配合是恰到好处的。

打芷江盘爷爷灵柩转来，爸爸还带回三个人。一个紫会三满，是在福建厦门教书的二满的弟弟，在芷江帮爷爷做点杂务事情的人；一个是矮子老二表哥，南门倪同仁中药铺姑爷的二崽，在芷江料理爷爷生活的人；另一个姓蔺，蔺相如的蔺，叫凤生，十七八二十上下，穿一件灰布袍，十分十分之老实人，傻到请求序子帮忙让他留在朱雀，以为序子在屋里很有名望地位。序子吓住了，不晓得如何回答才好，便讲："喔，喔，我问爸爸。"

其实序子根本就不敢问爸爸，后来这凤生被打发回芷江了。序子一直想着这个可怜人，以后怎么样也没听人讲起。

妈后来晓得这件事说："其实这伢崽可以开口讲一声嘛！在我学堂庶务室安插做个帮手，看柏茂一个人里里外外忙成那个样子。

我心里冇好过，真冇好过！"

爸爸左膀子挂了黑纱圈，说是"守制"，妈头发边搞了一扎白头绳。序子觉得这做法算不得有意思，悲哀最好不要搞得太长。

累人！

书上讲过，古时候，为了在人面前表示"孝"得特别狠，故意在坟边上搭间茅棚，一住就是三年。

爸爸的朋友对这档子事最是蕴藉，见面不再重复"节哀"安慰的话。

爸爸和妈妈有好多剩下的事情要办。支付治丧费用，清点爷爷在芷江的遗产和要办没办的收尾工务好向秉三先生有个交代。

序子和子厚正式进"文光"。

三满兄弟三人从小就没有爹娘，四满跟八爷爷和二满在厦门，三满跟爷爷在芷江。（我写这些二满、三满、四满和八爷之类的字，读者用不着费心留恋，不关什么事的。不过不写不行，怕以后连不上头尾。）

爷爷死了，三满只好回朱雀。

三满长得非常漂亮，高瘦个子，嗓子郁沉，跟爷爷读过不少书，学过很多道理，唯一缺点就是没跟爷爷学会喝酒，点滴不沾。

爸觉得他有异人底子，不上进可惜了，便想办法托人介绍进一二八师的无线电队。进无线电队要懂英文，又不晓得哪里变出个姓万的先生教他英文。好像没有多久就学会英文了！！！（真神！）

妈认真地拜托沙湾礼仁巷的柳孃帮三满讲了一门亲，很快地拜堂结婚，于是序子兄弟就有了一位姓龚的三婶娘。过不几天，两口子就到衢州师部的无线电队上任去了。

矮子老二表哥长得一身和气致祥的肉，笑起来，胖脸上的小眼睛弄得忽隐忽现。他从来只为家公起居、舒服、开心脑子。他跟三满在爷爷身边走的是两条完全不同的道路。学会喝酒并且一字不识，脾气好，耐烦，细心，廉洁。芷江屋里头有口柜子，上格子摆满多年每天记下来的伙食账本。这文物留给后人一点用处都没有，或许会给害疑心病的考据家造成很多困惑。上头书写着的都是些红杠杠、黑杠杠和各种圈圈点点，跟一些不高明的意到笔不到的图画。

隔几天让爷爷检看一次，对对账。爷爷一看就懂，体会得到外孙局促中的聪明。他爷孙俩有好多类似的共同语言和信号。爷爷很疼这个外孙。

不过也不是，一张白纸，可写最新最美的图画，因为共同的爱好形成一种攻防关系，要害在这个"酒"字上。

俗话讲"养虎为患"，矮子老二表哥的酒瘾是爷爷亲自熏陶开发、亲自培养出来的，所以悔恨不出道理。

在爷爷面前，矮子老二表哥活脱一位深闺处子，敛眉垂目，任何之酒香扑鼻环境从不动容。爷爷心知肚明，信他才怪！

爷爷在北京香山慈幼院房里有一墙酒坛子酒，回到芷江，秉三先生又派人把这一墙酒运到芷江，仍然一墙。所有更换添替业务，由老手矮子老二表哥继续担任，堂堂正正来往于瓜田李下，这是无须申明剖白的。

听老人家讲，酒的真功力不在喝了多少，而是三斤下肚之后嘴巴不哈酒气。这怕是比较难得的，矮子老二就具备这种天分。

爷爷用餐的时候时常斜着眼睛观察这个侍立身旁的外孙，"这鬼崽崽偷酒手段十分毒辣阴险！"却又离不开他。恨，又恨不起来；

抓，又抓不到证据把柄。

他一脸天真烂漫、笑容可掬的神气，谁忍心骂他半句。何况除了偷酒之外从不说谎。

也给矮子老二表哥找了个好嫁娘，叫作田氏妹，是个无爹无妈的二十岁妹崽家，小小的，黑黑的，头发粗得像麻索子。笑她，梳头可用马梳子，她也笑。

算是文明结婚，不拜堂了，灶房隔壁一间空屋算是洞房，给做了张新床，买了全套新被窝褥子、枕头垫被。接了西门上的、大桥头的、朱家弄的姑婆们和南门内的倪家姑姑，沙湾柳孃和整帮虾兵蟹将们，摆了三桌，亲哥柏茂掌厨，算是热闹了。

好像没见到矮子老二回南门药铺的意思。有时在一家酱园帮人发点豆子、熬点紫苏叶子水，有时又到另一帮熟人那里帮忙杀只把猪。

平常两口子夜晚关起门喝酒，或一个人打起灯笼从街上醉着转屋里，都是有说有笑。隔壁人听见也开心，说这两口子真会发"朝"劲。

没想到矮子老二表哥跟爷爷在北京、在芷江多年，朱雀城居然还有这么多熟人。

不是吹牛，矮子老二表哥跟爷爷喝尽了天下名酒，却是个讲屁话的酒混蛋："什么酒不酒？哪样酒不都是一个样？这个牌子、那个牌子，其实都是牛皮吹出来的。买贵酒的人是酒老板的孝子贤孙，做了蠢棒！

"酒，只有掺水不掺水的分别。老子喝酒不论牌子，只要酒好，叫作'卵牌''鸡巴牌'老子都喝！"

他一脸天真烂漫、笑容可掬的神气，谁忍心骂他半句。何况除了偷酒之外从不说谎。

这天田氏妹到北门河边洗衣，只听得人喊："有人跳河了！有人跳河了！"

伸脑壳看了一下，见老远子光坐在岸边一块岩头上。

"光光，你怎么坐在这里？"

"春兰在河里！哪！哪！在泅水……"

好多洗衣婆娘都站起来看，春兰捧着一"铺"[1]衣服正从水里出来，左摇右摆蹚到跳岩这边，把衣服呼啦一下摔在个老娘子面前岩板上。

"你那么老了，咋的还下河边来？瞧你模样，不小心，连你都摔下河去！"春兰一口河南话没人听懂，给老娘子捞回衣服却是人人看见。

老娘子跪在岩板上数衣服，跟着就围来一群人。

"哪！哪！五、六、七、八，菩萨保佑你这个妹崽，亏得你，要不然我就死不回去了。八件！八件！一件都有少！菩萨保佑你，妹崽！菩萨保佑你！"

看热闹的洗衣婆娘们都各归原位。

走近子光才见到田氏妹。

田氏妹见春兰一身水淋淋衣服里透出肉，赶紧拿块卧单给她罩住。

"毋事！俺不冷！"春兰说完，捡起子光就走。田氏妹衣服也不洗了，一路跟在后头笑回来。

一进门田氏妹就宣开了。

爸一眼看见，马上指着春兰叫她进屋说："……快换衣，快换衣，

---

1 一大堆。

田氏妹见春兰一身水淋淋衣服里透出肉，赶紧拿块卧单给她罩住。

春兰一身水淋淋

妹崽！妹崽！你简直变作意大利的'水洗圣母'了。快！快！莫笑！再下去就感冒了。"

春兰换衣出来，低头用干布搓着头发。

田婶娘就责备她："人家漂走衣服是人家的，你就放着光光不管。你帮人家捡衣服做哪样？你晓得河里的水有好深？吓死人！一个妹崽家去泅水……"

"毋事！毋事！俺家乡黄河好大好宽，有年发水，俺爹还带俺和姐划皮筏子捡好多东西。除俺奶奶，俺一家都会水……你们这小河沟算啥？"

子厚、序子回来，子光就讲给他们听："嗯！春兰……洗衣老娘子衣服打落河里了，嗯！好多好多。春兰泅水。嗯！老娘又哭。矮大嫁娘。后来转屋里了……"

序子告诉子光："你讲得好听……"

春兰的事情真正好听还是序子在文光小学听王本立讲的："序子序子，你屋里那丫头春兰是个女侠你都不露一声？"

原来那老娘子是王本立的婆。

王本立住在西门上，他婆老远下北门河洗衣服做哪样？

这就要稍微子讲一讲到河边洗衣服的一些好处。第一点好处是人有机会贴近自然。太阳呀！远近的风景呀！流动嬉闹的河水呀！一排由远到近的红砂岩宽朗的河岸，不自觉地吸引新鲜空气呀……第二点是能够互诉衷情。妯娌的矛盾，婆媳的矛盾，夫妻的矛盾，邻里的矛盾……在河边都能得到尽兴的抒发，受到启示和鼓励，获得关怀与安慰。（听我讲到这段故事时，一个青年告诉我，用现代话讲，叫作"交流平台"。）第三点好处前面已提到，它是一个抒发和张扬情绪最好的场所。或是即兴，或是早前约定，双方在这里作一场水旱结合的决斗。大凡开展这类活动的时刻，周围的社会运行都凝固了。城墙上的闲人，城门内外流动的忙人，河面上浮动的船只，所有、所有、所有一切活人都不由自主地成为免费观众。

战斗从岸上打到水里，水浪翻腾，波涛汹涌，好像哪吒擒龙王，李逵斗张顺，天气好坏不管；撕破衣服，露出屁股和奶奶更是众望所归。（这种振奋人心的演出一点也没有因为社会性质发展变化而辍歇。比如眼前家家都有洗衣机的时候，北门河两岸的洗衣盛景依然蓬勃发展，方兴未艾，经济条件如此这般地好，当然不会让人得到一个为了节省水电费的庸俗印象和结论。）

王本立的婆好多年前也年轻过，下北门河洗衣一定有她美丽或忧伤的原因。

春兰来到古椿书屋之后长胖了。她原来就不怎么好看，胖了之后更显得难看。细细的颈根顶着一张寡脸，讲她黄黄的头发像秋天野草，油分却是很足。笑声像男人，不常笑，一笑就像喊口号，张大嘴，露出一口白牙。

不晓得做哪样大家都喜欢她。喜欢和可怜不一样。喜欢和可怜都有不一样的原因。让人喜欢是天生的；让人可怜是"命"。

她妈和两个妹在女学堂都好，妹都进一年级、二年级了。她妈和妹也来古椿书屋，春兰也到学堂看热闹，她没想过要去读书。

"俺才不进那叫啥地方咧！闷得呛！呵呵呵！"

带子光上街，有痞伢崽欺侮她，她脸一横，骂四个字："臭尻养的！"

169

朱雀小痞子根本听不懂河南话，倒实实在在让她的气势吓跑了；要不跑，她打起人来也一定不善。她天分高，很快听懂了朱雀话，要讲，怕还要很长时间。朱雀话实在不好学。

回到屋里，子光嘴巴不停地喊："臭皮匠！臭皮匠！"

春兰赶紧捂他的嘴。大家也不明白是哪回事。

春兰跟凤珍对付子光的办法很不一样。

子光要崖坎上那朵刺梨花，又高，都是刺。要！硬是要！春兰狠他一眼，爬上崖坎，摘下那朵花，也让他看手上的血，"操你个娘！你看！"

赤塘坪、白羊岭坡底下有口孟公井。春兰带子光看完砍脑壳之后坐在井边上。子光要井里头的"喇岩"。

"不中！"春兰说。子光硬要。

"俺说不中就不中！……"春兰说完子光还是要。

春兰抓住子光扔进井里。

提起子光，剥下衣服拧干了水，晾在井边柳树杈杈上晒，晒干衣服穿好回家，从头到尾子光居然没有哭。子光晓得春兰不怕哭。

北门城门洞张老板和他妈炸灯盏窝、苕片、油炸糕好多年了，都是熟人。有天子光赖着不肯走，硬要吃灯盏窝。

"毋钱！吃啥？"春兰说。

子光根本不懂世上的货币关系。

张老板和他妈就笑，说："光光！光光！脱裤子'当'送我们，换灯盏窝。快，快，脱，脱，脱！"

春兰就真的脱了子光裤子交送张老板，两娘崽笑得要死。子光光着屁股吃完灯盏窝，以为没事，没想到春兰一个人真的转屋里去了，这才着急起来，晓得光屁股走这么远的路很是要紧。不走又不行。

春兰转到屋里告诉爸爸，爸爸称赞她是个人物，对付子光这个办法最好。

两炷香的光景，子光真的从后门回来了。这段路其实也不算远，爸爸给一文当十的铜圆仍然要他一个人光着屁股到北门城门洞去赎裤子，穿了回来。

凤珍不行。哪样事都依着子光。子光坐地耍赖大哭时，她也只好跟着哭。

她个子小，太秀气，黢黑的头发底下一张白脸。小眯眯眼，小鼻子，小嘴巴夹着一副小嗓子，胆子更小。她几几乎谈不上把子光抱起来。她走玩的学问浅，只会帮子光采"狗狗毛"草扎鸡崽狗崽；看蚂蚁搬家，"搬家歌"都不会唱。子光根本不把她放在眼里，子光走在前面，她在后头跟着……

幸好春兰来了，春兰可以提携她。

妈又坐月子了，生了个弟弟取名"子谦"。于是凤珍专门照顾坐月子的妈妈。

紫和四满辞掉蚕业学校教职带着四婶娘也上衢州一二八师当军需去了。

古椿书屋空荡荡只剩下爸爸一个大男人。

一个家，多一个男人和少一个男人局面是很不一样的。古椿书屋永远像以前那个样子多好？太冇死，爷爷冇死，那些表叔表哥表姐都冇长大，成天穿出穿进。古椿书屋永远挤满人，院坝里开满桃李花……

唉！要不是愿望便是回忆，宁馨不永，这是常规啊！

世界上有好多拦不住的东西，"死"拦不住，"生"也拦不住；你看，又生了个"子谦"……序子、子厚、子光一天天在长大。只有婆不显老，忙着做她的"霉豆腐"、萝卜干、水豆豉……她在拿坛坛罐罐振作自己，排解寂寞。一个老人要不停地对自己发生兴趣，自我开发，自我强大，天地就宽阔了。

有的老家伙不然。越老越怕死，怕孤独，怕人拿毒药害他，怕人偷他开钱柜的钥匙，怕人看他的日记，恨所有晓得他底细的老朋友，于是乎拿怨毒代替快乐，结交王婆、牛二、陆虞候成为知己亲近人……好！闲话不再往下扯了，说我的文光小学。

前头文章里提到楼房外头一大块院坝和树。

这些树原来应该讲是有品位的。

桂花、木槿、石榴、桃、李、紫荆、紫薇、南竹、罗汉竹、金竹、牡丹、梅……眼前都像是一根根竹筷子钉在木板板上，说死不见死，说活也只有五六片叶子，都凋零了。谁辜负它们的？那薄幸人在哪里？连个白头宫女都不剩！

这场面跟又闹又嚷、活鲜鲜的两百多位奔来跑去的孩子们的快乐很不相称。

开学没好久，序子上学放学，就看见教美术的龙执夫先生捏住一把部队用的铁铲子在每棵树干周围挖圆坑，搞完一圈又一圈，来来去去往池塘挑水灌溉。快五十的人，也不跟人讲话，就一个人做。后来，教算术的、教常识的、教体育的先生都学他的样子跟到做，又后来，连二十几个品学兼优的五六年级学生也跟到做起来。形容词有四个字"热情洋溢"，讲的就是他们这种"好"。

唐朝有个诗人李贺，古怪刁钻，天底下没有人不喜欢栽树的，唯独他不喜欢。不喜欢还算罢了，居然作诗鼓动别个不要栽树。诗作得这么好，喜欢诗的人就很容易上他的当：

> 园中莫种树，
>
> 种树四时愁；
>
> 独睡南床月，
>
> 今秋似去秋。

话又说转来，要是都像龙执夫先生的脾气，看到那么多好树让人糟蹋、耽误，讲有定也会灰死心不栽树的。

（几十年后的一次什么大动静里，一间学院的一个傻教授早前自书李贺这首诗挂在墙上，被学生抓起来，很挨了些棒棒，讲他诽谤伟大的教育事业，以古讽今，辱骂教育工作很凄凉，没有前途。他声辩绝对不认识这个姓李的，从未跟他有过联系，更有晓得他也是个教授；这首诗是从报纸上抄的……）

个把月，这些树都缓转来了。龙先生又不晓得哪里弄来十几担老猪肥、老鸡屎肥和了泥巴在树底下、竹子底下，天气凉了，在有的树干上缠上稻草。

龙执夫先生脸长得长，人中也长，不大爱笑；看到这些花树弄好了，过路的称赞这些树，他跟着轻轻"呵"了两声，算是笑……板板的脸神，装成自己一点也不晓得自己是好人的样子。

龙先生教美术，他总是在家里先画好一张桃花、荷花，上课

龙先生救树

龙先生又不晓得哪里弄来十几担老猪肥、老鸡屎肥和了泥巴在树底下、竹子底下……

的时候挂在黑板上要大家照着画，画完了交到讲台上，下一堂美术课发还大家，上头红笔打了分。所以说，龙先生的美术课没有味道，不如当年文昌阁张顺节先生好。张先生不把自己的画贴在黑板上，他只空口出题目：

"来，来，来！今天画两个人在街上讲话。"

画完了交到讲台上，他坐在靠椅上一边看，一边笑。

"吴道美你过来。你这张画很传神。要是这个人嘴巴子张小一点可能更好，你想嘛！两个人站得这么近，一个人在听，一个人在讲，又不是吵场合，把听话人的耳朵都震聋了。这个人背个'夏'，表示从老远来，这个人一手提茶壶，一手端茶杯，表示家就在门口，这都是好设想。还要想细一点，越细越有味道。"大家说是。

张先生是在帮学生改"想"而不是帮学生改"画"，所以学生画画的劲头就足。

有时也没有办法。曾宪文画他们一屋榨粉。爹、妈、哥、嫂都趴在粉架子上，粉架子，热锅子，唉！天天见到摸熟的东西居然画不出。

张先生讲："要是要我画，我也画不出。榨粉架子比一张织布机、一张新嫁娘床复杂多了，做都不容易何况乎画？前前后后，上上下下，画画的课目上就叫作'立体感'；里头有远近的讲究，叫作'透视学'，这都是长大进专门画画学堂学的。吓！还要人趴在上面，还要榨粉，烟啦，水蒸气啦，灶膛的火焰啦……曾宪文呀曾宪文！你要真画得出这张画来，美术学堂就请你去当教授了！不过，我想你还是可以画，纸稍微大点。榨粉架子好高？人好高？心里要有个准头，这叫作'比例'。你画起来一定比别个画得生动——嗯！

还是要想，要计划，像下棋一样多想几步。——嗳！好！下礼拜的美术课，大家都来画曾宪文一家榨粉好不好？看哪个画得像？——这几天你们要多去看看，用本子记一点什么，免得看过回来又忘记了……"

大家都觉得好。还要曾宪文回屋里报一声，免得误会这帮学生是省里派来的秘密探子。

张先生也在文光，他教序子这一班的国语。

序子的教室在楼上。楼很结实，这么多人走动也不震。窗子多，门大，墙和瓦顶接缝处有很多盐老鼠[1]，到底好多，哪个也讲不清楚。白天偶尔有两三只在课堂里飞旋，它们多年留在空中的膻气大家也闻惯了，不讨厌。下课的时候序子曾经沿窗子踩上墙沿看过，一只只地倒挂着，连刚生下来的小崽崽也这么倒挂着，有的倒挂在亲妈身上吃奶。别看它个子小，很恶，见到人就露出尖牙，像是要扑过来咬你一口的架势。这东西惹不得的。书上讲过，蝙蝠夜间捕食飞虫的时候，不小心跌在地上受了伤，好奇的狗过来，闻一闻的时候，没提防让它咬了一口，就这么小的嘴巴一口，狗马上就得了疯狗症，那是非常之可怕的。序子只是爬上去看看热闹，没惹它们，所以不会传染到疯狗症。

（朱雀城到热天时常闹瘟疫。疯狗症，鼠疫，霍乱，这事情一来，全城人都慌，不晓得往哪里躲。

有一次闹鼠疫，可爱的黎雪卿伯就死了。或许是屋子太挤太小，跟老鼠太接近的缘故。剩下个胡伯母，序子上学路上总看见她，年

1　蝙蝠。

纪轻轻，瘦瘦的个子，头上扎朵白纸花很是可怜。

一三四八到一三五三年欧洲闹鼠疫，死了三分之一的欧洲人。

闹过几回霍乱，都以为是上天的惩罚，不懂是苍蝇作怪；请出原来染匠铺老板后来当上镇长的三百斤大肥坨子苏儒臣，罩上城隍庙城隍菩萨的大袍子，涂上满脸锅烟子，八亭拐轿子打锣打鼓游了四门。苏儒臣原是个正经人，不跟人开玩笑的；让他扮城隍爷游四门是为老百姓造福避灾才答允的。小商人当上镇长，总是费了心花了钱的结果，所以也俨然起来。）

文光小学原来的先生多，新先生少；新先生里头也有几个妙人，比如俞之功先生。

上算术课的俞先生小眼睛，戴一副酒瓶底那样子一圈圈的眼镜，鼻子洞朝前，小厚嘴唇露出五颗大牙，满下巴蓝蓝的胡子根，嗓子沙亮，十分十分之和气。

驼着背慢慢走进教室，像是不辨方向，好容易才摸到讲台。讲是讲他是校长陈晓丹同班同学，怎么看都不像，应该是陈晓丹的爷爷。讲台底下当然都是他的学生，他看不到，他用鼻子四处嗅探，发出呼呼的声音。

"嗯哼哼！今天讲'分数'。什么叫'分数'？一种数学名词，被除数叫作分子，除数叫作分母。我想大家同学是很容易一听就明白的。比如讲以 B 除 A，我们就拿 $\frac{A}{B}$ 来表示，A 是分子，B 为分母……"讲到这里，俞先生开始挖鼻屎。可能挖到好大一坨，得意地发出胜利的微笑，捏在食指和大拇指上揉成一个小球，然后一弹。

讲一节话就挖一回鼻子，一搓一弹。学生们留神它的落点，躲闪弹过来的那颗东西。非常开心地一下闪这边，一下闪那边。不幸同学的中靶大家就齐声叫好。

俞先生眼睛困难，耳朵大概也有点闭塞，始终以为学生在欢呼他讲得透彻，很是兴奋，又急忙从裤袋里掏出手巾擦口水和眼镜。

他对学生诚恳亲热，加上十分耐烦，后来个个学生都喜欢他，算术成绩全校第一。

陈晓丹先生讲俞先生本来是会变成中国算术大名人的。以前大学毕业原本留在学校做研究生，都是害在眼睛、耳朵和鼻子毛病上。后来在几家高中、初中教书，从来不带课本，信口讲，和课本一样。命就是命，弄到上街都要人照拂引路，连自己家门口都认不得。真是可惜了这个人才……他是永顺人，来朱雀走半年玩的。

学生和他越来越熟，顺路的时候常带他回玉皇阁住处。

一个教"公民"的先生名叫楚逐臣，老师长大夫人楚玉英的弟弟。谑人一个。人家觉得他谑，自己认为从来是个正版人，一点也不谑。

他上课很紧张，认为教室所有学生都是强盗、土匪。

讲到"公民的权利和义务"这一课，一边讲一边在课桌行列空隙中走动，"一个国——"话没讲完闪电般转身，指着左首一个根本没动、乖乖坐着听课的学生，"你动什么？—— 一个国家的公民有——"又猛然转身指着右首边的学生，"看你敢动？看你敢动！—— 一个国家的公民有选举权和——"又指左边另一个学生，"你！再动一动看看？—— 一个国家的公民有选举权和被选举权——"忽然又转身指另一个。

一堂课，课文没讲好多，冤枉了起码十几个人。看样子自己一定也累得个要死。

俞先生本来是会变成中国算术大名人的。

俞先生讲分数

他还有个习惯，"国家和土地有密切的关系！"讲到"关系"的时候，着重地把左右手弯起来碰一碰。比如：

"土地和国民有密切的——关系！"碰一碰。

"国家和国民也有密切的——关系！"碰一碰。

他喜欢"关系"两个字，一堂课起码有两百多"关系"。

下课之后在花园，田应生就表演楚逐臣的动作。

"辣子和苦瓜有密切的——关系！"

"板栗和大红苕有密切的——关系！"

"豆豉和霉豆腐有密切的——关系！"

这也算是难得的现象。平常日子伢崽家上课哪有一动不动的道理？楚逐臣先生上课大家竟然一动不动；这是聪明的学生等着看楚逐臣先生笑话的办法，让他回回落空。

朱雀城形容人小气过敏难缠有两个字："机架！"

这类人最难相处，动不动就发脾气。本钱足人还可以顺着他；本钱薄就没人理睬了。

楚逐臣是玉公的舅老爷，他是外县人，不晓得朱雀人即使是伢崽家，也是不好惹的。

一位六十多岁、保靖县的罗易先生也教过半天的"国语"，后来走了。他是个嘴巴上长八字胡，大肚子的乐人。

国学根底看样子不错，上课时不带课本而提着一个胀鼓鼓的花布圆坐圈，坐在讲台后椅子上，懒洋洋取下腰带挂着的烟袋锅，点燃火媒子，抽起烟来。嘴巴含着烟嘴，眼空无物：

"打开国语课本第八页。"

"《为学》，彭端淑，作者字……"放了一个屁，很响。

学生十分惊讶，睁大眼睛。

"天下事有难易乎？为之，则难者亦易矣！"又来了一个。学生开始快乐了。

"不为，则易者亦难矣！"又来了一个更响的。学生哄堂大笑起来，更有怪声叫好的。

活泼生动局面一浪高似一浪，接下去两个和尚的对话更掀起翻天高潮，简直是号鼓齐鸣。

"……贫者语于富者曰：吾欲之南海何如？……富者曰：吾数年来欲买舟而下，犹未能也，子何恃而往？"

校长陈晓丹先生在办公室听到楼上阵阵骚乱，不晓得出了什么大事，匆忙上楼弄个究竟，刚赶到窗口，一切便明白了。大势去矣！无可挽回……

这是个旷古未有的教育界解聘事件。

陈晓丹发挥了他解难的才情，即时做了决定。手续之简当，交谈之诡秘，隐退之迅速，人格之尊重，临危之蕴藉，无奈之含蓄，可称百年绝响。

这之间在校长办公室有过一番非常外交式的对话。

"刚才发生的那个局面不太好掌握……"陈晓丹说。

"嗯！"罗易先生抽了一口旱烟说，"生理上的问题，任何人都不好掌握……"

陈校长说："这不是偶然的一回两回，一天两天的生理问题……所以我好为难，真对不住……"

"我年轻起就是这种习惯，一辈子谈不上改不改的问题……"

屈先生，再见！

校长陈晓丹先生在办公室听到楼上阵阵骚乱，不晓得出了什么大事，匆忙上楼弄个究竟，刚赶到窗口，一切便明白了。大势去矣！无可挽回……

罗先生说。

"那是，那是。"陈校长说，"不过在课堂上影响了学生秩序……"

"你讲的是社会治安？"罗先生问。

"传出去有社会影响。"陈校长说。

"嘿！人之出'虚功'对社会会有影响？"罗先生问。

"自己家里不会，自己被窝里不会；——真是对不起，这里是一个月的车马之资，请笑纳，先生满腹经纶，枉驾了先生……"

罗先生大笑起身，"哈哈！客气！客气！满肚屁！满肚屁！告辞！"罗先生把八块袁大头放进荷包，扬长而去。

哭笑不得而面不改色是修德的重点。

文光小学的学术自由活泼空气照常从容流淌，弦歌之声不绝于耳。

（回忆这件事，现尚在世的当年小学生不免产生无限诗意的联想："而今，现在，好多要紧人在讲台上放长屁，台底下哪个敢笑？"）

学问这东西还真是的的确确一年比一年长进。

原以为这方面知识满溢之极矣，不料六十六年后读到香港一位学养谨严的朋友写的一本专论，我的认知领域又有了突飞猛进的扩大。现一字不漏地原文照抄其中之十七、十八段，谅读者读后一定不会失望。

第十七段：有关普约尔的生平，所有谈屁的书莫不大书特书，这里所据来自史宾烈特的《体内流动津液探索》——（P.Spinrad: *Search Guide to Bodily Fluids,* Juno Book,1999）的第二章"肠胃气"（Flatus），该书的原始素材源自普约尔的法文传记《屁之人》（*Le Petomane*），图文并茂，英文译本是只有九十五页的小册子，一九八五年兰登书屋的——（Value Publishing 出版）及其大儿子路易一篇纪念乃父的回忆文章。

普约尔出生于法国马赛港，双亲俱为西班牙加塔隆罗移民，父亲为石匠兼雕塑家；小学毕业后，"性喜音乐"的普约尔被父亲送往面包店做学徒，时年十三岁；十七岁被征入伍，与同胞闲聊时，普约尔述说他十岁左右游泳时，肛门突然吸入大量海水，冲上直肠，令他有冰冻的感觉，匆忙上岸，稍一使劲，海水源源流排；普约尔惊慌失措，双亲担忧他患暗病，马上送往医生处检查，结果一切正常。同胞半信半疑权力怂恿他重复那次经验。这一趟，他坐在盛满清水的洗脸盆，一试成功。不仅一瞬间把水吸个一干二净，一用力还能把水喷射出体外。普约尔这种特异功能，传遍军中……稍后他在同胞"教唆"下以气代水，试以肛门吸气排气，一样操纵自如，行伍生活枯燥无味，普约尔大有时间加强锻炼，居然能够控制排气量及发出不同声调，——最初的音域甚窄，只能发 do、re、mi 和高音 do，慢慢才成为"全音阶屁乐家"。"屁艺人"之名便是对其屁艺叹为观止的同胞给他起的花名。

三年后普约尔解甲还乡，父亲出资给他开面包店，二十六岁结婚，生活顺遂，日间工作晚间在社区食堂表演唱歌跳舞说笑话的"综合节目"，偶尔在后台露一手屁功，叫同台表演的业余艺人口呆目瞪。经他们鼓励，普约尔于一八八七年租了一间小剧院，以"会唱歌的屁"为招徕，果然其门如市，晚晚卖个满堂红，观众莫不笑成一团。很快他便结束面包店生意，专业放屁，在国内巡回演出，到处令观众笑得死去活来，声名大噪。一八九二年决定赴首都发展，他的目标是在夜总会"红磨坊"登台。要知道巴黎是世界"娱乐之都"，红磨坊是一流的娱乐场所，要在那里登台，谈何容易。普约尔艺高人胆大，直冲经理室，在经理和拦他不住的秘书面前略施小技，便马上被邀请于当晚登台。普约尔的开场白说他要表演"屁艺"，但请观众不必掩鼻走避，因他的屁绝无半点硫黄味；可是他没有警告观众要慎于发笑，结果是第一场表演便有穿紧身内衣的女观众因狂笑而昏厥。自此"红磨坊"每逢普约尔表演，都有多名身穿白色制服的女护士当值，以防笑得滚地葫芦的观众出"状况"。普约尔的屁声可仿小提琴、大提琴及双簧管，能唱男高音、男中音和男低音，亦能仿洞房新娘矜持之声及翌晨欢愉大叫，此外，他尚能行雷、放炮，且能模仿售布员度尺后把布匹撕裂的声音长达十五秒之久；他还会讲故事，由屁声代标点符号。真是神乎其技。

在表演的下半场，普约尔进后台化装，于"后面"插上约一公尺的胶管，末端有一雪茄，他慢条斯理地吸烟，观众鸦雀无声，屏息以待，当雪茄烧尽，长管或飘出一缕轻烟，或喷出一线足以吹熄五六公尺外蜡烛的直烟……

第十八段：在普约尔之前，"红磨坊"一场表演的票房最高收入为八千法郎，"屁艺人"的一场表演门票收入高达二万法郎，普约尔受观众欢迎的程度，概可想见。

普约尔的"天下第一屁功"轰动全球，各地豪富远赴巴黎欣赏者，不计其数。他亦曾在欧洲及北非法国殖民地巡回演出……他的"拥趸"包括比他大一岁的临床心理学鼻祖弗洛伊德（与普约尔合照的相片挂在他的诊所）和比利时国王利奥波德二世——他微服进场，散场时赏给普约尔二十个金币，从未见过出手这样阔绰的豪客，一问之下，方知是比利时当朝皇帝。他说：阁下在布鲁塞尔表演时，我无法前往观赏，因为我无论如何化装，亦很难不被我的子民识破，因此只好远来巴黎……

为了令观众心悦诚服，普约尔有时在"红磨坊"和后来他自己租赁的剧院内室，进行女性不宜的"脱裤子放屁"表演，他穿上露屁股的全身泳衣，吸水排水、抽烟喷烟，唱歌奏乐，让观众一览无遗，对其艺业无话可说。

普约尔的技艺虽不能登大雅之堂，很容易令人联想他是个无教养的"市井之徒"，实际上他谈吐温文，热爱家庭和极富同情心；他曾为了替友人在巴黎陋巷的姜饼店子招徕生意义务演出，结果为"红磨坊"以破坏其"专利合约"而告于官里，他为此赔了数千法郎亦成为他不与其续约的原因。第一次世界大战爆发时，普约尔的九名子女中有四个儿子被征召入伍，其中二名受伤残废，一名成为德军俘虏，令他十分伤心，无法娱人，战后不再登台，举家迁往马赛，与儿子和未出嫁的女儿共同经营面包店。一九二二年移居土伦（Toulon），开了一家后来生意兴隆的饼干厂，由后辈经营。他于一九四五年以八十八岁高龄谢世，当地医学院出价二万五千法郎，要求解剖他的尸体，以探"屁功"究竟，惟为他的儿孙一致拒绝，一代屁王，从此与他的发屁秘密，长埋地下。马赛市议会为纪念这位会奏出《马赛曲》的"伟大市民"，把他曾经经营面包店的街道改名为 Rue Pujol，笔者不久前曾路过此地，当时未知有此故事，没有"拍照留念"，诚属憾事。[1]

文章抄到这里为止。

八十年代读到塞林格的《麦田守望者》，其中提到他的老师在课堂上也来过这么一下，并且希望老师再来一下的愿望始终没有实现而颇感遗憾。塞林格的书，写得实在好；不过论及老师的功力，那就远不及八十年前敝老师罗易先生了。心里有点历史的骄傲与自豪⋯⋯

这一次读到敝友大才人林行止的大文之后才清楚明白学无止境的道理，想到一副对联：

到此已穷千里目；
谁知才上一层楼。

做小学生，就喜欢别开生面的老师。他们的出现往往带来意外欢喜。

序子讨厌捉弄老实、年纪大的先生的学生痞子。幸好身边的同

---

1 林行止《说来话儿长》，上海书店出版。

学好友都是"随心所欲而不逾矩"的好人。

序子打过一个人。一个人打的。打完了两个人都不作声。那人叫作刘继西，是个比序子大一岁的矮子，不幸的是两个人同坐一张课桌。

刘继西在桌子和凳子上都用刀子刻了线，过了线他就打。序子觉得他小气无聊，总忍着。借橡皮擦也借他，借墨也借。有次他把面浆涂在教算术的俞先生俞之功的长袍子背胛那里让大家笑，大家不笑。他又站起来往俞先生背后吐口水，序子拉了他一把，他气了，他说放学在赤塘坪等他。吓序子，以为序子会绕远路回家。

放学之后其实序子心里也有一点怕，不晓得这个刘继西是不是也练过把式，要是动手，刘继西会不会带刀。序子一路上心里想着几招套路做准备。下了新市场走到赤塘坪口口隙，果然远远看见刘继西真的站在桥边等他。他把书包取下来提在手上，动手之前才丢在地上。

"老子在等你。"刘继西话没讲完，序子上前一个抢背把刘继西摔得老远，序子赶上去踩住他肚子，"还来吗？"

"我不是讲在等你吗？你打我做哪样？"

"我打你欺侮俞先生！"

"不是欺侮，是开玩笑！"

序子放他起来，给他一耳巴子，捡起书包自己走了。

第二天上课的时候，刘继西告诉序子："以后你可以随便过线。"

文光小学的先生大部分都是认得的旧先生，课上得从从容容，和和顺顺。

滕嗣荣滕先生和张顺节张先生是两个能人。算术、常识、国语、音乐、体育哪样都能教。尤其是滕先生还会填词作曲，爸爸也喜欢他，常跟他接近。他见到爸爸就一鞠躬，小时候他是爸爸的学生。

"中华男儿血，应当洒在边疆上。飞机我不怕，枪炮我不惊，我有热血能抵挡……"仰着脑壳踩风琴，放开嗓子教学生唱。弄得非常之激昂慷慨！

有时候湖州和安徽的货郎背了大褡裢包进学校卖湖笔徽墨，还有长沙卖字帖和杂书的，学校先生都让他们进来，认为这是好事，没有生气赶他们走。

序子嫌毛笔材料做工马虎，笔杆都是弯的，只买了一本苏东坡的诗碑和一本《草木皆兵》符坚小故事。小故事是因为封面画得好。符坚带着符融站在城上指着城外八公山草木说："此亦劲敌也，何谓少乎？"派头很足，看了养人。苏诗碑云："鄱阳湖上都昌县，灯火楼台一万家。水隔南山人不渡，东风吹老碧桃花。"

写到，写到，后来觉得苏字不怎么好了。看到家里藏的真拓米元章、蔡京的字，觉得米、蔡的字好，后来更觉得蔡京的字特别地好，晓得蔡太师人坏，一边学一边可惜。后来爸爸强迫学颜鲁公，说颜鲁公是个忠臣。序子心里想，颜字呆板，不管字的笔画多少一律一样大，蠢，用起来不方便，不好看，跟忠不忠没有关系。学来学去，不晓得往哪里走才好。爸爸写字只是规规矩矩，看不出功夫。个石伯伯的字大家说好，写的是汉隶，序子没看过他的行书，分不出真本事。

有一天，文光小学校长和先生在办公室讲白话。

陈克武讲："柏辉章这个人像是专一来朱雀找茬子的！"

"怕是！"左兢远先生说。

"找哪样茬子？朱雀冇欠冇赊！"梁长潘先生说。

"政治账像打麻将，很复杂。"滕嗣荣先生说。

杨少荣先生问："有没有人见过柏辉章？"

"我、我、我见、见过，他、他到我屋看、看、看过家、家、家父。"田景祥先生说。

"长得如何？"张顺节先生问。

"文、文雅，清、清、清秀！"田景祥先生说。

"阴诈！"滕风北先生说。

"这类人，我倒真是想会一会……"梁长潘先生说。

"我也想会一会。要会就要搞点名堂！"陈晓丹先生说。

龙执夫先生有点担心，"没有事，这类人最好别碰。"

文光小学给指挥部柏指挥官写了个请求帮忙并接见校长陈晓丹的报告。很快就收到同意的批示。

通报之后陈晓丹很快在考棚门口见到走出来的秘书，被带到办公厅柏辉章面前。两个都是漂亮人，心里舒服。

"令尊是长卿先生吧？"柏辉章问。

"喔！喔！"没想到柏辉章先拱了个"卒"，"喔！那是家祖。司令怎么认得？"

"喔！失礼之至；我是遵义人，家父与令祖在遵义有过诗酒之谊。"柏辉章说。

"是的，是的！家祖在遵义'柏青书院'任过几年教席……"

陈晓丹听说过一点点这类消息，勉强还用得上。

"家父曾经深情说起，是得益匪浅的忘年之交……哈！哈！——喔！我倒忘记了正事，陈先生这次来敝部有什么见教？"

"嗯！是这样！嗯！"

"不要客气，请说无妨。"

"是这样。我们朱雀城历来对学生的教育安排都有军事训练课程。眼前这半年间忽然中断了。从培养学生爱国基础来看，这是一个损失。所以我们请求柏司令帮助我们让这个传统训练继续下去……"陈晓丹先生说。

"这是好事情！你看，我怎样进行协同动作呢？"柏辉章问。

"请派位军事教官到学校来！"

"好！好！怎么我以前没想过这方面的事情呢？真是懈怠之极。好！我马上办！还有呢？"

"嗯！嗯！"

"请说。"

"就是……每学期给我们三百发步枪子弹，让四、五、六年级学生做实弹演习训练；年纪小，不用六〇炮和手榴弹。步枪十根，当日归还。嗯！要、要是柏司令觉得这事情困难，其实小孩子的事，不做也是可以的……"陈晓丹说。

"——小孩子固然小，训练事情倒是很大，我看就照你的意思办吧！哪天演习？在哪个地方？让派去的教官进行接触就是。子弹，嗯！子弹我们多的是，给你们六百发吧！让小娃儿多练练。手枪要不要？手枪训练也是要紧的，要，就让教官跟我报告！"

大校场东边以前挖了几条让部队演习用的壕沟，日子一久，浅了，刚好用得上给伢崽家玩。

文光小学开部队到大校场打靶可不是件小事情。自己也存心弄得轰轰烈烈。正逢中秋过后秋高气爽之际，于是洋鼓洋号故意进南门穿丁字街拐正街，出东门过大桥往大校场进发。

真是意想不到的大动静。文光小学的面子登时升高了五万零三十三丈高。文昌阁模范小学的脑壳简直抬不起来。校长陈晓丹在队伍后头压阵，气宇轩昂得像个站在崔琰身后的捉刀人曹操，步伍神气得了不得。

柏辉章也十分关心，特别挑了个吹号的号兵、一个连长和三个全副武装的排长来照拂伢崽家动刀动枪，顺便押着挑夫挑的汉阳造步枪十杆，勃朗宁手枪十把，六百发步枪子弹，三百发手枪子弹。柏司令是故意地要在朱雀人心里头弄点颜色。阔气大方不是没有理由的。

连长、陈晓丹校长、号兵走在一起，后面跟着全校的先生和三个排长。一、二、三年级鬼崽崽也带来了，都规规矩矩排在队伍里头，整整齐齐，端端正正。

其实一切都讲得上是隆重得很了。到地点之后，连长对号兵指了一指，号兵就立正挺胸吹起"紧急集合"号来。

号声一停，校长陈晓丹讲话。对伢崽家讲话，伢崽家从来是听不懂的；今天的事情是不讲话也懂。所以，陈晓丹校长喜欢讲就讲吧！陈晓丹校长讲完，连长讲。

连长讲话放开嗓子嚷："兄弟……兄弟……兄弟……换句话说……换句话说……"

他大概是山东、山西人，以上的话所有的伢崽家都听不懂，先生们也未必懂。讲了大概五百点钟，"我的话，完了！"这句话大家都懂了，拼命拍掌。

每回轮十个伢崽家埋伏在战壕里，三个排长给他们拉枪栓，装子弹，"枪托贴右肩"，"闭左眼"，"缺口对准星"，"准星对靶子"，"钩扳机"（食指没劲可加中指）。

大多数伢崽不怕，少数伢崽怕，尿都出来了。

靶子在五十米之外，不见有人打中靶心。

一人打两发子弹。有人胆小只肯打一发；有人想打三发却又不让。

手枪靶子拉近。只有几个先生试了几下。序子懂手枪，也没斗胆提出要试一试的意思。

连长、排长、号兵、挑夫都走了。走之前敬了个军礼。大家看见穿长袍的老先生回礼的时候也举手行军礼，都笑死了！转屋里的时候对屋里人还学样子。（一直笑了好几年。）文光小学这举动叫"打野外"，讲来讲去就这两句，没什么讲头！

在文光小学办公室，大家都很称赞校长陈晓丹的胆略，问他："你哪里是'陈小胆'，简直是'陈大胆'！你是怎么弄的？"

"就是这么弄的。"他说。

文光小学除了新来的那些老先生好玩之外，还夹了几个年轻的新先生。年轻的差一点就是六年级同学那种样子。

一个田景祥先生，一个刘栖桠先生，一个胡岳文先生，一个胡岳理先生，还有谁、谁、谁先生……

一人打两发子弹。有人胆小只肯打一发，

有人想打三发却又不让。

学生打「野外」

田景祥先生是序子同班同学田景友的哥哥。他教常识课，序子一眼就晓得他并不喜欢教常识课。他喜欢的是讲新"古"摆龙门阵。

讲共产党路过湘西，陈玉公借光洋、子弹和枪炮、粮食给他们。打龙山城的时候，国民党在城里，共产党围在城外。城里守城的国民党兵缺子弹、缺粮食，还要吃鸦屁烟。用鸡蛋壳做烟灯，躲在城垛子底下，放两枪，抽两口，又放两枪。口里还招呼："注意城墙脚，谨防红脑壳！"

共产党脑壳上都绑了条红布。在城外头杀鸡、杀鸭、杀猪，搞得很热闹，烟雾腾天，对到城上喊："弟兄们，欢迎你们过来吃肉喝酒，一起打倒蒋介石，翻身过好日子！"

又讲共产党里头当兵和当官的穿一样的衣服，吃一样的饭。冲锋打仗的时候，分不清哪个是官，哪个是兵。

"你们晓不晓得'革命'两个字的意思？"田景祥先生问。

"冇晓得！"大家嚷。

"'革'字就是变化的意思，'命'就是生命的命。中国四万万人，命好的少，命苦的多，要大家的命都变过来，做这种事就叫作革命。帮人做这种事的就叫作革命家。"田先生说。

"唉！田先生，你要是做革命家就好了……"田应生讲，"老子麻个皮就跟着你！"

过了一盘日子，田先生就走了。在邮政局当邮差，背了个邮政局绿口袋到处送信。冇好久就冇见他了，怕是到外头谋事去了。

刘栖桠先生是另一种味道的人。每一回同学去找他，无论哪个时候，他都像刚起床那么新鲜精神；又好像"你们来了，我正想找你们"那副巧事。笑眯眯，好像老朋友那么搭着肩膀走路。

放屁的罗易先生走了之后刘栖桠先生就来教国语。上课的时候讲韩愈、王维、柳子厚；下课时候和我们摆歌德、拿破仑、拜伦、雪莱……

曾宪文是个傻卵。他问拿破仑是不是拜伦的哥哥。

刘栖桠先生最会讲书，朗诵唐诗一样地讲都德的《最后一课》，让大家胸脯里好像挂了颗八斤秤砣……

上马颈坳走玩，刘栖桠先生对大家说："上课的时候，大家叫我刘先生；下课你们可以叫我'呷夫子'，拼音，栖桠呷，所以叫我'呷夫子'。"

马颈坳是个山半腰的斜坡，上头还有山，一层又一层，一声令下，呷夫子叫大家仰天卧在草地上："我念一句，大家跟着念一句，嗓子越大越好，来了！'青山横北郭，白水绕东城。此地一为别，孤蓬万里征。浮云游子意，落日故人情。挥手自兹去，萧萧班马鸣。'好听吗？唐朝李太白的诗，明天早晨上课专讲这一首。

"现在大家看天，看云，云在动，看见了吗？大家深呼吸，一、二，一、二，一、二；闭眼睛，再呼吸，一、二，一、二，一、二……

"好！起立，上坡，目标南华山……"

经过松柏树大森林的时候，"我作了两句词，朗诵给大家听听——'不若舍却长愁梦，步寻深林。'——好吗？"

不是好不好，是大家来不及品味。没有回应……

呷夫子自己讲："唔！我看，还是好的……"

栖桠先生给学生讲过一些课本上没有的外国诗。短短的，三句两句；也有长的，照着本本念，念来念去，面对这帮懵懂学生，也觉得意思不大，他就说："原来的意思是好的，外国人的东西，变成中国诗就不太像了，闪了味道了……我也不太懂外国字，要不然翻成朱雀话，怕会好点……"

也不晓得怎么一回事，栖桠先生"呷夫子"也静悄悄地走了。他给好多同学本子上都写了一些话，给序子写的是："今朝啊只是今朝；你还是这么年少。"

（序子多少年来不晓得为什么这两句诗总总印在心上。序子是一直想念栖桠先生的，尽管他的面孔逐渐地、逐渐地在记忆中快要模糊了。）

玉公在朱雀的时候，他要忙好多事情，湘西老百姓过日子，穿衣吃饭。木工厂，皮工厂，枪工厂，自己抽税，发行湘西自己的银行钞票。造了一座新跳岩、一座西门上的新城门，取名"渠成门"，（研究《易经》的老先生偷偷地对人说："坏了，盖这座新城门走气了！"）在赤塘坪一带辟块大地方命名叫"新市场"，让人去盖房子，形成一条条街道，以便繁荣商业，不过仍然是冷风秋烟，弄不出所以然。

有一点是对的，不搞交通。仍然是骑马坐轿子，出入靠勉勉强强的水路。蒋介石的军队甚至连何键的军队都进不来。只要听到消息，拐弯抹角，山坡山坳里都埋伏各种火力，来个吃个，算是几十年的"固若金汤"局面。没想到蒋介石弄个"釜底抽薪"手法，把陆军新编三十四师借着准备抗日的名分整编作一二八师，调到外头去了。这一走，玉公变成了光杆司令，很容易就让人端走。他一走，朱雀的军事、政治、经济、文化中心的身份地位也就起了变化，原来靠他过日子的人物也都各自找些关系外出四散谋生去了。

他自己呢？能到哪里去呢？弄到南京赋闲？扣在长沙坐班房？安在沅陵困住手脚？朱雀四方真挂牵他。

柏辉章的队伍也不敢离城太远。有时候故意动点大手脚，派这么一营把人到乡里砍几个人脑壳回来，弄个宣传，算是对上头有个交代。也少！心里头还是怕。本城头面人物也不愿搭惹他，当然他是明白的。

对菩萨也好，对上帝也好，对穆罕默德也好，我可以赌咒——一辈子对别人的家事没有兴趣。这不是道德准则——小小年纪开始哪里懂得？而且不晓得有什么快乐、好处？直到现在，一个世纪快过去了，我还是这个老样子。即使别人讲给我听我还是记不住。若果非常滑稽，我是记得住的，那是因为好玩。我习惯自己亲手体验来的东西，记性也牢靠；别人的是非或许当时听来兴奋，过时候就忘了。

中国从来都以为记忆和思想都是"心"的任务。"你要用心想一想！""你要用心好好记住！""这么快就忘记，你心到哪里去了？""你的良心呢？""你放心。"

现代人晓得思想是脑子在起作用；我也信。也可能科学研究哪一天会反过来，心的确是在起着比脑子还重要的功能。所以，有时候我真以为自己可能是个"唯心派"。

"心"甚至会"预言"，会指挥"道德"。

或许，我的心里有两个或比两个更多的仓库。主要仓库装主要的东西，次要的装次要的——庄重的，好笑的，伤心的，看不起的流氓骗子行迹……用得着的时候从心的仓库里提。

这么一弄，问题就来了。我也不喜欢理论。比如美学家自己懂不懂美我不清楚；起码我晓得他不是个音乐、美术实践家。也不喜欢哲学。哲学这东西光是礼堂上、课堂上听两句也还罢了，若来真的，用百把年时光检验是不是有效。让大家动刀动枪，死好多人，搞好久原来才明白不合适，那就很危险。从虚到实，有朝一日自己也陷下去——说实在话，这我能不怕吗？不站远点吗？其实到时候也没有什么办法躲得了。

所以我不晓得说过多少次，我像狄德罗笔下的那个《宿命论者雅克和他的主人》的雅克，世界上出现什么就承认什么，连现在的主仆关系我都承认。也就是相信自己亲身体验、亲眼见到的事，顶多相信从不对我说谎的好朋友的话。

至于自己要表达、要发挥的议论和经验，也就跳不出这个圈子。从来的宣言都是曲扭的变相呻吟。我也如此。

有一回滕代浩讲蜜蜂酿蜜，它们不是心甘情愿在花里头奔忙，是"咕咕颠"在监督指挥。"咕咕颠"是一种尖嘴巴五颜六色的小雀儿，蜜蜂跟人一样也有"懒筋"，"咕咕颠"就一口吃掉。哪个懒就吃哪个，所以大家都不敢随便停下来扯气。

序子不信。尤其是没见哪本书上写过。滕代浩硬讲书上明明白白写过的，你序子没读过这本书就以为天下没有这档子事，这很要不得！

滕代浩从来喜欢信口编一本世界上没有的书，表示自己有学问。不止序子一个人不信，大家都不信，也就算了，他装着连这些话都没有讲过的大丈夫神气。

跟序子很少走玩的辜庆余，他们家住在玉皇阁井水还要往上走两三里远的寨子里。他讲他们家牛棚子稻草屋顶上都是脑壳上长叉又又油又黑的"独角龙""双角龙"[1]，爬满了，手板子大。

"一只都难找，怎么会爬满了呢？"序子想。

辜庆余这个人平平常常，算是难得报告好消息。放学之后，序子约吴道美、曾宪文、唐运隆三个人跟辜庆余回家。到了他家，累得几个人气喘八罕。果然有间稻草顶牛棚，四个人坎子上一站，光光鲜鲜，哪样都没有，连辜庆余也不见了。曾宪文刚想爬上棚顶探个究竟，让栽苕的辜庆余他爹骂下来了。

转城里的路上唐运隆发了感想："越怪的事越不能信！"

曾宪文说："是！"

"万一有呢？碰巧那天没来？"序子说。

"就你信！"唐运隆说序子了。

"这东西我以前在木里抓过。"序子急了。

"木里有，不等于辜庆余牛棚子顶上也有！"唐运隆讲，"他一个人没人睬他，编个谎引人亲近。"

"近，近！这狗日的老子还想擂他！"曾宪文嚷起来。

"莫啰！莫啰！看他样子好造孽。"序子觉得曾宪文不能动不动就发气。

"又冇会讲话，又冇会走玩，还拐我们这么远。"曾宪文骂着骂着就进南门，于是大家分手。序子不想跟曾宪文一路，便穿了丁字街拐正街绕北门。想起辜庆余，心里便馊馊的，觉得辜庆余是呷苕长大的，所以才长得那么瘦。书又读得不好，要是家里有两个子钱，书读得好不好是不要紧的，有钱的人办法多。唉！你、你辜庆余，

---

1 大甲虫。

叉叉龙

他讲他们家牛棚子稻草屋顶上都是脑壳上长叉叉又油又黑的「独角龙」「双角龙」，爬满了，手板子大。

你哪样书都不会，总是挨先生臭。臭，臭惯了就麻了，变成个木头木脑的人。你以后怎么办呢？筋巴骨上头怕是二两肉都不到，是饿的？累的？夜间蚊子咬得睡不着？上课总是打哈欠。序子想，我自己也不怎么样，我怎么帮你呢？我是神仙就好了。人是帮不了的。唉！你哪个都怕，扯点谎不要紧，其实不用怕，明天上学我躲着你点就是⋯⋯

转进文庙巷，序子把书包放在腰门槛里头，自己坐在大门口石板上继续想事情，一边想，一边从书包里掏出根石笔在岩板上画起来。用新名词讲，有点"意识流"的意思，其实也不怎么"意识流"，他笔有所指，他画的是"独角龙""双角龙"。慢慢地画，像《苏武牧羊》让他的羊在岩板上随便走动，走远了便喊回来。

他有点得意。发现"独角龙"的样子越走越远，不太像"独角龙"，而是一只大妖怪了。他可惜起来，那么细、那么大的一幅画留在岩板上，要是在纸上多好呢！唉，没有纸样，一张大大的纸⋯⋯

他站起看这个大怪兽，觉得画得实在太好了。这用神！这劲头！

爸爸从大门走出来，"狗狗，一个人站着做哪样？——嗬！画画，你画的是哪样？一个怪物，做哪样画这个怪物？唔！画得好，你怎么想到要画这个怪物？有意思，唔！你晓不晓得这画画得好？可惜了，要是画在纸上就好了，可以裱起来挂在墙上⋯⋯"

"画独角龙，我早就想到纸的事情——要是有张白报纸就好⋯⋯"

"有了纸你未必就画得这么好。作古正经起来，像办一件正经事那样，就不行了。世界上只有画画这件事最是让自己做起来开心，没有哪个强迫你——唔，艺术动作，是强迫不得的，比方唱歌，拿他画的是「独角龙」「双角龙」。慢慢地画，像《苏武牧羊》让他的羊在岩板上随便走动，走远了便喊回来。

独角龙

鞭子抽你，你唱得出来吗？唱不出来。你只会哭，只会怕，哭和怕不是艺术……"说到这里，爸爸沉吟起来。

"嗯！话是这么讲，不过，世界上好多好多艺术都是受苦的奴隶做出来的。中国和外国一个样，有的叫奴隶，有的换一种称呼。有的奴隶做饭挑水，倒屎倒尿；有的奴隶唱歌跳舞，画画作诗。写《伊索寓言》的伊索，就是古希腊时候陪皇帝走玩、讲聪明话的奴隶。陪皇帝走玩、讲聪明话的奴隶中国历朝历代也都有。"

序子问爸爸："耍霸王鞭的妹崽家算不算奴隶？"

"不算！当然不算！怎么可以算？她们是江湖音乐家，了不起得很！她们是自由的。"爸爸听来很兴奋。

"也没有人打她，也没有人骂她？做哪样她们都那么胆子小？一边唱一边怕？"序子问。

"……怎么不怕？她们怕狗，她们怕饿！——不唱人家就不给饭吃。有时候唱了也不给……"爸说。

"做人家奴隶不就有饭吃了吗！"序子说。

"她们爹妈情愿让她讨饭唱霸王鞭，也不给人做奴隶。"

"爸，画画和唱霸王鞭好像不怎么'平等'？"序子问。

爸爸没听完序子讲话，抱着七弦琴布口袋走了。他说"有事去"。

序子晓得爸爸不会弹七弦琴，序子只看到戏里头诸葛亮坐在空城楼子上弹这种琴让司马懿上当。如何弹？好不好听？一点也不明白。

序子晓得屋里祖传宝贝有五样：七弦琴，尺把长的玉如意，雕满古人花竹树木的明朝黄酱色竹笔筒，一个很小的宣德年金银错三脚小铜水滴壶，一把放在套子里上有七颗星的七星宝剑。

大人们都爱搞一些破瓦片、烂罐罐、铜盆瓷碗互相拿着吹牛皮，表示学问和讲究。有这类东西的人就骄傲，没有这类东西的人就惭愧。序子觉得，有没有这类东西的人都无聊。

很晚，爸爸才抱着这口七弦琴回来，大概是牛皮吹足了。看着他轻轻把琴放回床后边瘦条几上，好像放下深怕吵醒的三代单传独苗一样。

转身跟妈妈来了几句悄悄话之后，一个人端张板凳坐在院坝抽纸烟。

婆拿了口铜脸盆从堂屋出来，爸见到起身问："妈，要做哪样？"

"厨房鼎罐打点热水。"婆说。

爸连忙叫："春兰！春兰！天天的事怎么忘记了。"

春兰出来笑着接过盆去。

"老三！"婆叫爸，"都十月底了，还有曾'喊炭'[1]……"

"喔！你看，这么要紧的事都忘记了，明早我就叫柏茂办。你看，二十担够了吧？"爸问。

"柏茂晓得！先来二十担吧！再过段时候，山里头烧炭的生意好，就都是烟蔸脑壳生炭了。"[2]

婆进屋，爸刚坐回板凳上，又有人敲门。

"序子！去开下门，看是哪个？"

序子不认得进门的这个人，这人就进来了。

细小个子，穿黑旧中山服，捏着小手绢放在下巴底下，低头微

---

1 买冬天取暖的木炭。
2 没烧透成炭的柴。

笑走到幼麟跟前，在幼麟肩上轻轻一拍。

幼麟吓了一跳站起来，"啊！你呀！你有哪样事？"

"啊！张校长，是我呀！您认不出来了？没有哪样特别的事，有贵人托我拿一对红珊瑚镯子请您过目，这镯子红得世上少见，您是内行，我也不敢多话，喜欢您就留下……"说到说到就要从衣包里掏宝——

幼麟连忙制止，"莫掏！莫掏！千万莫费神！我是穷教育界人士，不配玩这些珍宝，麻烦你、麻烦你上大户人家去，你请，你请！"

连推带提地送出大门，赶紧关上门，"嘭"的一声，序子看得莫名其妙。

少见爸爸这么生气，甚至还有点肉麻打战，"吓！吓！找到我这里来了。吓！吓！"一个人到厨房舀了瓢水洗手，"吓！找到我这里来了！真见鬼！"

妈在房里听见声音，问哪样事。

"你猜刚才哪个进门？"

"哪个？"

"猜一天也猜不到！"

"到底哪个？"

"胡仙娘！"

说是"仙娘"，他又是男的。曾是幼麟早年的学生。"仙娘"就是北方所谓"三仙姑"。脑壳上蒙块帕子，坐在椅子上，帮活人和死了的祖先通话的中间联络人。平常日子街上见到他也不怎么女，在大户人家太太姨娘跟前他却女得很，有时候晚上就睡在她们床前的踏凳上。什么新闻都讲得出，还会"杠仙"[1]。他"杠"的"仙"很温婉，美，带着万分恩爱情致，让难得出门的妇女单纯头脑增注许多奇花异景，成为重要闺房一乐。尤其在她们手头不方便的时候帮着卖点首饰细软冀以解决困难方面很是得力就手。最靠得住之处是这种活动的消息绝不泛滥外溢。正如茅罗斯·胡根所云："我把天和地都上了锁。"

（"胡仙娘"，写十几年后的事情还会提到他。这里暂停。）

朱雀城正街上忽然一下子热闹起来。这都因缘于一件事，蒋介石把"老王"弄走了。

湘西十三县出个"老王"，自己保卫疆土，哪个来就打哪个，太太平平过了三十一年。学堂办得绰乎正经，从不拖欠先生薪水。妙就妙在蒋介石当年还要买他的账，按月拨一个师的军费给他。

其实他手底下何止一个师？收编四川、贵州的师长就有好几个。序子屋楼上就租住过姓雷的师长和姓李的旅长。（姓李的旅长还善书法图章，跟序子爸爸称兄呼弟，诗酒唱和。）

蒋介石一腾出手当然就把"老王"请出去了。这一出去，留下好多根本谈不上可以一齐出去的人。要吃饭穿衣，要过零碎日子，只好在正街上热闹地方摆摊子卖家里值钱东西。古董字画，金银首饰，珍珠玛瑙，螺钿家具和讲究的丝织绣货……

也有日子过得从容安泰、不受惊扰的人。上千上百亩田地的地主，最懂做生意的江西老表，乡里的苗把总老爷，北京、上海、汉

---

1 给死人传话。

口大地方转屋过年过节的铁路、海关、邮局公差人员，刚杀进湘西的"省军"高级长官，恰好是正街热闹摊子上的欣赏者和收藏者。

剩下的那些老百姓和读书人，只能做个看闹热不出声的哑子。

自从序子爷爷去世以后，序子爸爸照拂着的全家日子也慢慢摇晃起来。

一个摇，个个摇，岂止是文庙巷张幼麟一家？

张幼麟还算得上是个会善自排遣的人。

一个时代，一座城，到了满街摆摊子卖家当的时候，也就差不多了。

在倒霉酱缸子里挣扎找活路的人是可取的；讨公道就犯不上了。人之所以活在世上就是要懂得千万不要去讨公道。好好地挺下去，讨公道既费时间也自我作践。

孙得豫，序子的三表叔回来了，此刻正和云路大表叔跟幼麟在堂屋讲话。

"……眼前还没有哪样事情，修之（顾家齐，一二八师师长）派我转朱雀住一段时间。"得豫说，"看样子何云樵（何键）的棋下到这一步也动不了什么棋子了。"

幼麟说："你这盘转来，柏辉章晓不晓得？"

"他是我的学弟，晓得我不是玉公系统，懒得理他。"得豫说，"我也趁机会走一下玩。"

话，东一句西一句的时候，云路一直很没个坐相，好像太师椅缝缝里的臭虫东、西、南、北在咬他屁股。拿起茶杯喝水，倒得一下巴都是。

还是忍不住了，他说："三表哥，正街上闹热之极，一街的摊子，大家都在捡宝，我也搞了点异物，你看——"

松开一个小布提袋，一件件取出来放在方桌子上。

幼麟偏着脑壳看了一下，"这些东西你还当真？"

"刘士奇、李伯亚家里摊子上的。"云路赶忙补充。

"这两家对头都不是习文的，怪不得出外行。"幼麟说，"你看，这竹简，染的石灰，条条一样，像工厂机器做出来的，能是汉朝的吗？你就信了？看这块玉璜，哪里是玉做的？顶多是磷灰石和长石做的，手指甲一刮就起印子，嗳！嗳！啊！犀角杯！你晓得吗？犀牛角跟牛角不同之处何在？牛角是手指甲材料，犀角是一把头发的材料，眼睛一瞟就明白的。我看你少费神，忍住点吧！让姑爷看到还要搉你……花好多钱？"幼麟问。

"钱倒是便宜。"

"你看！幸好。哪里来便宜让你捡？"

云路一直是拜服三表哥的。一个人静静包回那些宝物，不停地用手巾擦眼泪水和口水，鼻子扯着气。

得豫轻轻问幼麟："大舅过世，你又辞了校长，这么一大屋人，光靠表嫂，怎么抵挡得住？"

"还有点底子，还过得去！"幼麟说。

"日子长了呢？——嗳！你那些上海朋友呢？"

"是呀是呀！半年多了，写了信，寄了通草画，都不见回音……"幼麟自我纳闷。

得豫叹气，"大地方要是动荡起来，比小地方凶火得多。唉，你要是早出去十几年就不是今天这个局面。个把个伢崽带出去，算不得哪样包袱的。三表哥，我看你就是恋窝，伢崽越来越多……"

"我有想到这么长远，当时……"幼麟说。

得豫掐着指头算，"你想嘛！你的手艺，见解，为人，我看，比起上海那些'家'们，哪个都不差，就是缺点胆子——太婉约了点……我看，你现在走也不迟。——哪！你听我讲，先到修之那边找个事做做，看看，那里离上海近，慢慢子挨到上海那边去，——大姐、真一在那里！（得豫的大姐和姐夫，匡实人家。）局面慢慢撑起来，说起来，我们到底还是壮年人嘛！下决心也只是咬一咬牙的事……田三大不是老早就为你惋惜过嘛？你看你又耽搁好几年……他若是在，还会多吹几句……"

"我不是没有想过。——其实是，你简单，我混浊之至，唉！'林花谢了春红，太匆匆'啊！"幼麟挺起胸靠在椅背上，摊开手，脸看天花板。

"你看你！你看你！过两天我再来。"得豫起身。

云路也跟着起身，举起那个包，"三表哥！你讲的我未尝有懂，比方这几块'简'，这个狗日'犀角杯'，我都有知识，有眼光，不晓得在那种场合，混里混账卡了壳，像呷醉酒，大家一喊一嚷，我狗日的就上轿了。你刚才讲'犀角杯'不是牛角是头发，哪天我再来请下教。我……我真是天晓得！……"

（这类事情是常有的，浑水摸鱼，乘势播乱开点小玩笑跟卖假古董是一样的。我前头文章写"胡仙娘"的时候，顺手来了两句名言："正如茅罗斯·胡根所云：'我把天和地都上了锁。'"也是我瞎编。世上既从来没有茅罗斯·胡根这个人，当然更没有他说的那句话。女儿读到这一段，也纳闷是哪国人。希腊？法国？意大利？英国？西班牙？拼来拼去都不得要领。）

眼看就秋深了。

秋深是什么意思呢？

凉了。

人身上里里外外都簌簌清爽。

狗呀！雀儿呀！不像热天那么委顿了；连托钵子讨饭的叫花子走在街上都潇洒精神。

热天时候，小孩子竹竿子牵着的瞎子算命先生，拉胡琴很让睡中午觉的人听来摇篮里的安逸；到秋天，坐在屋里听到瞎子算命先生路过，那就睡不着了，映在石板街上远去的一抹清亮的哀苦……

水蓝了。山上金黄叶梢上那边飞着南去的雁鹅，白天飞，月亮天也飞，在天上"哦哦"招呼着儿女。

朱雀猎人从来不打雁鹅的，说它们或者带着远戍边关当兵人的家信。

序子和那一帮家伙都喜欢在城墙上看雁鹅，排成一字形，人字形，晓得它们要漂洋过海到远远的热带去。燕子也去，有的小鸟也去，飞不动的时候就歇在飞着的雁鹅背胛上，让穷人搭便船一样。动物也懂得"助人为快乐之本"的道理。

秋天其实有很多很多事情。有的跟全世界的秋天一样，不一样的说起来大家也不懂，懂了也没趣，有趣的你们或许不信或许办不到，或许我不太愿意写给你们晓得，觉得麻烦。比如"舀鹌鹑"。秋草黄了，成年人约一帮朋友到长草的坡上去"舀"。两根长竹竿夹一张细网张开来等在适当的地方，那一头十来个人分成十几步一排往那些拿网人的方向、背着风往前赶，甚至带着狗，又喊又叫，拿竹竿子乱打乱嚷。躲在草里过日子的鹌鹑不晓得出了什么事，于是就飞起来看看，这一飞不要紧，顶风的那头有人，只好顺风飞，顺风飞就扬不起来，只好往前展翅逃命。那头正张开网，两边一夹，十只百只就给网夹住动弹不得了。秋天是吃鹌鹑的季节。

我这么颇嫌麻烦地讲这些话，各位一定无动于衷，根本就不晓得到底是怎么一回事。世界上好多好玩有趣的事必须亲自参与才有意思。我告诉你，那是非常之有意思的。

可惜错过了，来不及了。不仅是错过机会，而且错过了时代。

（时代，时代，人总喜欢把前朝叫作"旧时代"，把当朝叫作"新时代"，甚至想方设法把前朝留下的死的活的一塌刮子都砍了方才快意。唐恨隋，宋恨唐，元恨宋，明恨元，清恨明，中华民国恨清朝，还宣出好多值得恨的理由。时间一长，恨人的人，挨恨的人都死翘翘了，这才慢慢缓过气来，"其实呀！前朝有些人和有些玩意儿还是可取的，比如这个，那个……唉！人生百年易过，受罪堪惜的还是所剩无几的'玩意儿'。"）

"喂蛐蛐"。蛐蛐这东西讲起来又是一大堆不一定大家都喜欢的事情。（我的朋友王世襄就编整过一寸多厚的蛐蛐谱，送过我一本，至今还在书架子上。我这里要讲的是八十多年前孩提时代和蛐蛐的小关系，和王世襄的大学问无关。）

一到秋天序子就跟同学、朋友去抓蛐蛐。自己相信自己编的神话。所谓跟蛇住在一起的蛇蛐蛐，跟蜈蚣住在一起的蜈蚣蛐蛐，土坟里头棺材旁边的鬼脑壳蛐蛐，跟蚂蚁仔住在一起的蚂蚁蛐蛐。

躲在草里过日子的鹌鹑不晓得出了什么事，于是就飞起来看看，这一飞不要紧，顶风的那头有人，只好顺风飞，顺风飞就扬不起来，只好往前展翅逃命。

舒乙

214

别人编序子信，序子编别个也信，互相地神圣起来。于是研究推敲起蛐蛐的食谱。正常的当然是饭粒和水，讲究点就上药铺买几颗枸杞子给蛐蛐强壮筋骨，有钱少爷还会偷爹妈一片人参……高谈阔论的时候还传说哪个有钱大爷让奴仆蹲在茅室让蚊子咬，抓住喝饱血的蚊子，掐掉翅膀给蛐蛐吃，吃了人血的蛐蛐打起架来如何如何……蛐蛐在罐子里头过日子跟精彩的传言调在一起，那整个秋天是有声有色的。

蛐蛐打架是个高潮。提心吊胆看自己的蛐蛐输赢不过只占一两分钟情绪空间。序子其实不明白跟蛐蛐一齐度过秋天的全过程才是最堪唠唠的。床脚底下摆着几个蛐蛐罐子，里头的蛐蛐各叫各的，一声又一声地陪着序子做梦，一年又一年地陪着序子长大，充实他时光的内容。

最可恶的是陈开远的两个妹，陈蓉仙和陈学仙这两个鬼妹崽也学男人喂蛐蛐，蛮好的两个真正的蛐蛐瓦罐，喂了也不肯拿出来打一盘架，根本不懂原理，像小猫小狗一样捧出捧进，说是在保护一个"甜蜜的家庭"。有天让序子看到了，原来是一窝灶蛐蛐。

"哀哉！女子不晓事至于斯极！"序子编了一句古文。

爸爸从来不喂蛐蛐，也不看。序子喂蛐蛐他也不管。

朱雀喂蛐蛐的大人都很恶，像是另一种人类。

打蛐蛐的时候，门口站了打手，静悄悄地在赌房子赌地，端着个杀人放火的架势，专注冷毒的眼神……

它不像箭道子广场打鸡那么让人快活。千把人围着大半个人高、三丈多宽的竹席子，看圈子里头两只冤枉鸡狠啄狠扯，嘶哑着嗓子叫好，骂娘，押注。赢的爽朗，输的开心。鸡主抱着看不出输赢、满身血淋淋的英雄回家，屁股后头跟一群幸灾乐祸讲着讨好话的闲人。

一般地讲，喂得出只把两只好鸡的主人，屋里都是有点来头的。这里头也有个层次分别。更讲究的主人喂了好鸡是不上箭道子的，只放在屋里院坝欣赏。箭道子鸡场哪天哪家的鸡赢得特别，也会有人趁热闹来报一两声，体面的主人就会"哦"地答应。

二十担炭，柏茂喊来了。

"炭客"们规规矩矩把炭挑进屋，进房，一根根码在床底下，几间房床底下都摆满了，收钱走了。

湘西冷天用炭是件大事情。木头板壁房，每房都有口火炉膛，就算烧了炭，大家围着烤火，背胛后头还是凉咻咻的，所以上街和进屋穿的衣服都有脱有加。

炭摆在床底下还有个好处，可以吸收房里的湿气和外头进来的潮气，起个调节作用。街上做事情的老娘子，棉衣袍子又大又长，两只手干脆缩在袍子里头，左右手前后提着一只小"火烘"，走着坐着都笑眯眯子，显得安逸和幽默。

"火烘"有很多种，竹子编的里头放个小瓦钵最是普遍（这东西的结构很像北京新盖的奥运体育场"鸟巢"），有钱人家讲究用铜做的，上头有个盖，盖上许多小洞眼，火不大，开合不便，多数人都不喜欢。

序子一屋人只用火炉膛，从不用"火烘"，觉得不文明雅观。全城读书人家也都是这样的。

老人家讲，古时候当大官的人死了，棺材外头还罩了层棺材，坑挖得很大，棺材放下去之后，留下宽的空隙就填满齐齐整整的木炭。今天想起来，古时候的人也懂得很精细的科学道理。两千多年前，过日子连椅子凳子都没有的年月，对死人居然还搞得那么讲究，还炭啊什么的……

孙瞎子大满讲过，在山上捡到那种炭，绝对不可以带回家，尤其不可以烧火炉膛，有尸骨味，"要出事！"

这种话，不信迷信的人也要信。

腊月间，眼看要过年了，往时正街上，大桥头，南门上，丁字街，都会动起来。纸扎铺的狮子龙灯、蛤蟆、鲤鱼、笑罗汉都该陈列在店门口了。这回有也有，就是稀稀落落，不成光景。洞庭湖那头来的一木盆一木盆酒糟泡好的"红鱼"也不见了。老板们坐在柜台里头，手撑着下巴，好像个个约定好的做呆相。

序子家今天冇打粑粑，序子觉得寥落。家婆从得胜营送来两箩筐粑粑，搭了句话："省点吃！"

妈听了很在乎，"娘好势利！'要省'就莫拿来嘛！"

叫人将两箩筐粑粑一个不少送到王家弄四舅屋里去了。喊人马上买两百斤新糯米，找出大岩臼洗了，请来两位带"粑椎"的壮实苗汉，倪家、春兰乘兴叫来学堂她妈和两个妹，喊得来的伢崽都喊了来。卸下一扇扇门板洗擦干净，抹上蜂蜡。伯娘姑表都来帮忙，从院坝、厨房到堂屋，蒸糯米饭，打粑粑，"杵"粑粑，再一个个一排排摊在放平的门板上。性质上，这不叫劳动，是唱歌、跳舞、踢球让人兴奋的特性娱乐。

这时候四舅进门了，"嗬！这么闹热！三姐！你送我这么多粑街上做事情的老娘子，棉衣袍子又大又长，两只手干脆缩在袍子里头，左右手前后提着一只小「火烘」，走着坐着都笑眯眯子，显得安逸和幽默。

竹火烘

粑做哪样？”

“不是我送的，是得胜营娘送的！”妈冷冷地说。

“你看，你不留一点？我一屋才几个人，怎么呷得完？”四舅说。

“呷不完，送转得胜营！”妈说，“你眼睛冇看见？我满满一屋粑粑？”

四舅见到眼前光景实在莫名其妙，走了。

爸爸回来也十分惊讶，“耶？耶？怎么今天那么热闹？打粑粑？这时候打粑粑？哪样事打粑粑？……”

“哪样事？过年！”妈大着嗓子。

“啊哈！过年。嗯！是该过年了，‘洞中方七日，世上几千年’，我把过年都忘怀了……呵，呵！——咦？你是不是在发气？过年不该发气，是不是？……”

“好了！好了！你快进屋，大家在忙。”妈说都不想说的还是说了。

晚上，柳惠、幼麟两口子讲起粑粑的事。

幼麟说：“你妈是一番好意，晓得我们俩崽多，说一句‘省点吃’也是顺口玩笑话，何必太当真……”

“你不在乎，我在乎！你想嘛！爹在世的时候，你听过我娘这口气吗？”柳惠说。

“嗳！是你妈嘛！你看你这个人……”幼麟说。

柳惠笑起来，“刚才柳臣来多谢我送他粑粑，又看到我们院坝那么多人在打粑粑，不晓得出了哪样事。我挑明白了他还不明白，这种人……”

打粑粑

喊人马上买两百斤新糯米，找出大岩臼洗了，请来两位带「粑椎」的壮实苗汉，卸下一扇扇门板洗擦干净，抹上蜂蜡。

三十夜这天，倪家的孩子也来不全了；春兰妈和两个妹崽，大伯娘家的喜喜大哥，矮大媳妇田氏妹，有站有坐，算是满福满禄。

堂屋中间点燃打汽灯不点蜡烛，神柜上装了香。

杀了只旋鸡[1]，两斤油炸豆腐煮了。一锅焖腊肉，一钵子腌萝卜，一大盘海青白，一盆韭黄猪肉丸子汤。没有外客，不设酒光吃饭。为了婆才摆上圆桌盘，另一帮零碎伢崽和妇女都在厨房围着锅子吃，反而舒展抻抖。这总共算是两席。

历来年三十守岁拿压岁钱的规矩，随着年纪增长，都自觉地回避了。（不回避也没有。）

吃完年夜饭，撤了席，端来个大火盆。大家高高低低坐在板凳椅子上围着守岁。往年原本一大簸箕一大簸箕的葵花子、南瓜子、花生、核桃今年都不见影子。三脚铁架子上炖了一壶水，泡了一大壶普洱茶，各人一个杯子，喝了又添，添了又喝。想讲话又没有话讲，普洱茶都喝"白"了。

打汽灯油点完，熄了，全堂屋黑不溜秋，幼麟叫春兰点燃两盏美孚灯放在茶几上。有的人一定想走又不敢走，就咳嗽，就擤鼻泥。

"哎！问你们！哪个晓得今年哪条街上有狮子龙灯？"幼麟开口。

"冇听人讲起。"柏茂说。

"冇听人讲起。"毛大接着讲现话。

"前天我看到岩脑坡四五个伢崽家舞狮子……"保大讲。

"卵话！扯到哪浪去了！"喜大讲完，咳了声嗽。

---

1 阉鸡。

"该有的，怕还会有。"矮子老二讲。

"裴三星、孙森万那边，老教那边，"幼麟问柏茂，"都没有响动？"

"要有，早就看到了。金鱼、虾米、喇岩、五彩祥云……早就摆在门口了……"柏茂说，"明天我问下刘凤舞……乡里起码该有一两队进城的，也冇消息。怕是砍怕了……"

婆起身讲："你们坐，我耐冇得，先去睡了！"

柳惠讲："我看，要坐下去也没有哪浪意思，都散了吧！哪！春兰，走的人一个人分十个粑粑。"

"都讲，有老鼠嫁女，冇、冇等了？"子光问。

序子笑着说："我跟你一样大的时候也信这些话，等，等，等到眼皮睁冇开……"

"那老鼠几时才来？"子光问。

序子在街上买转来两张民间老版子年画，一张《老鼠嫁女》，一张《吉祥如意》。去年也是这两张，前年也是这两张。这两张东西跟过年是连在一起的。

舞狮子、舞龙灯，打锣、打鼓、吹海角，放花筒，放鞭炮，过三十夜，年初一到元宵，一整套。

序子不喜欢阳历年，只有从一号到三号三天假，开会、演讲，大人过他们的干瘾；没有个过年的样子。

阴历年跟着节气跑，初一十五，和月亮有关系。这都是从古到今讲道理的地方。

阳历年，卵！

序子在后房自己床头墙上巴两张年画。

"咦？狗狗，我看你年年都巴这个'现家伙'！"孙大满后头讲话，序子不用回头就晓得是他。孙大满一天到晚到处串，鼻子一扯一扯，老远就听到他来了。

"我喜欢老年画，喜欢就巴！"序子说。

"街上运来好多上海新年画卖，五彩颜料，好看得有得了。《西厢记》《三戏白牡丹》《赵子龙单骑救主》，还有上海大美人……比你这破版版好看多了。"孙大满讲，"好多好多人抢着买！画的大美人，穿漂亮衣服，奶奶都现得出来，画功真是没有讲场！……狗狗！你听有听到？"

"我有想听！"序子说。

"你忠言逆耳！"孙大满生气了，"大年初一你不向我拜年还不听我的话！我报送你爹去！"

"我不怕，我不喜欢你要我买上海'奶奶画'！"序子也生气了。

"我，我没讲过要你买上海'奶奶画'！"

"讲了，就是刚才讲的！"

"冇讲！"

"讲了！"

"唔！狗狗……看起来你还是有眼光的，《老鼠嫁女》和《吉祥如意》，怎么我认真看起来又有点好了？狗狗，天理良心，你的确是个懂事的伢崽，乖的，是吧？……狗狗，你大满冇讲过要你买上海'奶奶画'的，是吧？"

"讲了！"

"咦？你怎么那样不明白道理？好话不听！"

"你讲了！"

孙大满气跑了。起码要两个月不睬狗狗，不来古椿书屋。

过年要关三天大门。开了要跑财气。

"你关，我偏偏想开。"这是小伢崽通常逆反的天性。所以说自小要养成守规矩、守信的习惯，以免长大闯塌天大祸。比如导弹发射台那个"钮"不要随便按；战略细菌培养所那些重要玻璃瓶的盖盖不要随便打开……

幸好这帮鬼崽崽长大都没有出息去搞国防研究和细菌科学，只在乡里赶点"场"，卖三两只小猪崽。问题是不大的。

眼前他们也没有指望哪个伯伯、满满会送红包到手，连"门片片"[1]也没见一张贺年片递进来。收授之间的那点可爱传统关系让大事情骚扰掉了。

所以大门是让伢崽关了又开，开了又关的。大人连关心的精神也提不起来。就好像害病在床的父亲看见调皮捣蛋伢崽作乱一样，"唉！唉！等我病好之后好好打你一餐！"

预言和愿望是没有威胁性的。

往年，从年三十前几天起，文星街头那座土地堂里安住的罗师爷都要移驾到别处去住半个月，以免耽误过年土地公婆热闹的香火。今年，连这件事都省了。

今年土地公婆的生活明显地受到影响，根本就没人关心罗师爷他移不移驾的问题。俗语曰："三人为众。"跟土地夫妇三个人聚在一起过日子，理论上也算得上是一种群体热闹活动了。

—

1　门缝。

土地爷虽是一街之主，平日的香火只是大家一时高兴的打发，只有过年才认真地想得起两位老人家来，所以最怕的是意外的政治动荡。

土地公婆最是懂得人间冷暖，受得住凡尘奚落，于是无聊文人就作出一些春联来点缀他们：

"白酒、黄酒都毋论；

公鸡、母鸡只要肥。"

"听，谁在放炮？

喔，他们过年。"

全城放鞭炮疏疏落落三两声，比不放更显凄凉。大户人家更不敢放，怕干犯众怒，以为只有他一家高兴。

好，初四那天总算有一堂狮子舞出来了，是城隍庙几个香火道人搞的。到处走了一番，十几个人，锣鼓敲打得很不景气，像土家族家里死了人到河边"起水"，零零落落，有点自惭形秽。

因为稀罕，看的人反而特别多，像站在街两边默哀的送葬队伍，想起死者生前许多好处……

"鸟鸣山更幽"，唐朝人这句诗说到好多人想都没想到过的境界，拿"有"来形容"没有"，岂不是荒唐得十分有道理？

眼前的狮子、锣鼓和街两边的事，看客就是处在这种"幽"里，目送他们凄凉队伍夹着那点可怜的锣鼓往道门口那边去了。

人们还沉闷在讲不出口的心绪里，像做梦一样，恍恍惚惚老远传来了辉煌的锣鼓声，并且是越来越近。队伍没到，一股大热气先就涌过来了。

那队城隍庙的狮子队伍怎么办？正街这么窄，怎挡得住迎面而来的大阵候？不要紧的。往常过年，小狮子队伍撞上大狮子队伍，散开靠墙一站，自认弱小民族，让大队伍过去就是。这是传统老规矩，发不了脾气的。

来了。十把军号，四对大钹，两面大鼓，前头几个人拉举着两条横额红布，一条写"庆贺年禧"，一条写"满城欢乐"。后头大约一营全副武装穿着整齐的队伍，高喊着口号前进。后头跟随几十个政府底下二三等的办事人员和差役，县党部几个股长和杂工，商会属下人员、保甲长来了一百多。你以为他们都是自愿来的吗？你信？这帮人跟在军队后头一路讲话摆龙门阵，也没有哪个调理……

路两边看热闹的老百姓发议论：

"嗳！明摆是柏辉章叫人搞的嘛！点缀升平，搬弄繁华盛景！"

"怎么一颗炮仗都舍有得放？"

"钱！钱！哪个出这笔钱？"

"光打锣、打鼓吹号，我们'老王'那整套'铜乐队'家伙到哪里去了？"

"当然带走卖了，你以为会留给柏辉章？"

"狮子龙灯都没有，算哪一路名堂？"

走在队伍前头的军队开始唱歌：

　　长江长，
　　黄河黄。
　　黄河没有长江长，

长江没有黄河黄。

长江好开大轮船，

黄河好存万年粮。

嗳嘿嗳！嗳嘿嗳！

百姓不舍亲爹娘！

这个讲不出名堂的队伍，跟亡魂一样满城绕那么一圈，怕是到呷夜饭才准散队。

满城东南西北的伢崽家跟着跑，他们出世没几年，见的世面少，就以为是天下第一景，希望一直搞到元宵就好了！

连序子这么大年纪的人都晓得这事情无聊得很，过年哪能这样过法？

不过无聊比"没有"好！

论红包和压岁钱，幼麟在家就讲过："我们伢崽多，不好意思上门去拜年，让人家负担大。"有的人屋里伢崽越多越得意，原本就打算过年好好地咬人家几口增加家庭收入。客官听冇听说过，朱雀有家人家生了十八个伢崽。这简直是让人倾家荡产嘛！

伢崽少的老早就打算好，腊月二十五六就携家带口逃到苗乡亲戚家去躲难。

佃户到过年时候那是一定要上门拜年的，几只鸡鸭少不了，当然还有花生、核桃、橘子之类；见到大小少爷赶紧呈个红包。少爷当面打开见到数目太少还会当场骂起来："日你妈！打发叫花子呀！"

朱雀城有几处街是要紧的。第一条当然是道门口起头的正街到东门出城直通大桥头；第二条是正街当中横过来的南门街直通永丰桥。这都是朱雀城最繁华的心肝肺胆地区。买点讲究东西，会个讲究朋友，就要往那里走。其他别个地方各有各的好，不是我眼前要讲的事情。

正街上头一家食货铺子"兴盛隆"是序子大伯娘的弟弟开的，弟弟外号"高卷子"。高卷子这人少和外界人来往，只顾盘旋生意。穿长袍马褂，不喝酒，脸一天到晚通红。

他的铺子最是长人见识。进店看热闹的人看到夺目东西很难猜得出它的吃法和用场，问这问那，这也是每天令高卷子得意之所在。

柜台又长又宽，拿水果罐头搭叠成七层琉璃宝塔就很让人喜欢。"那么高！会不会垮下来？"每个洋铁罐头满满地巴上一圈纸，告诉你里头是哪样东西。比方讲，荸荠；比方讲，桃子。那是明明白白的荸荠、桃子透在那里，其实完全是彩色印出来的，比真的好看得多，那么水灵灵的。还有些没见过不晓得真假的罐头，菠萝、芒果，是种长得很怪的水果；荔枝、龙眼，吃过干的，至于橘子也做成的罐头，怕就没有人买了。

就这么个东西，要一块多光洋一罐。在朱雀，一块光洋可以买两担或者是五担荸荠、橘子。好笑不好笑？

有人指点印着长尾巴的菠萝罐头问高卷子："里头那名堂甜吗？"

"甜，算哪样？"高卷子斜着眼睛看他。

贴墙四口玻璃三层大柜子，每层三口带盖盖的玻璃罐，里头装着办席的山珍海味干货。鱼翅、燕窝、海参干、大虾米干、蚝豉干、瑶柱干、小小的鱿鱼干、墨鱼干、乌鱼蛋……还有些扁扁的、短短的、圆圆的、方方的看不明白的小罐头也摆在里头。

"那是哪样？"问的人说。

"罐头！"高卷子说。

"那么小，能装哪样？"

"豆腐乳、豆豉、咸鱼、火腿……唉！不要问了，讲了你也不懂！"高卷子说。

"听人讲，罐头这东西，装进去，一百年不烂，打开还新鲜；又讲，埋进坟里好多年，挖出来还能呷……"问的人说。

"那你屋不埋一罐试试？"嫌烦的人就讲。

柜台外头一排五口大黑缸，上头盖了红布包，装着人脑壳大的白冰糖、黄冰糖和白砂糖、黄砂糖、棉花白糖、块块红糖跟红糖浆。

后墙根四口大人高的黑釉瓦缸，上头盖了木板板，板板高头分别放着一斤、半斤、二两、一两洋铁皮做的"提子"。缸子外头巴着红纸，上题"顶上茶油""顶上菜子油""顶上花生油""顶上芝麻油"。

拐角靠街这边长方桌上一列带盖的大玻璃缸，杏干、桃脯、红白黄绿各色水果洋糖、葡萄干、西瓜子、红瓜子、黑瓜子、炒杏仁、白果……

天花板上挂着南京板鸭、云南火腿，横挂着露出大白牙、三尺多长的海上大鱼干。

夜间，打汽灯那么一照，简直跟金銮殿没有两样。浓密好闻的时兴气味，有人讲，够你不夹菜空口吃得下满满一大碗饭。

白天，伢崽家过路，在高卷子店门口稍微停久一点，他就会奋着眼皮开言："小心！小心！玻璃！玻璃！远点！远点！"

接下来是卖时新鲜果兼烧腊小酒食的四代祖传"曹津山"。讲到曹津山的烧腊食货朱雀人就会流口水。他们的时新鲜果十分之讲究靠得住。过年前后，不晓得用什么办法弄得来北京"黄芽白"，红头绳一棵棵挂在摊子梁上耀人眼睛。满摊子各类柑橘和柚子，新鲜，油亮。他们家摊子上一年四季从来不卖带酸的水果，这是别人办不到的事。可信的诚实和严格也令自己自豪和快乐。（所以几十年后他们有一个子孙做了县委副书记。）

往下走是土地堂，县党部，轿行，剃头铺，悦新烟店；当门三架刨烟丝大铁刨子（说是机器也可以），三个人围着牛皮围裙不停地刨烟丝，满身满手黄。矮摊桌顺序摆好黄烟丝、红烟丝和黑烟丝，分别瘾头大小各人买各人的。还夹带卖抽水烟袋的带斜角的"纸媒子"和搓"纸媒子"的竹签签。隔壁是香烟铺。卖听装纸包装两种纸烟。小伢崽最喜欢帮大人买纸包香烟。每包纸烟里头有一张"纸烟伢伢"，集起来可以成套。《水浒传》《三国演义》《封神榜》、《西游记》人物角色多到一两百种。听装就没有了。

听装的有"三个五""三炮台""美丽""黑猫"……纸包装牌子就多了，"哈德门""老刀""白金龙""红金龙""黄金龙""红锡包""白锡包"……每包一张伢伢，儿子都抢着帮爸爸伯伯买烟。

往下走是酒铺。大酒缸靠后墙，左右墙是瓶装木架子，三张桌子，长板凳，爱喝酒的"酒客"就坐在那里，喝一口酒夹一筷子煮花生或豆腐干。酒有"汾酒""都匀酒""苞谷烧""五加皮""水酒""糯米酒""贵州茅台""玫瑰露""高粱烧""老虎鞭酒"……喝醉酒的"酒客"，有的一路"川"回去，有的在门口坎子上靠成一排。

对面漆成绿颜色的是邮政局。门口有一个帮人写信的摊子先生。里头是个装了栏杆的柜台，柜台有三个横口，寄信人可以把贴好邮票的信封塞进里头去。有人趁邮局办事人不注意，不贴邮票就把信塞进横口里拔腿就跑，这是很要不得的！

往下走是广达银匠铺。金戒指、银戒指，金项圈、银项圈，金簪子、银簪子，出嫁苗妹崽脑壳上戴的三四斤、七八斤的"喜鹊窝"，银链子，伢崽用的长命富贵项圈，金银手镯子……真金真银，买卖起来实际上是很费研究的。

苗族人家喜欢光洋，龙的叫"龙洋"，袁世凯脑壳的叫"大脑壳"，孙中山脑壳的叫"小脑壳"，劳动所得都换成光洋放进坛子里埋起来，一坛又一坛。妹崽家出嫁就从头到脚戴上光洋做成的首饰。也有老了记性不好忘记埋坛子的地方，让后人常常发了财的。

（苗族人从古至今，男女经济是独立的。男方有义务养育妻子儿女；劳动所得却是各人归各人。）

再往前走是兴正祥洋广杂货。门面也是不小。穿衣镜，梳妆台，化学皮做的眼睛"不眨、不眨"的洋伢伢，七彩红绿丝线，发条孙猴子打秋千，缝衣机，顶针，各色大小缝衣针、绣花针、绣花圆绷子，双妹牌花露水，蚌壳油，明星雪花膏，如意油，济众水，北京同仁堂金老鼠屎，天厨味精，日本"味の素"，万金油，八卦丹，窝多露狐臭水，胃特灵，额里哼博士帽，兜安士药膏，三星牌牙粉，先施牙膏，广东梁新记牙刷，固本药皂，力士香皂，茉莉香精管，奇异薄荷油，二天油，毛头绳"剥干帽"，"婴儿自己药片"……高亭发条留声机……

铺子里人多得像挤油渣。

再往东走是高升牛皮店。不是吹牛皮的牛皮，是专做皮具的牛皮店。普通凡人是不进这个铺子买东西的。它卖牛皮围裙、牛肚子钱袋、马鞍子、手枪套和牛皮钉鞋。牛皮钉鞋穿在脚上硬邦邦子会起泡，只有杀牛、杀猪的屠夫合适。鞋底下钉着猪奶奶铁钉子，不怕踩水，粗脚皮才顶得住。落雨天走在岩板上，"喀喀，喀喀"响，尤其是半夜三更，屋里就听得出哪家姓王姓李的过路。

隔壁是悦升和"响器铺"，卖北京、苏州、宁波、广东阳江出产的"国乐"响器，这是少有人走动的地方。有没有生意，十天半月响一次已属难得。店屋森穆高大，货品罗列让人眼花，响起来让人耳炸。不晓得做哪样要搞这种冷门生意？从哪代祖宗想起来要做这种生意？老板讲起乐器的名堂来，摇头摆尾，显得非常之有学问。

唱一出戏，响几下锣鼓，这都是人家的事，跟你卖锣鼓响器有哪样关系，犯得上那么多学问吗？他不！

乐器来源、性质、用场、掌故、讲究，他都要从头到尾宣讲一番。也不管买货的究竟是哪行人，听不听得懂，愿不愿听。

朱雀城只有四台戏班子：汉戏、傩愿戏、阳戏、辰河高腔。有钱人家的锣鼓也不一定在悦升和买；外头来来往往，顺手就带转来了。

后来晓得，铺子来头不小，湘西十三县就他这一家，怪不得稳成这副样子。

没有生意当然无聊，储存一肚子话没有人听，突然进来几个外地人，也说不上一定来买响器，就一路宣开了，又是烟又是茶，请了座，"哪！论响器嘛，分响铜、丝弦、竹木、生皮四类。动作上讲，敲、拉、吹、弹，也是四类。

"铜锣分堂锣和大中小抄锣跟九音锣；还有京钹、小京钹和端锣。（端锣中间凸起一个茶碗大小奶奶。）

"弦乐器有三弦、月琴、二胡、京胡、高胡、琵琶。

"吹器有唢呐（分正副、大嘴小嘴）、玉屏箫、苏州笛子（按工尺分调）、南管。

"皮打器有南堂鼓、正鼓、小正鼓和班鼓。

"木打器有拍板[1]、梆子。

"胡琴分水蛇皮和旱蛇皮，行家自见分晓……"

这些话是十几二十年前就背熟的，来一个背一回，不见得人人听得新鲜。（好像孟非在《非诚勿扰》那段开场白一样，不管爱不爱听都是"爱琴海之旅"这几句。）

老板大红脸，一腮帮短胡子，两眼有神，不凶，不笑，嗓子低亮。大石条门口一站，看不出有什么架子。

没有人听他哼过一句半句戏。他喜欢唱戏，鬼才信！他到底为什么卖响器？

半条街哪天听到悦升和响了锣鼓，都会笑一笑。做哪样要笑？大概是好意吧？

悦升和生意不来就不来，来了了不得！建一个戏班子，起码是三两百块光洋的事。

悦升和对门一间小铺子敬仁堂也是卖响器的，不过，它的响和悦升和的响不同，是放炮仗的响。

1　檀板。

敬仁堂平常卖香纸蜡烛，端午之后才做炮仗。生意算得上呱呱叫，也够资格称得上忙得要死。一家老小两代男女做香的做香，浇蜡烛的浇蜡烛，钉纸钱的钉纸钱，卷炮仗的卷炮仗。一年四季，朱雀城讨嫁娘、死人断不了；庙里、庵堂香火也断不了；老百姓屋里初一十五拜祖先上供也要紧得很；街坊土地菩萨也没有人会完全忘记。买不到香火蜡烛要笑死人。

这家人姓许，不浸这份手艺的只有上学伢崽和吃奶伢崽。

门楣上、门板上、墙上……到处都贴着红字条：

"火烛小心！"

"请勿抽烟！"

"烟火勿近！"

"四季平安！"

"火神菩萨在此，保佑四季平安！"

"四海龙王之位，保佑无灾无难！"

那意思是说，火神菩萨万一有时候粗心管不着的时候，龙王爷爷会帮忙喷水救火。

往下走是田三胡子公馆。

再往下走是一家窄得要死有花窗格子关了门的门面，手指头叩几下暗号，便有个人带进去说话；没说几句两个人出来低头反手关门一齐往东门右首边史家弄走，人就看不到了。那是买卖鸦屁烟的。大家都晓得的，躲哪样呢？

正街半中腰右首边有条横通南门的丁字街。

走不几步头一家大石条门的布店"孙森万"。凡是布店派头都大。堂内爽朗干净，伙计仪容端庄，一般地讲，乡里人和小伢崽都不敢进去的。他们也根本不稀罕这类人的买卖。不过大家都晓得，孙森万很有钱。城里一有派救国捐，头一个就想到孙森万；挨"抓肥羊"也是孙森万；办好事修庙兴学也是孙森万；店里头伙计给抓壮丁，交钱赎保的还是孙森万；禁卖日货，打倒奸商，处罚游街那一串人里也有孙森万。他从来没有干犯邻里乡亲，偏生倒霉事情回回都有他，就是因为他名声太响加上没有后台。若果是出些钱捐个官做做，或许会少点这类麻烦，可惜他大概没有想过。听说他有些儿子在外头学堂念书，这就讲不清楚了。念完书毕业做哪样还是十几年以后的事，有点渺茫……

孙森万对门是家小包子铺。他们的包子馅最是讲究，还算是有点秘方的。肉包子里头馅儿紧、鲜，带着半口子汤；糖包里的糖是冰糖沙子，用猪网油包裹着，油分足，能嚼出点冰糖颗颗。老板脾气和蔼，还有点俏，上午十点过到中午一点就收档了。收入都在微微笑的计划之中，所以自得其乐。平常过日子还喂只把雀儿八哥之类，有一天小笼子里关了只小熊猫，就猫儿这么大，序子连忙告诉爸爸，爸爸也不明白是只什么野兽，脱了只金戒指要和老板换，苦苦相求也不答应。过几天再去已经听说死了。那时候还不晓得它叫熊猫，天生吃竹子的。这怎么喂得大？可惜！可惜！

孙森万过去不两家是中药铺"春和祥"，"春和祥"是一家兴旺的药铺，姓皮，老板的伢崽皮长林是序子的同学，老实之极，年级的关系没有一起走玩过。

序子时常按着书本看到的名目到"春和祥"买东西，比如变魔术的"阳起石"，把"阳起石"研成粉末涂在伞上，太阳底下一晒，就会飞升。这当然是值得一试的玩意。没想到"春和祥"竟然不晓得这味药。

平常到"春和祥"多是买一百文的水银。他们从柜台上颤巍巍地取出一节手杆粗的密封老竹筒筒，用小勺子舀出一颗蚕豆大的活泼液体小心包在纸荷包里。序子回家和同伴一起蹲在地上，用小盘子装几调羹纯粹泥巴，荷包里取出水银倒在泥巴里手指头和匀，拿这些泥巴细细在一百文铜钱上搓揉，很快，铜圆就变成一块银圆。这个办法大家可以玩一两天，过后水银就不见了。（长大以后才明白水银有毒，人体皮肤和呼吸都不可随便接触，吸收了再也不能排除，以"伦琴"单位计算，到了多少多少，大概积存三十七个"伦琴"，就会中毒死亡！险哉！险哉！我八十九岁还没死！）

过去几家估衣店、打袜子店，就是倪姑爷的"同仁堂"中药铺。再过去是家油盐店，卖盐，卖臭咸鱼，卖海带。出出进进的人都一身白，头发都白。然后是酱油店，叫作"川集"，同学和序子过路都研究探讨这招牌的说法，不得结果。"川集"卖各种高低酱油，还卖酱黄瓜、酱萝卜、酱辣子、酱刀豆、酱豆子、豆瓣酱、甜面酱、辣子酱……有天，来了两姊妹买甜面酱，看到缸沿里头泡了只有长尾巴的东西，正想叫嚷，店里伙计忽闪一下提起来往后门一扔，"麻个皮，死麻雀又飞到酱缸里！"

这样机灵的伙计，老板会认作"店宝"。

隔壁是妈的学生杨洗玉家长开的布店。（以前讲过了，也不再讲。）

对面一排就是鼎鼎大名以王学轩爷爷掌舵的猪肉大案桌。用新名词来形容可称为"朱雀城的猪肉华尔街"。三尺多粗、一丈五长的黄栎木一开为二，一连四张这样气派的案桌。（松柏绝不能做案桌。）王学轩的爷爷，王学轩的爹和满满，王学轩本人，四大金刚分列案桌之后，新鲜大肥猪肉四大爿摊于案桌之上，前后架子满挂"下水""板油""网油"跟笑眯眯的两个大猪脑壳。一家四爷儿生意做到放午时炮之后，案桌清刮完毕数钱入账。四个人肚脐上下都绑了口枕头大小的生牛皮钱袋。光洋铜圆在里头咣啷咣啷响，加上脚底下的生牛皮钉鞋，加上他们四个人的气派，背上水桶刀袋，一路从南门经北门转文星街进王家弄，不熟悉的人看见，会真以为是一出《封神榜》戏文。

出南门是永丰桥。左首边米场，几百人在大棚子底下卖米叫喊。直走有卖桐油、生漆、石灰、石膏、明矾块块、绿矾块块、硫黄块块、生铁块块的，刨烟丝的，卖米豆腐和碗儿糕的，炸灯盏窝的……再往上走就到洞庭坎上岩脑坡了。当然，还有乡里来的"粪客"储存在城墙脚的一排粪桶。几个零散的算命的苗族老娘子坐在铺子门口。

我这么一口气一条街一条街写下去，不讲你看的人没有意思，我自己也觉得没有意思了。比方说，底下还有卖美孚洋油的裴三星大铺子，盐局，以前讲过的稻香村，就出东门城了。讲虽然还有些堪讲的，凹鼻子"杨三一"的牛肉案桌，大桥头扎纸铺，苗衣店，然后到表哥保大、毛大骗月饼的铺子，上大桥……没有意思了，是吧？我只是想告诉各位，那些热闹盛景局面，拿两条街来介绍，都没有了，都关门了。整条街冷冰冰的连狗影子都没有，像几座只有菩萨没有香火的空庙。杵在柜台后边的小伙计跟庙里神龛底下蹲着的又瘦又青的小和尚一模一样。

好夸张、好凄惨的冷风秋烟……真他妈的"魂断蓝桥"之极！

下雪了。下雪也救不了这个年。哪怕你越下越大。

堂屋中间，火盆烧了一大笼火。大家围着摆龙门阵。有婆、妈、春兰、凤珍、子厚、子光和序子。

小方桌子放着一碗花生、芝麻糖粉粉，一碗冬菜炒肉丝，一碗辣子粉油。

火盆架子上烤着糯米粑粑。一边讲话一边注意粑粑这块那块胀起来，哪块该翻过来要不然焦了。

火炉边上还是那口高身瓦罐，里头有普洱茶冒气。

粑粑烤妥了，铁钳夹起来，哪个爱吃哪个吃；热得要死，左手右手来回倒。舀一勺糖粉粉包起来吃，舀一勺冬菜肉丝包起来吃，凶火点的舀一勺辣子油包起来吃。

子厚膝头上放着本不晓得哪样书，分他哪样吃哪样，一个人吃起来。子光稍微不同一点，一下要甜，一下要咸，所以左一口、右一口在春兰、凤珍两边摆。子谦小，放在"站桶"里。

序子低着脑壳读东西，一边咬粑粑。

妈在织头绳衣。

"狗狗，你在读哪样？"

序子笑着指指子厚，"读他的书。"

"唔？"妈瞪着眼。

238

"他姓张。"序子指着子厚，又指了指书，"它姓柳，都是子厚。"说完笑了。

子厚莫名其妙，妈懂了。"你懂吗？"妈问。

"懂一点点，不懂的跳过去。他比唐朝别个人的文章好懂，也有意思。"序子很认真地讲，"诗也好！"

"他的文章你读过多少？"妈问。

"《捕蛇者说》《种树郭橐驼传》《黔之驴》，是胃先生教过的；我自己试着读，《吊屈原文》《谤誉》，就不太懂，很不太懂。"序子笑起来。

"你可以问。"妈说。

"……不是一句两句的问题，很难问。我看完'注'，看'注'也不懂，翻《辞海》，哎，慢慢懂一点，懂一点也不太懂，真难。可惜，我一直跟胃先生就好，胃先生冇走，怕我就懂得多了——像吃东西，软的先吞了，硬的慢慢嚼……"

"他不仅仅是文学家……还是个很聪明的人，可惜活不到五十岁。"妈说。

"我想，怕也是……"序子低头看书，"千山鸟飞绝，万径人踪灭。孤舟蓑笠翁，独钓寒江雪——不只是可以画一张画，还好像自己就是那个'孤舟蓑笠翁'……"

婆忽然讲话了，"作文章、作诗其实就是会讲'巧话'！"

妈、序子还有子厚都看婆——

紧接着讲："脑筋不巧，蠢蠢架，写出来冇人看，是不是？"

爸爸落得一身雪回来了，"妈，你刚才讲哪样？我听到一点尾巴……"

序子原原本本告诉爸爸。

爸爸看着婆，忘记了抖雪脱罩衣，"妈，你一个字认不得，几时想出这些话尖尖？我们书都白读了……"

"嗯！"婆一点表情都没有地坐着。

伢崽们都困着了，幼麟在床上和柳惠说话。

"下午是甲铉先生叫我去的。满满一桌子人，少见的龙飞也在座；欣安、藉春、一罕、方若、素儒、得豫都在。谈论些时事，说是说春茗，正题转到我脑壳上，真是难为了老人家，一直紧紧关心我的事情。见到得豫在场，我就晓得大半成是劝我出去的事。果然，最后都落在我脑壳上。"

"这怎么可能？天晓得，你答应了？"柳惠问。

"这不是答应不答应的问题。他们各位摊出来好多事实。爹去世了，经济来源靠你一个人，张家无田无地，虽然唐庚所云'砚田无恶岁'，一块砚台怎么养得十多口人？我又是这么一块材料。其实大家所夸奖我的为人，手艺，书本，都不是在朱雀当得了饭的本钱。我讲我包袱重，走不开；他们讲，正是因为包袱重，不走不行……"幼麟说。

"那、那、那你这一走，留下这一摊子，我怎么办？"柳惠说。

"所以哟！所以哟！那场合，得豫话最多，我才愁死了……"幼麟说。

"唔！这还真是垮天的大事！——是的，的确朋友摆出的局面是事实，都是为我们好，你跟大家的处境根本不一样。走就走！这边我熬住吧！你有光是往坏处想，松动一下才有活路。你就决心走吧！——哼！你这人我看就糯，太平年月无所谓，这场合黏在一起不行！大家都珍惜你，你要自重，端出个男子汉派头来！——他们是对的。"柳惠越讲气越足。

"那！你看几时动身？"幼麟问。

"哎！你看你哪能讲走马上就走？三月间再讲！河边杨柳树都还冇出芽！"柳惠转身睡了。

这期间，朱雀出了几件大事。

萧舅公不当县长，上头派了个长沙那一头的人，名叫周绍南的来当县长。

柏辉章悄悄带部队走了，换一帮很新鲜的广东兵来，讲话朱雀人都听冇懂，"贡、贡、扛、扛"，像弹钢琴。跟他们开玩笑也不见发脾气。他们怕吃辣子，世界少有。带来的枪枪炮炮新崭崭子，闪着蓝光。

唐力臣走到箭道子被人打死了，两只耳朵被割掉，十二枪。脑壳，胸脯、腰杆、大腿都有枪眼，胸脯上五个枪眼，摆成梅花形。既然可以走到箭道子，那一定是大白天，更准确地讲是菜场最热闹的时候。动静这么大，一定有人看见，是有人看见，个个都讲不止三两个人，用的驳壳枪，小小的个子，包着黑帕子，生脸孔，不像城里人。恰恰好是省里来的广东兵和柏辉章办交接的时候，大家都忙，都没有在意的时候。传说前几年田三爷是他老人家下的手。是非曲直，弄到最后都落得一个"死"字，不过是早一点晚一点的事。唉！自己家乡人，爱、恨都拿一个"死"字作了结，是不是了结得了？前前后后麻烦了这么多心思，何必呢？

文光小学跟文昌阁模范小学讲和了。文光小学自动解散，所有教员学生都回岩脑坡。刘校长出远门，梁长潽执掌校长宝座。树照样绿，花老样子开。序子、曾宪文、田景友、陈开远、刘壮韬……这一帮老班子笑眯眯重新坐回教室里原来的老位置，教室在靠井水那间，心里好像打赢了一场仗火。形容词叫作"凯旋归来"。

　　孙姑公死了。

　　听说是西门坡倪胖子倪端表满满在朱家弄陪孙姑公"靠灯"，倪胖子满满一边摆龙门阵一边给老人家"烧泡子"。递烟杆过去，孙姑公没有响动了，安安静静、带着浅笑那么闭了眼睛。

　　这样的死法算是很别致、很得体的，也没有惊动周围。得豫满满正好在家。云路大满满平常日子就是个耐不得平常日子的人，这下子好了，有了这么重要的穿插，亲爹死了不单不难过，出出进进反而显得特别兴奋，精神十足。

　　姑公死了，序子自然有理由请三天假。至于云路满满跟序子前些日子遗留的口头凤怨因为大事当前早已烟消云散。于是朱家弄这条多年寂寥的弄子因为田景光道士率领的乐队奏鸣及时空搭配合式，油然荡漾出少有的九天梵音，四围邻舍因之也产生难得的感动。序子们如鱼得水地整整玩了三天。

　　姑婆是个见过世面的人，认识过人生的死活规律；又有沙湾柳孃、大桥头徐家姑婆、倪家姑婆、序子妈在旁边安慰，虽然上海的大表孃、北京的二表满满、九孃赶不及回来，也是想得开的，没有哭得呼天抢地、不成样子。

　　这一盘，又是柏茂忙得要命，可以封官的话，早就是周围亲戚六眷的"典礼局长"。

云口口\漏穿孝服

这下子好了，有了这么重要的穿插，亲爹死了不单不难过，出出进进反而显得特别兴奋，精神十足。

姑公的灵柩要运回好远的苗乡山里，他祖宗是那里的苗人，那里有祖坟。其他人不远送了，得豫和云路满满是定规送到底的。那身打扮，披麻戴孝在平常人身上已经显得特别了，云路大满满就尤其特别，矮个子，瘦，黑，长脸，大鼻子，戴近视眼镜，络腮胡，突出的下嘴唇，细腰身，一身白衬着，鬼鬼祟祟的眼神，人见了就想笑。

序子们早就笑了。云路满满指着不准笑还笑。匆匆忙忙办事跑腿，你没有哪样办法不准崽家见到你笑。你发气，你追；他们边笑边跑，连街上走路的人见到他那副样子，都一齐笑起来。

（世界就有希特勒这类怪物政治家，不喜欢老百姓笑。他傻，不晓得人是可以躲在门背后、被窝里头笑的。）

一位大哲学家亚里士多德的《动物学》说过："只有人会笑。"从逻辑上讲，这句话不准确。如果说"人笑的时候，咧开大嘴，露出牙，眯起眼睛"，就合适一些。生物都会笑，表现方式不同而已。狗笑的时候既眯眼眼露牙，更摇尾巴。猴笑的时候，蒙眬着眼，绷长嘴巴露一稍许牙齿，不摇尾巴。猫笑的时候很像人笑，嘴巴上翘，眯着眼，脑壳轻轻爱抚朋友，轻轻叫着……

植物如何笑我不清楚。

"葵花朵朵向太阳"或许是一种"笑"法；不过意大利中部佛罗伦萨千百万田葵花，那里大如簸箕的朵朵葵花自己高兴怎么转就怎么转，不搭理太阳的。

科学大师们有时在文章里讲点浑话是常有的事。恩格斯《自然辩证法》中写过：白长毛蓝眼睛（或金银眼？）波斯猫都是聋子。（原话怎么讲的我手边没书，大意应不错。）这就未必然。我家的一些白长毛蓝眼睛和金银眼的波斯猫，一叫就来，一骂就走，从未给过我恩格斯教导的印象。

恩格斯也讲过只有人能使用工具的话。现在科学昌明，交通发达，电视里有机会看到乌鸦、老鹰、水獭、猩猩使用工具的录像，包括小候鸟坐在大雁、天鹅背上"搭飞机"的录像。有一种蜘蛛——（亚马孙河还是非洲）前头一双脚特别长，顶端结了个网，地面上来回走着扣虫吃。他老人家活到今天能省很多笔墨。

天气好，阳光充足，幼麟请了几个边街老熟人来，把序子睡觉的后房窗子外边走廊上搁置多年的大棺材搬下来，扫帚扫了灰，干布擦了一遍又一遍，商量再上几次漆。其实，一年又一年已经上过四十道漆了，还不行，还要再上。

这是以后拿来装婆的棺材。婆自己有时候也来看看，摸摸。这种事情在本地，稍微过得去的人家都用这个动作来表示孝心。

这口摆在离自己不到三米远、只隔一层木板窗子的棺木，序子从来不把它当一回事。它是件用具，跟桌子板凳一样。刘壮韬婆以后用的那口黢黑的棺材就公然摆在堂屋，棺材头还巴了一张"福"字。

序子往年跟滕代浩、曾宪文到金家园山上走玩，山上有时候有三两间不住人的破房子，里头叠了好几层老棺材，里头是有东西的，有时候还臭。

还见过更老、更破的小房子放一口棺材的，前前后后一张纸、一个字也没有。孤孤零零在那里让人忘记了，真是可怜……

也听说有些古怪老头，死还没有一点消息，就把棺材弄进自己房里，夜间睡到里头去，把棺材当床。

连着一个故事。家里来了客人，事先忘记向客人交代，招呼客人睡老头床上。半夜老头要抽烟，棺材里伸手向客人，"喂，给我个火！"……

那年代幸好没有外国客人。

天气慢慢好起来，序子、子厚都上学了。子光跟妈在女学堂，走来走去自己玩，凤珍跟着，不见什么大动静。子谦，春兰和婆在家照顾，好管，身体没有子光强，有时屙尿拉屄屄春兰帮他撸撸裤子。他是乖伢崽，街上人都这么讲，不哭不耍赖，自己编着歌唱。文庙巷坎子口口岩板上坐着等春兰办事，水果摊子给个小地萝卜，一个人慢慢咬半天。有人拿子光和他比，提到子光，都"耶！耶！"摇脑壳笑，怕那个"厉辣王"。

幼麟好像很忙，天气晴朗或下雨他时常往外走，有时一个人东南西北城楼子上望远，有时找找朋友，多去的仍然是岩脑坡高家。

"你前些日子讲话都好像是叹气，或者是一边叹气一边讲话，其实用不着嘛！我们这些朋友都还在嘛！这几天好像好一点了……"素儒说。

"不会的。我只是舍不得故土，舍不得朋友。"幼麟说。

"故土、故土，根长得太深了。我呢！我是没有哪样作为的；你有一样。只是走晚了一点就是。——你，你倒从来不见流眼泪水喔！"素儒说。

幼麟笑了，"流，流，怎么不流？往肚子里头流不让你看到。——老哥，你才应该早出去，满肚子风云，栽在这里实在糟蹋了！"

半夜老头要抽烟，棺材里伸手向客人，

『喂，给我个火！』……

给我个火

素儒举起鸦屁烟枪，"看老夫这体质，这枪！——'有朝一日春雷动，得会风云上九重！'老实讲，我在日本时都没有想过当官前途。你看那些搞政治的、搞军事的，忙得跟脚旋天，落个哪样下场？这不是'酸葡萄'，也不是风凉话，兄弟呀，你稳稳当当前进吧！你是搞艺术的，永远保持你全身的清洁卫生吧！你这口饭比哪个吃得都实在。穷有穷饱，富有富饱，总有贵人照顾，你信不信？"

吃完饭，夜了，幼麟一个人打着盏小红灯笼进城，周围魆黑，脚步应着空寂回声好像老远小庙里和尚敲木鱼，更像走调的钢琴高音"C"，"橐、橐、橐……"简直气得死毕达哥拉斯！幼麟边走边好笑。（少见哪架钢琴能调得准那个高音"C"键，那是个地球的南北极、冰天雪地、人迹罕到的性命绝境……）

柳惠在写字。多年不弄书法了，这次做得很正经，是张条幅，梁代范云的诗："东风柳线长，送郎上河梁。未尽樽前酒，妾泪已千行。不愁书难寄，但恐鬓将霜。望怀白首约，江上早归航。"

幼麟回来，她刚刚写完。

"你写这个？"幼麟举起来看，"太伤感了！"

"我不是为了伤感写的，要分别了，想起桃源读过的诗……"

"是好！不过不像我们的理由。"幼麟说。

"所以嘛！不单不希望你'早归航'，还打算我们一家都远远地出去！"柳惠说。

幼麟慷慨起来，"那！那！这背后有骊歌预言！"

"唉！要是真这样就好！时代拍子太快了……"柳惠厨房洗笔，"怕赶不上了……"

大清早北门河跳岩边很闹热，不晓得是哪一家搞"大起水"[1]。鞭炮锣鼓喧天难得的豪华。岸边祭祀行礼的不太像是城里人，穿着讲究，包着青绉纱帕子。右边腰上翘翘的，都挂着家伙。

好多广东兵都趴在城垛子看新鲜，"俚的猪脚佬（朱雀佬）係做乜嘢？"

香纸蜡烛沿河燃了两三丈长，主事人忽然朝空丢下个小红布包，眼看随水缓缓漂走了。所有祭祀人员各走各路，过跳岩的，进北门的，过了跳岩往上走的，往下走的……剩下的"起水队"卸了道袍变回老百姓也都散伙回家。

城墙上忽然有人指着对门河金家园那边大叫："看！快看！快看！十二匹白马！那！看到吗？一排，一排站在那里！看到吗？那，那，有人骑到最后那匹马上，右转弯走了，走了……看到吗？排队走了……"

广东兵莫名其妙，跟到左看右看，"丢那妈！究竟睇乜嘢呀？"

人散得差不多时，原来甲铉先生也在城墙上。他老人家几时来的？巧也巧，得胜营的幺舅这时候也进城门洞往文星街走，穿着跟"起水"那帮人一模一样，脑壳也包了青绉纱帕子。两个人一前一后不打招呼，想必是心里有事，没注意看人。

幸而幼麟、柳惠都没出门。幺舅进屋，站着讲了几句话："娘听到三姐夫要出远门。讲：'早不出，一窝伢崽才出？！'我不是这么看，不管早迟，出去比不出去好！我走了！"

"咦？为这两句话，你走四十五里？"柳惠嚷。

1　土家族人习俗。有人死了要向河神报信。

"我有事，以后再讲。"开门头都不回。

四城牵马在门口等他。

哪家那么大动静搞"起水"，没头没尾，呼的一声就散了？

十二匹白马，讲鬼话！……

文昌阁模范小学依然老样子，有的先生走了，做哪样有的先生走了？陈晓丹校长只做"文光"不做"模小"？张顺节先生在，滕嗣荣先生在，滕风北先生在，老龙先生在，好多先生都在……

序子和一帮猪朋狗友都升了五年级。何谓五年级？高小是也。只可惜那些刚刚缓过气来的好花树，耗费了龙先生的心思，那些树不会说话，不会走路，要不然就跟着来了。没完没了的天然悲哀。

下课之后先生走了，大家还来不及出去，曾宪文叫序子："窗子外头，你看是哪个？"

几个人跟着一齐看，靠西边那棵楠木树底下站着左唯一，正在跟校长梁长潘说话。

"序子，你看见你的世仇了？"滕代浩问。

曾宪文叫："出去，大家都出去，会会这个狗杂种！序子，走！你怕吗？"

"怕我个卵！"序子果然走第一名。

出了教室，几个人站在礼堂坎子底下右边。左唯一在坎子那边，相隔三丈多。

左唯一原先只顾跟梁校长讲话，转头忽然看见那一伙冤家，他装着还要继续讲话的样子。他晓得有一伙强人在注视他。他来"模小"办事，地盘不属于他。这帮小家伙当然不属他管。彼此之间已在平等线上。别讲动手打人，反过来挨打的可能性还比较大。曾宪文"已经站起来了"，左唯一首先看到的是张序子，右手掌伤疤部分有点发痒痒。他晓得那七八个仇人是为看他才站在那里的。

嘴巴不说话并不等于眼睛不露凶光。

不晓得田应生哪里来的聪明，"张序子，你的嘴巴还在吗？"

大家回答：

"在！！！"

"你的牙齿还在吗？"

"在！！！"

"还咬不咬人？"

"咬！！！"

"狠不狠？"

"狠！！！"

……

摇铃铛上课。大家呼啸拥进教室。

回头看窗子外头，狗日的左唯一滚了。

朱雀城天气好的时候，人高兴，太阳就出得早。

序子晓得这是种科学现象。他早就想像大人一样写一本这方面的书。比如讲，天为什么是蓝的而不是红的、绿的，而偏生让柳叶是绿的？为什么"万有引力"专门对付人而不对付雀儿？长花的颜料是哪里来的？为什么男人长胡子，女人不长胡子？胡子、眉毛、头发有什么用？不长头发的光脑壳为什么一点也不要紧？为什么螺蛳壳个个都往右转？

田应生也讲过，要是头发长在手指背上，天下就省了好多钱买牙刷。这都是问题。

序子很注意这方面的科学。瓦特、富兰克林、爱迪生那帮大角色都不敢碰这些深学问，专拣浅的弄。什么树底下等苹果之类。我们古人早就提过"守株待兔"，洋人不看书有什么办法？……待兔比等苹果难多了。

第一个自己做出来的才叫"发明"。第一个看到的叫"发现"。世界上好多人都在"抢第一"，小学老师叫他们守规矩都来不及。"第一"有这么重要吗？

"引力"在地球上只有一个，没有"万"，所以不该叫"万有引力"，只叫"引力"就可以了。来句古文可写"引力唯一，而万物从之"，是"它"引万物，不是万物"引"它，所以万物没有引力，可称之为"万无引力"。牛顿蠢，要苹果下树来才晓得"引力"。梨子、桃子、板栗、茶壶、茶杯掉下来都不信，只信苹果，哪有这种事？这就好笑了，好像平常过日子，他爹、他妈、他姐、他哥从来不掉过东西在地上。下来他也不感动，非苹果掉下来他才感动不可。

科学家这类人写书厚厚一本又一本，好像道理全让他一个人讲完了；其实也不可全信。比方讲，达尔文的《进化论》写人是猴子变的，他又没有亲眼见过，怎么晓得哪一天猴子一下子变成了人？满地球都是猴子变成的人？黄种人，白种人，黑种人？序子常识课本有达尔文的像，那副长相，如果有人讲达尔文本人是猴子变的，起码朱雀有半城人信。

序子亲眼见过好多连常识先生都没有见过的事情，书上也不见

牛顿苹果菜

牛顿蠢，要苹果下树来才晓得『引力』。梨子、桃子、板栗、茶壶、茶杯掉下来都不信，只信苹果，哪有这种事？

人写过。

昆虫跟人一样，跟狗一样，长大都要拜堂结婚进洞房。"三猴子"[1]进洞房，新娘就慢慢一口一口把新郎吃个精光，骨头都不剩。母蜘蛛和公蜘蛛也是这个样子。不同的地方是蜘蛛新娘屙出扁扁的粗丝把蜘蛛新郎先缠绕起来慢慢吃。所以讲，做新郎做得最苦、最造孽的莫过于"三猴子"和蜘蛛了。

反过来想，传宗接代有很多办法，幸好人类不走这条窄路，算是运气到极点了。公蜘蛛、公"三猴子"明知故犯，很有点革命自我牺牲的精神，人是很难学得到的。

还有一种"母仪天下"的蝎子妈更是了不得。生伢崽的时候，自己的背脚突然破裂，几十只小蝎子从亲娘的背脚里爬出来，好像看完电影散场一样，一点没有向慈母感恩告别的意思。

常识课本上讲，毒蛇是胎生，无毒蛇是卵生。不完全对。无毒蛇生蛋在草丛里让小蛇自己孵化出壳；毒蛇其实也生蛋，为了爱护儿童，它蛋生在肚子里，让小蛇孵化妥当才一条条生出来。序子和曾宪文、王本立、田应生在南华山脚底下打死过一条肚子里有蛋和小蛇崽的"七步蛇"。是亲身经历的。（好多年以后书上改了口气，讲是"卵胎生"或"假胎生"，这就对了。）

有一种黑色闪绿光的蜂子，抱着个不晓得哪里弄来的又白又嫩的肥虫，飞到楼上柱子角角隙，装进事先做好的大半个泥罐罐里，再飞来飞去衔着泥巴封口。人说是黑蜂子好心抱养一个"干儿子"。其实不是。它在肥虫身上打了一针麻药，让它一动不动地活着，再

---

1 螳螂。

人说是黑蜂子好心抱养一个『干儿子』。

其实不是。它在肥虫身上打了一针麻药……

生个蛋在肥虫身体里头。孵出的蜂子崽吃新鲜肉长大，直到吃空肥虫咬破泥罐飞走为止。

（这有点像"文化大革命"前后时期老教授和学生的关系。老教授就是那只倒大霉的肥虫。不一样的地方，黑蜂子掏干肥虫之后一溜烟飞走；而学生大人还要反身批判老家伙如何之"毒害"他们。）

黑蜂子有个古典名字叫"蜾蠃"，《诗经·小雅》的《小宛》中就讲过这件事："螟蛉有子，蜾蠃负之，教诲尔子，式穀似之"。"式穀"这两个字我认识得很勉强，好像是"会拿好的办法教育他"，或者是"会好好哺养他"。

十九世纪法国大昆虫学家法布尔写了一部厚厚十卷本的《昆虫记》，第二卷第六章的专门文章写的就是"蜾蠃蜂"，可惜，法先生写的蜾蠃蜂是群居的，住在自己挖的地库里头生儿养女。抓来的小虫打了点麻药有秩序地存放在地库里，让悬在一根根短丝上的幼婴们慢慢享受。再往下看，写别的东西了。

这让我很失望。

孔夫子跟我的看法一样，蜾蠃是"个体户"，而且是陶艺专家。

群体和个体，在智能发挥方面，区别是很大的。

序子没有想过长大之后要做这个，要当那个。看那些书上讲的大人物，自小就立大志，后来就真的当上了大人物；觉得也真是十分之不简单的事，他的爹妈一定打发了不少银钱给算匠先生。

可见一个人的"命"是很重要的，算匠先生怎么看得出来这又是另外一个问题。并且一个人的"命"还能够经过算匠先生按八字、按风水、按起行点拨。恶拨成善，歹拨成好，烧一张符，吃一撮香灰……怪就怪在算匠先生自己，像个讨饭人，从来不救救自己。问他，他说："这是命中注定，三长改不成四短。"

天不怕，地不怕，算匠先生就怕读书人上他的"命馆"。从来没想过向读书人拉生意。他眼睛尖，读书人过山，马上一边闪着，偃兵息鼓，连看到读书小伢崽也十分讨厌，也冇敢惹他们。从不给逃学学生算命，这伢崽冇出息，算也白算。问他这学期留不留级，他横起眼睛，"问你自家呀！"那是句十分正经的回答。

算匠先生这类人朱雀是流传好多笑谈的，也都不怎么恶意，有时候还好笑。

听人讲有个要挨砍脑壳的犯人在衙门里押着，周商山算匠买通狱卒传给犯人一句话，若是哪天被牵出去赤塘坪砍脑壳路过周算匠先生门口招牌底下喊这么两声：

"周神仙！周神仙！我悔不该不听你的话，你指引我走东南，我硬要走西北方，我悔之晚矣！你的良言应验了，我辜负你的好意，这里我多谢你了，你是真神仙。"

只要讲这几句话，我就送三块光洋给他妈！横顺他本人死都死了，临刑之前赚三块钱孝敬他妈一场也亏不了哪样。

人砍了。他妈的钱也托人偷偷子送到了。

"周铁口"的"说一不二"大招牌也挂出来了，生意好得像个个拉肚子抢茅室那么挤。

读书伢子听到这传说只是怕，不敢大嗓子嚷"不信"。

算匠的等级好严格。坐在地上摊块布光看手相的是一种；同样摊块布，摆了一盒纸牌外加口雀儿笼子的又是一种。架了架子，搁上板子，垫块红布，摆上签筒的又有好多种。这类人起码磨炼过几本《万年历》《玉匣记》《麻衣神相》，才有资格弄成个叫作"案几"的格局。到了安座子设"命馆"的身份时,那可是上下左右都烧过香,叩过头的。衣冠也讲究了,甚至公然晋起八字胡来。所谓哼气哈气顺带两句"周易",出门进门嚼弄半节"卜筮",好一副坐地神仙架子。

不过名气大了,也容易招惹好多是非。怪也只怪自己不小心,加上自己好喝两杯,醉倒又不乖乖上床睡觉,偏偏要"卜"哪样醉八仙卦,自然也就让人砸过两回招牌——

一回是说道门口刘家黄花闺女有喜。砸了!

一回是说西门坡吴家寡妇有喜。又砸了。

周商山在西门上那头"命馆"开了一二十年了,实际上算是个玩笑铺子。人家给他起了个外号 "周有喜",他也不气。他晓得气不得,烂话越嚷越响,需要一段时间沉淀。

事情没有完。

有一天晚上周商山两口子在床上困觉端正的时候,他婆娘周杨氏告诉他,"肚子里头好像有点响动。"

"哪样响动?你呷多了哪样?"

"冇是呷多了的事。"

"怕是出哪样毛病了吧?你身子原来好好的……"

"眼前也是好好的。只看到肚子一天天大起来。"

"那明天上卫生局去看看,菩萨保佑,千万莫弄出'水蛊胀'。"

"哈!哪会!"

"你以为是哪样?"

"你怕是要做爹了。"

"开玩笑!你六十几了?"

周商山伢娘育喜

有一天晚上周商山两口子在床上困觉端正的时候，他婆娘周杨氏告诉他，「肚子里头好像有点响动。」

"六十一。"

"哼！你真会'絮毛'！那明天赶紧上卫生局！"

第二天两个人去了卫生局，全卫生局笑翻了天。"周商山婆娘六十一岁有喜了，已经三个多月。"

跟着全城人都笑起来，都卷到老西门那块"说一不二"红匾底下看热闹，故意讲来"道喜"。

周商山满脸笑容向人双手打拱作揖，嘴巴讲些不伦不类的话："对不起！对不起！惭愧！惭愧！惭愧之至……"

序子想，这犯得上哪样惭愧？不清楚周算匠婆娘大肚子有哪样好笑？朱雀城大肚子婆娘多的是……周算匠无须乎"惭愧，对不起"，这又不是打烂人家碗、碰垮人家摊子。

"有一点惭愧是好的！那么大年纪了！"曾宪文说，"周算匠眼前算是六十五六吧，几时才盘得伢崽大？伢崽二十，两口子都八十多了……"

"大家好奇而已，把周算匠当'骚胡子'[1]！"滕代浩说，"笑两口子那么大把年纪玩兴还那么重。"

又听得街上的人讲："六十多岁的老娘子，生伢崽经得起吗？"

"哎呀！两口子活了六十几得个晚崽，哪辈子修来的福？怕哪样？到时候有我嘛！"谢蛮婆插了句嘴。

其实周算匠开怀得了不得，顾不上街上的人煽阴风掸阳气。只有一样想不开，算错别人有喜，让人砸过几次牌匾，没料到这个真"喜"字怎么会落在自家脑顶上。

---

1 黄色三级老头。

序子心里想着两个问题。一是年纪大的婆娘家就不可以生伢崽吗？有哪样好笑？二是，天底下究竟有没有"巧"事？像周算匠这种巧法……

序子是有点信"巧"的。

比方，早晨喜鹊停在院坝树枝上叫几声，中午邮政局就会送信来。当然、当然，人是懂道理的，喜鹊又不是邮政局喂的，所以说也不是特别地准。十回至多有七八回；或者四五回；或者一二回；或者白叫。

天气好，树上喜鹊叫，带来一种好的念想，把院坝里的空气调得浓浓的甜甜的，纵然白叫也是个吉庆事情。

有的不是"巧"的问题，是大自然和人长年累月通了气的缘故。

比方讲，一大清早，太阳亮堂堂，天气特别之好，朱雀城的天上常常有大岩鹰打圈圈。院坝里的伢崽家看见了就会抬起头对它唱："岩鹰、岩鹰打——团、团，你出鸡崽，我出油——盐。"

春天的时候，屋里养鸡公鸡娘的人家都孵出了小鸡在院坝里走来走去。也有人开始在街上卖鸡崽了。好多人就乘兴子买了几只放在院坝里养着好玩。岩鹰的眼光里，翅膀底下，满城都跑着小鸡。

伢崽家们唱的歌，要跟岩鹰打伙吃小鸡是挑逗话，明知岩鹰这时候不敢下来，何况还有"响篙"响着。

岩鹰眼前当然不走。它晓得翅膀底下伢崽们唱的歌是给它听的。它随着拍子慢慢绕着圈。一家唱，家家唱；妈妈姐姐也跟着唱，眼看着岩鹰在天上打大圈，会不会听着、听着这歌张开翅膀慢慢在天上睡着了呢？

朱雀城有好多这一类两千年、一千年、一百年开始至今，从早到晚如此这般的唱做。

伢崽家拉在地上了，年轻的妈妈站在大门口当街一呼（完全一副花腔女高音嗓子）："啊，呜——噜；啊，呜——噜……"

于是一群不管认不认识的狗就会冲进屋来，把地上的吃得精光。连屁股也舐了，省了张黄草纸。

黄昏放定更炮的时候，观音山那边就有几只"春菠萝"叫。"春菠萝"是一种很小型的猫头鹰，叫起来像敲击高音小木鱼，声音传得远，点子密而长，让人感觉温馨平安，让人微笑……

也非常奇怪，蜗牛壳总是往右首转上去的，也就是讲，跟钟表针反着旋。序子从屋里收藏的大海螺壳[1]算起，一直到墙脚和水缸边，文庙池塘边，河里的，沟里的，所有所有的螺蛳壳、蜗牛壳都是按上天菩萨规定往右边旋。

别个人是不注意的；于是序子就对着曾宪文、吴道美、滕代浩、王本立、田景友、陈开远、陈文章这一大帮人吹牛皮，"哪个找得到往左旋的螺蛳，一个粑粑赔十个粑粑。"有的根本没想过这类问题，拿不准主意就不愿赌。有的蠢人果然到处去找，甚至翻山越岭去到乡里亲戚家，回来个个哑子一样，没再提"赌"的事。有的还问："十年八年以后，赌粑粑的事还认不认账？"

别个就笑，"那时候你都九百岁了，还记得到蜗牛卵事！"

"不晓得上海呀，瑞士呀，非洲呀，那边蜗牛是不是往右旋？"

（这件事我至今还是弄不清，为什么蜗牛、田螺壳一定右旋？有一个例外，同事学者常任侠先生收藏一个相当大的西藏海螺壳，

1　朱雀叫作"海角"，过年时候总借给城里大的狮子队伍吹。

从屋里收藏的大海螺壳算起，一直到

墙脚和水缸边，文庙池塘边，河里的，沟里的，

所有所有的螺蛳壳、蜗牛壳都是按上天菩

萨规定往右边旋。

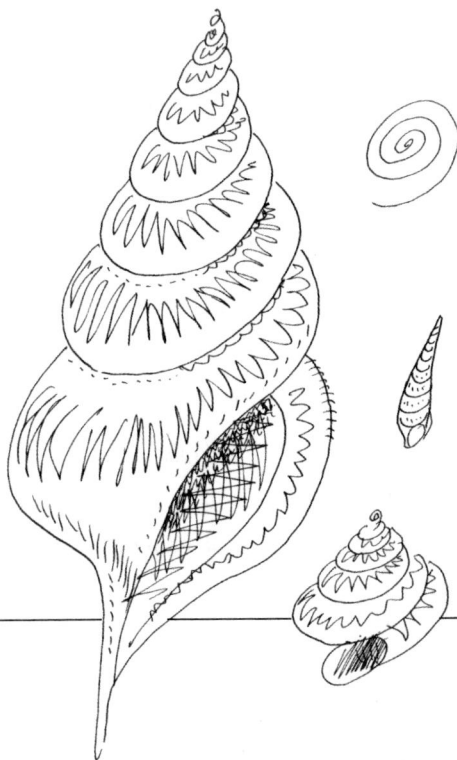

天下螺丝壳都是右转

镶满金银装饰，是左旋的。我告诉他这是个"神物"。我这么写出来了，很可能在科学研究上是个事；或者根本不算个事；或者是大家早就清楚明白只有我一个人蒙在鼓里？——这类事情常有。抓住一点点小事，就认为是自己发明，就认为世界第一。他从来就没有去过"世界"，天晓得他怎么会世界第一？）

序子回到屋里就去查书。

翻到《辞海》虫部，十一画找到"螺"字：

"凡软体动物之腹足类，体外具螺壳者，统称为螺。"底下条属和"螺"字有关系的很多。什么"螺丝公"，什么"螺丝母"，什么"螺旋，据斜面之理所制成之助力器械也……"扯到哪里去了？真螺丝，"王顾左右而言他"矣！

"此乃《辞海》学问不精通之故也！"序子曰。

正在愁怨之际，爸爸回家进房，见序子翻《辞海》。

"你查哪样？狗狗！"

"查田螺的'螺'字。"

爸爸一边脱外衣一边问："查渠做哪样？"

"螺蛳壳都是右转弯的。"

"吓！你管那些闲事做哪样？左转、右转还不都是螺蛳？"

"爸！"序子睁大眼睛，"螺蛳壳没有左转的！"

爸爸也睁大眼睛，"哪里话？小小年纪你见过几颗螺蛳？"

序子急了，"见过！见过！我见过好多好多螺蛳，田螺、蜗牛、钉子螺……同学到处都帮我找。爸！我们屋里的'海角'，所有、所有，都是往右转的……"

"咦！真的？我还真没有想过。怎么可能呢？你，你慢慢来，你报送我听，是哪个告诉你螺蛳壳的事？"

"我自己找螺蛳比出来的。我先是在文庙池塘桥上捡干蜗牛壳比，个个一样；又找田螺比，也一个样；又找钉子螺比，也一个样。赶转来找屋里的'海角'比，吓了一跳，也一个样，就赶忙找同学，有个同学乡里带转来的田螺壳也一个样……哪个下命令要它们造壳的时候都右转？天下这么大，怎么商量的？怎么传宗接代的？书上又查不到，《常识》书上又没有讲过，这算不算一种小科学？"

"啰！啰！科学这东西不分大小。爸也不懂。你要不讲螺蛳壳都是右转弯，我天天看螺蛳也不会注意它左转右转。不过你做不成牛顿的，人家牛顿原本是有大学问底子，见到苹果落地才会想到'万有引力'，你这个狗狗，我看就算个'狗顿'吧！"

序子急忙解释，"爸，我一点冇想到做牛顿，我算术不行，来不得科学家的。"

"我也不晓得你长大是哪样人，这是想不到的。下蛮想也没有用。只有两个字'认真'。记到这两个字就够了。读书，交朋友，办事情。看你弄这个螺蛳壳，就很有点认真的架势。这好！让素儒伯晓得了，他会高兴。"

"爸爸，你看素儒伯懂螺蛳壳吗？他哪样都懂。"

"哈哈，考考他去，走！"

两父子沿城墙走东门到南门上永丰桥，上岩脑坡。

一路上，爸爸问序子："我要是出门，到长沙、上海去谋事，你就是全家最大的男人，是不是？"

"是是是（是倒是），我还没有长大，我不是大男人。"

"好多人家家里没有大男人之后，伢崽家一下子就变成大男人，当家了。"爸说。

"那妈呢？"

"她是婆娘家，外头好多事婆娘家办不方便，要靠男人家去办。"爸说。

"爸，你是真的要走？我有点怕……"

"事情来了，怕是没有用的。——你看看，玉鉴爷爷被蒋介石弄走了，地方上起了变化；你爷爷也死了，我也不当校长了，眼看着屋里留下点钱一天少一天，光靠你妈那一点钱，累死她了！到时候钱用完了怎么办？躲势就没有饭吃了，你们兄弟就没有书读了。怎么办才好？所以我就要出去找事情做，赚钱寄回来养你们。外头大地方东西贵，薪水也多一点，朱雀地方小，东西便宜得多，寄钱回来就够家里吃饱了。我讲这些话你懂吗？"

"懂是懂，屋里你不在，我想不出是哪样样子。"序子说。

"有你呀！"爸说，"哪！管好几个孪孪，照顾婆，她做不到的地方帮她做，多陪她摆龙门阵……"

"你还没讲妈。"

"你妈有妈的事，学堂，屋里，你们，她都会管。我对你讲的是你的本分事。要紧的你要记住，我出门之后，你是我们屋里最大的男人。——狗狗，你在想哪样？"

"我冇想哪样，我想以后我该怎么想。事情又没有来，想也想不出个所以然……"

"那是……到了。"

金秀大姐看到序子，"我讲，我讲，你简直是一天长一尺。快去让伯娘看看！妈，妈，你看'黄子狗'长成哪样子了？"

序子心里就喜欢金秀大姐这种脾气，平常日子她一个人在房里的时候，不晓得还是这样子笑不笑？那么长的辫子，长眉毛，大眼睛，满嘴巴白牙齿，"我要有一嘴巴这样的白牙齿就好了。"嗓子也好听，像远远的人吹笛子。嘴巴子红红的，像刚刚嚼过指甲花。"金秀大姐，金秀大姐，你才是莫要长大；娃崽家一长大，命就变了！"序子心里想。

"来了，来了，妈，你看！"

高伯娘双手撑着序子肩膀哈哈笑，"狗狗，你几时有再长就通知我一声。"转身翻柜子又要找点吃货给序子。序子希望她莫再找出馊东西，"菩萨保佑，菩萨保佑，不要馊油炸粑粑……"心里扑通地跳。

"哈！"高伯娘举起一包"核桃酥"，"看，这是哪样？"

序子坐在小板凳上，听金秀大姐问婆问妈问孳孳的事，一边像背常识那样回答，想都不用想，出口成章。满嘴满下巴都是粉粉。

金秀大姐问："狗狗！听到讲，你喜欢我们屋里的躲妹、躲妹，你到底喜欢哪一个，躲妹还是躲妹？"

序子冇想到来这么一个问题。序子沉吟了一下，"她们两个走了，我心里好舍不得。"

金秀问："那你怎么办？"

"人生、人生又人生！"序子说完，金秀笑得要死，"狗狗呀！看你这副样子，还'人生'咧！"

高伯娘没有听懂。

"你高伯伯叫你了！"金秀大姐听到喊声。

高伯伯靠在床上抽鸦屁烟，"狗狗，你讲的那螺蛳壳定律我不信咧！我有几颗宝贝东西让你看一看……"

高伯伯起床是一件难事。好费力地撑起来，套上拖鞋一步一步去开八宝柜子门，取出一口小楠木盒子，"哪！晓得腊耳山吗？宇宙洪荒时代，腊耳山顶顶都还泡在水里头，现在是一千八百公尺的高山，我们朱雀城范围里最高的山，这些螺蛳壳就是在山顶顶岩脑里找出来的。

"好！你打开盒子自己看，我不看，我也从未想过它是左旋还是右旋。这二十一颗好多万年前的螺蛳壳你一个个地检验，看完报送我……"

高伯伯交到序子手上，又躺回到自己烟床上，懒腰风膝的，像刚才跑了一场马拉松。

序子打开盒子，一颗一颗地细看，越看越精神。

"哈！高伯！全是右旋。"

高伯猛地蹦起来，完全忘记自己是个鸦屁烟客身份，"不可能！"嘴巴犟不过事实。他萎了，比欠烟瘾还萎，"这真是个问题，我读过博物学的，我真的读过。我怎么会没听过？这二十一颗东西我收了二十多年，就没有认真看看。当然我认真看过，就没想到右转的问题……唉！朱雀是个不是个东西的地方，要是在伦敦、罗马、纽约，崽呀崽！你这脑筋顺着长大上哈佛、牛津，或者真会弄出个名堂来……"讲到这里又赶忙躺回去烧颗"泡子"，狠狠"削"了几口，接到又说："这盒东西我都送你算了，奖赏你这个，把我也镇了……"

爸爸连忙说："不要，不要，不敢当。伢崽家冇懂事，糟蹋了这么贵重的东西。"

序子也赶忙讲:"伯伯,我冇懂,我冇廊场放,会打落的。我冇要、冇要!"顺手摆到茶桌子上了。

"下个星期三我就走了。"爸告诉高伯伯。

"唉!……这一走,要好久好久才见得到了。"高伯说,"我看,我们也来一盘'忆昔午桥桥上饮'吧!杏花正是时候……桥也有,都是现成。"

"我看免了!……"爸说,"情分太重,我怕当不起。"

"这是要紧大事,让我开个名单,再向你报信。唉,唉,朱雀就这么几个人了,你看,你自己算算……'江左烟霞,淮南耆旧,写入残编总断肠'嘛!眼看朱雀这盘筵席真要散了……"

回家的路上,爸爸和序子都不说话。

进到屋里,妈问:"你们到哪里去?"

序子回答:"到岩脑坡高伯伯家。"

妈问:"见到高伯娘吗?"

序子答:"见到高伯娘和金秀大姐。问到婆,问到你,问到几个孥孥。吃了一包核桃酥,一脸粉。"

妈问:"讲了哪样?"

"讲我一天长一尺。人生、人生又人生……"序子双手叉腰,对着妈笑。

妈说:"岂?岂?岂?……"

靠回龙阁大桥头上坎子这边有三间吊脚楼门面的面馆,平平常常,招牌"吴胜魁"。面好不好不知道,就是窗子好;大大的细木格子窗，窗外一长排沙湾风景；尤其春天，下雨或者出太阳，满窗子杏花，像个不洗脸的漂亮妹崽一下子洗了脸，让人跳起来惊讶。

想必是花香惹的，上桥、下桥的人总要拐过脑壳看几眼，骂一句娘。

告别宴就定在这里。面老板笑眯眯地靠边站，很可能有机会偷点手艺。蓝师傅负责领套，也是情分上的事；他跟幼麟是儿时的玩伴。

时间：星期天晚间六点。靠桥这边上了铺板，好奇的人只能听见热闹而看不到光景。

来了二十多人，想得到的都来了。点了打汽灯，趣人还在杏花树那头挑了另一盏，杏花登时亮起来。沙湾那头往这边看，比在场的人还觉得好看些。

好发脾气的过路人听见里头响动，顺口来了两句："狗日的败家子！这年月还欢？"

都是借来的藤竹小靠椅子，各人挨着圆桌子喝今年的新茶。好像面对重病之友不谈病情，大家无一字提到惜别。

安好席，斟酒上菜。

"哪！躲势请，干！干！干！"

于是这个请，那个请，都在"酒"字上用功夫。

混沌了两个多时辰，韩山在板墙钉子上取下笛子口袋，抽出笛子。

"我先来一段《梅花三弄》吧！"他认真地调抚好笛膜，轻柔地吹将起来。接着又来了一段《春江花月夜》。

醉得差不多，或醉得恰到好处，或醉得一塌糊涂的人给笛声弄大大的细木格子窗，窗外一长排沙湾风景；尤其春天，下雨或者出太阳，满窗子杏花，像个不洗脸的漂亮妹崽一下子洗了脸，让人跳起来惊讶。

早桥桥上欲

醒了。虽程度不一，蒙眬的眼睛看着窗外的杏花；这光，这影，这颜色，这声音一齐和在酒里了。剩下不喝酒的幼麟一个人清醒地守护着这一群多年的狗蛋好友。

如此灿烂的夜！别醒，别醒！

醒了可惜……

欣安站起来对韩山说："你来一曲《小重山》，我唱；章良能的。"

得豫马上架了三脚叉，放上班鼓，左手捏着檀板响起拍子。

"柳暗花明春事深，小阑红芍药，已抽簪。雨余风软碎鸣禽。迟迟日，犹带一分阴。往事莫沉吟，身闲时序好，且登临。旧游无处不堪寻。无寻处，惟有少年心。"

唱完，大家糊里糊涂叫好。

幼麟慢慢站起来，对韩山和班鼓手得豫说："我来曲陈与义的《临江仙》吧！——'忆昔午桥桥上饮，坐中多是豪英。长沟流月去无声。杏花疏影里，吹笛到天明。二十余年如一梦，此身虽在堪惊。闲登小阁看新晴，古今多少事，渔唱起三更。'"幼麟用最弱的声音结尾，及至还原回到寂静的空间；笛声与班鼓、檀板也跟随轻微消失。

藉春一个人呻吟起来："这哪是宋人陈与义的词？是我今天晚上画的画！看嘛！看嘛！这河、这花、这笛子檀板、这夜、这酒、这一帮人……明年、后年，年年杏花开的时候，不会这么多人了。

"走了算了，留下我一个人算了！……

"嗳，嗳！你看你看，下起毛毛雨来了。店老板，你把花底下那盏灯赶紧熄了吧，屋里这盏也熄了！

"嗳！这时候下雨，哪时冇下，怎么这时候下雨呢？那，点两

吹笛到天明

这河、这花、这笛子檀板、这夜、这酒、这一帮人……明年、后年，年年杏花开的时候，不会这么多人了。

盏茶油灯来。

"看这罩着一层紫纱的暗花影子，沙湾万寿宫那一排灯火……右首边刘家吊脚楼居然还亮着一盏小红灯笼……"

这种毛毛雨最缠人，落在身上不见湿，只是心里酿得烦愁。这一落，怕又是好几天了……

星期三这天，居然晴了。送行的朋友陆续到来。轿夫和轿子靠墙挨着。行李箱子都安好了。

序子见到爸跟他的妈说话，讲归讲，听归听。各办各。

爸讲："妈，这盘我出远门了，你就要自己保重自己。眼前朱雀这日子不好过，我不走，迟早躲势要饿在一起。我出去做事情寄钱回来……"

"我晓得。那你自家都晓得了。"婆讲，"屋里有人来来回回、出出进进就好。"

"妈，那我就走了。"爸在地上磕了个头。婆坐着不动，看着爸爸，爸爸起身的时候哭了。

出到堂屋，院坝，好多老朋友都来告别。

爸爸一个一个多谢，讲客气话。

平时古椿书屋进出的狗蛋们，晓得今天的大事，不敢胡乱插嘴，也不晓得如何是好。这事情有多大？

序子、子厚、子光、子谦都不说话。子光想表达的只有一点："这么多人来做哪样？真好走玩。"

爸转身拍拍妈的背胛，"以后的日子要靠你了。你不要送出门。晓得？"

妈妈点头，牵着子光、子谦。

爸出大门，文庙巷右转文星街，经北门，出东门，走回龙阁凉水洞、"接官亭"老路。一路上序子牵着子厚夹在朋友们队伍中间。

大家完全料不到今天果然的好太阳。

太阳底下，对门河的田里、坡上、山上，天底下，全是金黄的油菜花，衬出左首边的河水蓝得更加鲜艳活泼。

"幼麟你看！这今天的景致简直和'扳瑳'一样，都是'阳瑳'，都在贺喜你这次的'丈夫出征胆气豪，手执青龙偃月刀'。简直威风得很！"欣安说。

"要是真这个样子，那就好！"幼麟说，"多谢你的好话。"

"在外头打天下，除开手艺高明之外，还有学行道德、风度优雅问题，幼麟是俱全的。"藉春说。

"这没有讲场！我们镇算人不出手便罢，一出手都全弄出点名堂！'无湘不成军，无算不成湘'，听到过吗？"韩山说。

"前些年，你代表'老王'到长沙跟何键谈判那回，衔头是哪样？"一罕问。

"少将。"幼麟答。

"这盘呢？"一罕问。

"上尉参议。"幼麟说。

"哈哈！伸缩二可，小大由之！这回是真，那回是假，你总不能派个'上尉'去跟何键谈判嘛！"

"政治这东西都是虚虚实实，真真假假。记得那盘回来，你还很阔了一阵。"欣安说。

"派我去当时也有个学问，让何云樵摸不到底；摸清楚了，原来是个弄音乐美术的，当不得真，算不得数。——阔不阔是老王照顾我，其实是明知我没有用，故意选我去的。"幼麟说。

"这回是二上长沙。何省长会不会再约你谈话，你猜。"藉春问。

"'老王'就住在旁边，要谈直接谈可以了。"幼麟回答。

"听得豫讲你这盘出去，打算在上海方面弄出点道理，要是早十年八年有这个主意可能还要好；眼前也不算迟。你的学识、修养、技巧、为人，都会让人尊重。你看，吴俊卿、李瑞清、王一亭那一帮大名家都在上海，总有机会见得到。你在那边站稳了，我也会卖田卖地来上海受点熏陶。"藉春说。

"大写意，小写意，你晓得我是不懂的。我没有这个基础，你有。你去上海很快就会搞出成绩。你的文化底子可以大大发挥。我晓得你走不开，你的铺子、金窝银窝，顾了这头一定可惜了那头。你老兄晓得我的，我到上海不纯粹是为了艺术，为的奔食，养家活口，前提就告诉我做不成真艺术家。一个人有自卑心，怎做得好艺术？这就要靠'碰'了。你讲得对，早走十年八年或者好些，当时的这个那个局面，我怎么走得开？现在去，也是去'碰'，这点勇气我还是有的；真像老兄的预言我站稳了，第一个欢迎到上海的，当然就是老兄。"幼麟说。

一罕插了句嘴："上海你不是还有几个高师搞音乐的同学？"

"那远了！音乐这东西，一天不练差个十万八千里，我可以到那里认认真真地'看'音乐，欣赏音乐。"幼麟说。

边走边论，眼前来到当年接爷爷的凉水洞，过桥那头远远的是石牌坊官道。

"好！到此为止，多谢远送。"幼麟一躬到地。

原来跟在后头的轿子赶忙追到前头等着。

幼麟蹲下身来抱抱子厚，又抱抱序子，"这下子，你看，爸爸真走了。记到我讲过的话啊！"

大家目送幼麟的轿子走远。

得豫骑马追上过了牌坊的轿子，不下马交了十块光洋的手巾包给幼麟说："长沙那边刚到，人地不熟，手上有点钱方便。有大事打电报，小事写信。我可能最近回安徽一二八师部。长沙那边安排好了，都是熟人，住下去再讲。"

说着掉转马头飞快地走了。

一个星期多点，喜鹊大清早树上喳喳叫，中午邮政局送来爸爸长沙第一封信。

"……住长沙，沙河街，一二八师留守处。"

序子近来每天都想爸爸。

爸爸在家的时候，天天见，不觉得怎么样；爸爸走了，就觉得周围"少"得厉害；哪样都"少"，心里冷冷子。

爸爸又没死，还会回来，所以不是"悲伤"。

还有这么多人留在屋里，还有妈和婆，更不是"怕"。

也不是妹崽家想男人的那种"春情摇动"。

有点像大狗带着小狗。狗们都不会讲话，大狗前头走，小狗后头跟。大狗没有了，小狗不晓得怎么办。在路上跟惯了，在窝里也没有那点窝气了。不管怎么样，小狗会长成大狗的。就是这点意思。

序子和子厚天天上学。各人走各人的，不喜欢哪个跟哪个。这叫作"自由"。子厚最爱这种"自由"，序子背后跟着个挛挛，也觉得不怎么"自由"。两个人都是这样想，这样子就好了。

文星街，子厚有时候也在那里找他的同龄朋友。他是种温和脾气的人，本来玩得好好的，一下子又被人欺侮，子厚就觉得很不自由了，哭转来报送序子。街上的孩子晓得子厚"报人"来了，装得很"和平世界"的样子让序子看，序子走到那一堆人面前讲话："你们晓得子厚是老实人，他喜欢和你们走玩，你们又弄他，这就有好！来来回回多了，我就会一个一个找你们算账。一个一个！！！听到吗？"那些人低着脸颊点脑壳，点完了，又招子厚进去一齐走玩。

文星街上，也有年纪和序子差不多的朋友。他们好像总是跟挑担子旋糖、掷骰子"推牌九"这类事情粘在一起，和序子口味不一样。有时候，街和街有仗打的时候，便会找序子商量，甚至请他亲身出马。大家都晓得序子是朱国福、石师傅、周师傅的徒弟，队伍前头一站，碰巧真会省了一场仗打。

事件爆发往往起源于文星街的伢崽家不懂得纵横之术。文星街地处朱雀县城之西北角。西上陡陡坡之西门，右拐北门街，只此两条通往城中闹市的路。（原来还有一条文庙街通往近道门口的迎薰路，封了改成幼稚园。）

陡陡坡上西门过陈家祠堂、天主堂、福音堂为止，右拐过北门城楼到迎薰路弄子口为止，住家伢崽并不多，划作文星街势力管辖还不算难；如果一只脚往西门街"刘三和"铺子再伸过一寸，如果另一只脚往北门唐力臣屋、箭道子再伸过去一寸，那形势就不怎么好办了。

老西门街的伢崽和北门箭道子的伢崽人口都比较多，都强，都邪。

偏生文星街伢崽们要去得罪他们。唱"木脑壳戏"、耍猴戏、被窝戏……那边伢崽来看闹热就赶人家走，还自以为雄强快乐，一点也没考虑后果严重。

人家没有事，可以一辈子不来文星街；你不管有事没事一定天天要走西门和北门，住文星街的伢崽难免要常常挨人算账挨打。人家来文星街你不让，你过人家地盘人家怎么让你？

西门、箭道子、东门上的伢崽，因为身处闹市，都比较忙。文星街的伢崽除了想主意惹事，没有另外哪样事好忙的。看起来这跟以前帝国主义的日本很相像。本来是很文明、很可爱的地方，让一些人搞糟了。

有过几回双方派代表谈判，约定到小校场"霸腰"，有气在那里出！一个对一个，摔他个你死我活。非常之江湖文明，输赢立见，各自收兵。讲清楚以后道路畅通，不记恨仇。

（其实国与国之间解决纠纷也可以用比赛的方式论输赢。比如推选毛泽东比赛游泳，推选老布什高空跳伞，推选普京比赛摔跤，叶利钦比赛喝酒，丘吉尔比赛抽雪茄……这可以省掉死好多人……至于阿明吃人肉，斯大林之类杀戮异己，贝卢斯科尼女朋友多……这就没有哪样可比赛的了。）

序子把这类事情讲送曾宪文听，曾宪文说："你把我算到文星街去，不要讲打东门、西门，打全城都行。"

"'打'总不是个好办法。'冤冤相报'，几时有个完？所以这回我们上小校场'霸腰'。"序子讲。

"'霸腰'我也行。"曾宪文讲。

"最好连'霸腰'都不搞。"序子讲。

"'霸腰'都不搞，那你找我讲哪样？"

"我想，你简直算是我'老庚'，我当然要报送你。"序子讲。

"啊！既然你把我当'老庚'，我就认了。"

两个人弯了手拐子，"拿了"一把。

同事萧二孃星期天约妈到迎薰路屋里跟广东军队的婆娘太太打牌，等人来齐。

萧二孃看到妈的肚子，"了了！怎么你又'有'了？"

"有就有吧！这回算是'满贯'了！"妈回答。

"看你一年又一年挺着大肚上学，好造孽！"二嬢讲。

"幸好政府还有个'产假'规矩，我托的就是这个福。"妈说。

喝了茶，二嬢又讲："三哥家祖训不让子孙置田地，到了三哥这个音乐、美术家手上，怎么撑得下去？你还这么乐呵呵。屋里现在还有几口人？"

"我倒是从来冇算过，哪，妈，连肚子里这个，五个伢崽，春兰、凤珍两个丫头，几个了？"妈扳着手指头算，"哦！还有我自家，九个。"

"你看你看！"

"这还不算那些侄儿、外甥，老规矩是常来'号脉'的。"妈说，"拦不住，舍不得的血脉……"

"那，那你们张家怎么办？坐吃山空？"二嬢问。

"离'空'怕还有一年半载，加上我还'在职'。唉！有时候感觉有点慌，不慌的时候多。我这人你是晓得的。"妈说到这里，二缺二的人都到齐了，就开始打牌。

打到、打到，二嬢又说话了："我看，你该想想撤减点吃饭人。"

"怎么撤？都是手指头、脚指头。从来都冇想过，你冇要讲了，讲了我心痛……"妈说。

"好好好！我是在帮你分烦；冇烦就好！"二嬢从来是个大气人，一下子和在牌里了。打完五圈牌吃饭，妈发现房角哈巴狗生了五只狗崽，"哈！让我抱只回去吧！"

二嬢讲："断奶你抱就是。"妈定了只白花的。

妈从萧家吃完夜饭回来，数一数荷包里的铜圆，居然赢了六百多文。

春兰报告，刚才后门染匠铺周少老板和城门洞对门王老板有事，讲明天吃完夜饭再来。

"这才怪咧！"妈想。

第二天一大清早，序子和子厚上学之前吃早点，吃的是两个糯米粑粑和一碗芹菜汤，吃完上学去了。

"慢点，我看看两个的手指甲。耶！耶！长得那么长都冇会自家剪剪，还动手捏粑粑吃？腌臜死了！放学转来记到剪。我讲了好多年了，怎么一下忘记、一下记到？记到了！"妈和他们一起出门，然后各走各路。

子厚怪，一个人偏偏要走陡陡坡出老西门，过赤塘坪穿兴隆街上岩脑坡。序子和妈一齐走迎薰路，妈进女学堂，序子拐弯过教育局往前走几步，便扯着嗓子喊"曾宪文"。

宪文拖着烂书包像拖只死狗，到道门口，见莫老板的"猪血油绞条"[1]担子还开着，便讲："我冇曾吃早饭，绞两碗？"

序子讲吃过粑粑，饱了，不想吃"猪血油绞条"。

"那你拿一碗钱出来，我吃！"曾宪文讲。

"我爸走了以后，我跟子厚都没有上学钱了，所以才吃粑粑。你忍点！其实你屋里卖粉，你先薅一碗再出门嘛！加点酱油辣子油，比老王还享福！"序子讲。

"哼！吃我屋里的粉，比杀人还要胆子！"

"那你的名字不该取作曾宪文，应该取作'真胆小'。"序子讲。

1　油条。

曾宪文笑得趴在地上："你个死卵脑壳真邪！怎么想出来的？冇准告诉别人！报了，我就擂你！"

岩脑坡拐进文昌阁，那个做鸡蛋糕的现星摊子的鸡蛋糕刚出笼，热气腾腾，香气四溢。

曾宪文停了脚步叹气。

现星老板就说："叹哪样气？搞两坨吃下嘛！"

"我冇钱。"曾宪文讲。

现星指着序子，"他有嘛！"

序子说："我也冇。"

现星讲："我准你'杀账'[1]。"

序子讲："我杀冇起！"

曾宪文马上搞了两坨送进嘴巴，"杀得起！杀得起！记序子的账！"往前跑了。

序子急了，对现星说："冇是我吃你的，是他杀你的账，你要记他的，他名叫曾宪文，道门口曾粉客的崽。"话讲到这里，追曾宪文去了。

在学堂里找到曾宪文。曾宪文笑眯眯对着他。

序子骂他："你简直冇要脸！"

"吃两坨鸡蛋糕算得哪样冇要脸？"曾宪文讲。

"你记我的账！"序子气得很。

"你莫睬他就是！冇人要你认账。"曾宪文脸皮厚。

"那你怎么办？"序子问。

---

1 赊账。

"我呀！我绕几天石莲阁。"曾宪文说。

所谓绕石莲阁，就是不走岩脑坡这条路，绕洞庭坎上进石莲阁后门，下坡到兰泉旁门拐进学堂。

第二天，曾宪文一个人走的就是这条路，序子怕麻烦也只好走这条路。

序子帮曾宪文还这笔账的路都绝了。屋里柜子玻璃格里头妈仍然放着几沓铜圆，不要说"偷"，就是"取"也不行！爸爸走之前托付了的，"老大要照拂全家"，婆，妈，挛挛都交给"我"了……

序子绕了几天石莲阁，想通了，大着胆子走岩脑坡，过现星鸡蛋糕摊子，现星只问他："跟你一起的那个粉客伢崽你见过吗？"

序子眼睛看着现星说："听到讲，这几天他满满死了。他在乡里忙咧！"

"怪冇得……"现星说。

现星并没有向他要账，现星到底是个明白人。

序子开始懂得一个道理："正面对人。"

序子放学之后找到田应生、滕代浩、吴道美、王本立，告诉他们这回事。

田应生说："'子曰：仁，远乎哉？我欲仁，斯仁至矣。'要、要、要想办法好好对付他。一齐打他一顿一定打不赢，也有用，要、要……"

序子烦他拐文："你冇好再编东西，想点实在办法。"

田应生曰："耶？耶？这是《论语·述而篇》里头孔子自己讲的话。要大家用'仁心'对待他。"

吴道美说："那是对的。两个鸡蛋糕钱算哪样？二十文，我出吧！出是出，要他晓得，这种蚀面子的事以后不可！"

滕代浩说："你交他二十文，他又吃了……"

王本立讲："带他一齐到现星面前帮他还钱！"

序子约曾宪文一起到现星那里，曾宪文又不敢。序子讲莫怕，大家帮你还钱。曾宪文脸皮实在有点厚，就去了。他想到天天走石莲阁也不是办法。

当着大家，在现星摊子面前把钱还了，冇让吴道美一个人出。

从这天起，曾宪文每天过现星鸡蛋糕面前上学，鼻子皱也不皱。

染坊的周姑爷和杂货铺来找妈，是问问院坝这块大地方想租来做练武的场子，租不租，一个月三块光洋。

妈马上提出个要求：让序子也参加。

"可以！"

这事情就定下来了。

第二天就有工人来搭架子，挂沙包，很像个画报上正式练武场的样子。

序子没想到自己家里开了个练武场，简直是冇得了。

正式学员有王老板、周姑爷、油坊庞老板，王学轩居然也算一个，边街上的木匠莫顺，张序子，共六人。

听说来的师父名叫田瑞堂，是个瞎子。

怎么又是个瞎子？以前孙姑公那位剃头师傅"诸葛子"也是个瞎子。

这位田师父已经七十多岁了。以前当土匪头，还是孝子。五十多岁的时候碰到围剿，便背着八十老娘翻山越岭爬崖跳涧地逃跑。

现在歇手在家，一个十几岁的儿子田礼和照拂他。

是什么门，什么派？眼前还不清楚，不过听说很厉害，什么都会。等着看吧！

工人刨平地，石墩子压实，再铺上一层细沙。

讲好哪一天早晨大家都来点蜡烛、烧香、烧纸、供猪头拜师。那一天来了，妈叫子厚上学的时候带一封帮序子请假的假条给先生。

所有的徒弟都穿了整齐的长袍马褂等着，搬了张朝北的太师椅准备请田师父坐。

序子没想到牵引进来的田师父这么文雅清秀。让到太师椅上坐定。

田师父开言："这是镜民先生府上啊！听说遭过回禄之灾啊！眼前这场子有多大啊？"

大家回话："一亩多一点吧！"

"够了！足够了！让我蹬一蹬！请引我到西北角吧！"儿子田礼和牵了他走到角落隙，"好！放手，把竿竿送我，我自己走！"

他一步一步，用竹竿子探路，"嗯！沙包架安这里好，地面也踏实。"整整走完东西南北四角，自己回到太师椅上。光是这一走，序子就佩服得了不得。哪里像个瞎老头？

周姑爷恭敬地凑着田师父耳朵，"是不是现在可以行礼了？"

"好！"田师父说。

南边点燃了香纸蜡烛，烧了挂小炮仗，田师父昂然走向南边摆供品的供桌那头，跪在蒲团上，磕了三个头，起来，转身回到太师椅上坐定。一步不少，一步不多。序子心里怀疑，师父是不是真瞎？

"各位请！"田师父说。

整整走完东西南北四角，自己回到太师椅上。光是这一走，序子就佩服得了不得。

哪里像个瞎老头？

每个徒弟轮流上前磕了三个头。

然后列队一一介绍。

周姑爷上前："周介臣，我哪！我哪！"

田师父捏了捏他的手。

周姑爷又介绍："王侯亭。"

田师父又捏了捏手。

周姑爷介绍："庞有田！"

田师父捏了捏手。

周姑爷介绍："王学轩！"

田师父捏了捏手。

周姑爷介绍："莫顺！"

田师父捏了捏手。

周姑爷介绍最后一个："张序子，镜民先生的孙崽。"

田师父捏了捏手，又捏了几下说："这双手，宽，厚，将来是有德行的！"

那边是柏茂在静悄悄主事。撤了供桌，把猪耳朵、拱棰、舌子用油纸、黄草纸包了，细绳子绑好，留给田师父。其他的分作六包，各徒弟一人一包。

田师父交代："以后每天清早六点钟起练，八点钟停。下午四点钟练，六点钟停。晓得躰势都忙，所以我量时为序。还要麻烦张家主户和各位照应包涵。"

柳惠轻轻关照两个丫头说："听见了！师父早晨六点来，你们要更加早点起来等门，烧开水泡茶。"

春兰是河南人，少林寺就出在她们那里，听到打拳还有不喜欢？

凤珍新鲜，见一样，爱一样，都是没见过的事情。

果然第二天大清早，天没亮，师父徒弟都一齐来了。两个丫头烧好开水，早就等在那里。

撤掉太师椅，换上几张长板凳。师父坐定，喝茶，不吐痰，不咳嗽。徒弟坐两旁，也喝茶，想咳嗽吐痰都不敢，恭敬地听师父宣讲开场：

"这场子说小不小，说大不大。从今天开始，练到哪年哪月，这是各人的缘分，不能整齐，不可勉强。

"我这个人在朱雀，人没见到，故事先行，想必有要我自家介绍了。也有不清楚的，我讲大家不清楚的。

"我出身没有庙门，跟过的师父也多，五祖、形意、少林都得到教益，顺到几个路数长大，过日子，求活路。今天也只能靠这几路本事功夫转教于你们。

"我不是要把式的。口诀名堂稀少。以后根据六个人的根基，教不一样的习练。

"眼前是六个人都要练习的功夫。

"第一就是'坐桩'。

"第二是'吐纳行气''眼神'。

"没有这个根本，谈不上拳脚。

"光是坐桩、吐纳行气、眼神不行，还要筋骨劲头。再好的身手，进退无靠，就做不了强人武行。

"有年我在汉口看打擂台。也讲有上是打擂台。一个洋人上台，一身的肌肉，连颈根后头都长；背胛上的肉厚得人以为他是个驼子。手膀子、大腿、小腿一股股子肉像一个个鹅蛋蹦出来，还真是有点吓人。他站在台上用胸脯习了个架势，所有的肌肉都硬起来，一块块长在身上像城墙砖。又立定双手平举再弯起一个架势，笑眯眯地让人注意这拳头不好惹。我等着看哪个对手上台，等了好久都不见上。跟到上台的一个又一个，都是长成一样板式的外国洋人，都有一身筋肉，做着一样的姿势，站成一排，转来转去让人照相。我以为照完相各人要轮流开打一盘，原来完了。就是这个样子，亮自家身上长的肉让人家看，不打擂台的。

"打擂台的是另一帮本地人，瘦卡卡子，算是有一点筋骨肌肉的，和前头外国洋人比起来，心里头都不太好意思。这才算是开始打擂台了。

"二十对人马上场，看不出清楚的输赢，功夫都差不多。大会就糊里糊涂散了。

"心想，那帮外国洋人要是跟本地角色较一盘会怎么样？我想本地角色眼睛要亮，手脚要快，不要近身，找空当闪他，踢他，擂他，摔他，别他。千万小心冇要让他抱住缠住，或是一拳打来。两三百斤的拳头，脑壳、身子挨不住。避开那些难处，讲冇定会赢一两盘。

"要晓得万一他也有手脚，有眼神，那就难谭了。

"所以讲，体质好不光是练，还要吃得好。听人讲他们顿顿牛肉、牛奶、鸡蛋和新鲜生菜，这都是养人的东西。

"我们吃的是苕、稀饭，不管你练得如何得法，你的力气、你的劲头也只能停在那个等级上，再上也上得有限。

"义和团挡不住子弹，就是这个道理。"

因为田师父教法认真，序子觉得累。幸好时间恰好和着上学、放学时间，日子一长，习惯了，反而精神起来，剩下的就像田师父讲的结果："瘦。"

怎么能不瘦？吃得不好，睡得少，加上练功，再加上上学。序子醉倒在练功上，眼看着自己的长进。

田师父教序子拿手杆粗的一段新树枝，削成一根"弹条"绑在走廊粗柱子上，练膀力、臂力、腕力和掌力。

也练剑，练单刀，练棍。

序子有一根独生独长的花椒树齐眉棍。花椒木身上有刺，序子用小刀子修平了反而显出花纹，四舅见了喜欢，带去请"铁炉场"铜匠包了齐眉棍的两头，算是对序子的喜欢和赞助。（四舅这个人就是对序子一个人好，对序子其他孪孪都不好。）

棍子重，提起来非常精神。

棍法特别地细致严格和讲究，讲究就是雅致，把人品都提起来了。

田师父提着另一根棍背着序子，要序子照他的后脑壳劈下。序子不敢。

"劈呀！劈呀！我要让你劈到了，还算是教棍的吗？劈呀！"

序子忽然一棍，田师父转身把棍打掉了。

"哪！你以为师父瞎了眼睛就该挨这一棍子了？我有耳朵呀！我听得到棍风呀！你怕哪样呢？去，把你的齐眉棍捡起来！转过身去，我来打你！……"

这一段时间，序子对于棍法特别有心得，田师父所教的每一套棍路，如"隐问"，如"卷云"，如"玉堂引"，都舞得出风来，让田师父听得高兴。

"棍指哪里，不要晃。晃，是膀子、腕子、手掌没有把握，没

棍龙出海

这一段时间，序子对于棍法特别有心得。

有分寸；心里没有数。这跟出拳完全一样。亮出的是蠢拳，对手一下就托住了，解掉了。底下就轮到你挨拳、挨棒。

"总总要记到，拳路就是棋路。先想好全局，动手之后起码再多想三步。

"不可先打别个一拳，再等别个打你一拳；像铁匠打铁，一个正锤，一个填锤。要凭自己主意一直快打下去。

"学拳都在打人和防人，不是起舞作乐。不用脑子，讨饭都冇人打发……"

周姑爷问："师父，假如碰到个要动手的人——"

"生，还是熟？"田师父问，"好多人？"

"一个。"周姑爷说，"熟人。"

"粗？细？练过？冇练过？"

"粗，练过。"周姑爷答。

"你估计，眼前对付得了？"田师父问。

"看样子不行！"周姑爷答。

"对付不了？对付不了你还站着？跑啊！"田师父叫，大家都笑起来。

"没有哪样好笑，这问得很正经。一种是惩恶，一种是抗恶，都要估量自己的能力。个人打斗不是无缘无故的。事先要动脑筋，上三路还是下三路？慢动作还是三两下解决……好多问题都来到眼前……总而言之，眼前把功夫练好。"田师父讲。

有时候序子完全不信田师父是个瞎子，他有办法不单看到你的动作，还能看到你的想法；有时候明眼人都办不到。他让王老板和木匠莫顺前后扑他，叫声"起"！他一个旋身，两个蠢蛋撞在一起。

他责备了一句："唉！这么有用脑筋！"

喝茶休息的时候，有人想问师父以前的经历。

"不讲的！"田师父说，"江湖有三种把式：红把式，花把式，黑把式。在山上混的叫红把式；在水陆码头混的叫黑把式；在社会上混的叫花把式。我算是红把式。红把式有传宗接代，变化无常，好合好散，洗手快当。所以无'古'好讲。不讲的！"

"又讲，你们行侠仗义！"人问。

"冇这事，杀人放火抢东西还侠义？冇要信！"田师父说。

田师父要他儿子田礼和跟序子练霸腰。

霸腰的初步叫"揉腰"。两个人双手架在对方肩膀上转来转去，体会一种暗劲，一种脚法。

师父讲："这种'揉'，冇要用脑壳想，要用肩膀、双手想，脑壳想就慢了。就好像拉胡琴，让手指头自己指挥，脑壳指挥来不及。——我吃旱烟，我自家点火，眼睛看不见，一个瞎子，怎么点？手自己估得到地方，它点得恰到好处。脑壳怎么指挥？

"学拳，人都以为底子打得越厚越好，厚到一辈子都在打底子，结果是只能做个拳脚师父。真正打起硬仗来，又显得处处冇顺手，还怪对手出招不按规矩，输都冇晓得输在哪块所在。"

田师父讲话多人能领会，少数人听不懂也不要紧，心里尊重就好。

星期天大家按规矩不来练拳。

柳惠让春兰到女学堂去叫她妈。

"你叫俺妈来干啥？"春兰问，"叫不叫俺妹？"

柳惠说："要来就一齐来！"

等一下，萧二孃带了个生分老娘子和一个年轻人进了门。

二孃说："这是柳校长，这是秦长路和他姨妈。"

叙了礼都坐好了。

"长路这个姨妈是你得胜营屋右首坎子底下滕家的女，你当然想冇起来。长路小时爹妈死完了跟的就是她。她把长路带大的……"

那姨妈听二孃讲一句就"嗯"一下。

"长路现在一个人住在老师长公馆路边一间屋里，就在常平仓斜对面。"二孃又讲。

"好大？"柳惠问。

"二十吧！"二孃答。

"二十一。"老娘子补充，"他是腊月廿三生的。属狗。"

春兰妈进来了。

"你也请坐吧！"柳惠说，"这是昨天我跟你讲的那个年轻人秦长路；她就是长路的姨。"

春兰妈欠身行了个礼。

"你看怎么样？"二孃问。

春兰妈看看秦长路，又看看春兰——

"他，他是干啥的？"

"挑担子卖米豆腐、卖面的。"二孃说。

"他一家几口人？"春兰妈问。

"单丁，一口，从小就是这个姨妈盘大的。"二孃说明。

"年岁？"春兰妈问。

"二十一。属狗。"二孃回答。

"属狗，属狗，那俺春兰属牛，他大俺闺女三岁。行，我看行！"

春兰牵子光站在旁边看热闹，发现讲的有点像自己的事，"娘，你干啥你？"

"给你讲亲。"春兰妈一脸是笑。

"啥亲？操！你问都不问俺一声？俺过得好好的，切！切！切！讲亲来吓！要嫁你嫁！俺可不嫁，吓！嫁人来嘿！"讲完，牵着子光出后头弄子上北门去了。

二嬢和柳惠二人拍肩大笑，笑完转身问秦长路："这妹崽你怕吗？"

秦长路后退了两步，很想笑两下……

春兰妈还是喜欢，"长大不嫁还行？甭管她，哪依得她？我看行就行，就这么定了！"

晚上，春兰抱着柳惠膝头大哭："姨啊姨，俺愿跟你一辈子的！你咋的不要俺了……"

柳惠陪着她一道哭。序子、子厚和子光也哭。

世界上的大道理、小道理这时候都没有用了……

长路那屋在老王屋左首边。坡上的坎子也真是天晓得，石头路不到五尺宽，高高低低。

长路他屋对面是岩坎，坎有五六尺高，底下倒是块大坪坝，前头是"常平仓"，右首过去一点就是李承恩家和福音堂背后前面提到来过仙鹤的池塘。要不是亲眼看见，真不信那池塘来过仙鹤。

春兰真的嫁送长路了。妈给春兰做了两套衣服和枕头、被窝、卧单。长路单身一人请不起大客，夜饭前煮了两大锅子糯米粑粑、

"海青白"菜汤，五六桌人，哪个来就扪一碗走，坐到桌子那头去吃。

序子、子厚、子光都去了。春兰帮着长路照顾厨房，洗碗，洗调羹。子光挨着她，还是走哪儿跟哪儿。

春兰妈带着两个妹崽帮忙端碗收碗，收调羹筷子。

序子和子厚坐在席上慢慢拿调羹舀汤喝，拿筷子夹海青白和粑粑吃，俨然像个"坐席"的舅老倌。

月亮星光底下，吃饱的人袖子抹嘴，说两句吉庆话走了。

人走完了。春兰背稳睡着的子光，序子、子厚跟在后头下陡陡坡回文庙巷屋里，安排好子光睡上床，妈送她走出文庙巷口，抱住她的肩膀轻轻地说："祝你两口子白头到老啊！"

妈看着这个黑黑的新娘影子越走越远，想着她正在上陡陡坡回自己的新家。

子光坐在门口吼了三天，还放口气要上西门坳找春兰。子厚就笑他不会。他不认得路。讲得对，要认得路他早走了。

妈还关照春兰莫来，来了子光缠上就走不开。春兰不来，果然子光这毛病自己就医好了。其实不然。

世界上好多事情，好多毛病都是自己医好的。药方子就是不理不睬！你一睬，他一翘，反而变成绝症。其实也不然。这都是世俗之见。

在古椿书屋，子光是最最特别的一个人。他跟屋里哪个都不像。你说他是个小老粗，他最会独立思考。你说他蛮，他爱得最准确。春兰懂得他，用粗糙的爱去亲近他，养育他。他欣赏这种硬邦邦的爱。这种爱养分最大，是春兰老远老远从黄河苦难中带来的。

上天菩萨给予幼小者多种天赋，又教他们如何使用这些赐予。"哭"是一种，可以唤回遥远父母的关爱。"不哭"是一种，以免招引闻声而来敌人的杀戮。"判断"是一种，一切都无济于事的时候，他就沉默。

妈从外头回来的时候，子光正坐在大门的门槛上。

"光光，你猜我帮你带回来哪样？"

子光看见妈手上捧了个花花的活东西，"鸡！"

"哈！你看！"手上放下一只小哈巴狗。

"是哪个送我的？"子光问。

"萧二孃送你的。"妈说。

"做哪样要送我？做哪样要送我？"子光捧起小哈巴狗。

"讲你乖。"妈说，"你慢慢走，小心绊跤子！"

"我最小心了！婆！婆！你出来看，我抱个哪样回来了！婆，婆，你快出来看！"

凤珍带子谦出来，子谦怕。

子光大清早抱哈巴狗崽坐在堂屋门槛上看大家练功夫，一动不动。练功夫的满满和哥哥们不信是子光。

有个满满问："光光！这狗崽你几时生的？"

子光笑了，"老子不会生狗崽！"

厉辣王居然会笑。

"你有奶奶喂吗？狗崽饿了呷哪样？"

"渠长大了，呷稀饭了！"子光说。

"哦！哦！明白了。原先我以为你喂渠奶奶咧！"满满讲，

"幸好你报送我。"

子厚和序子吃早饭，叫子光也不理。

凤珍过去摸摸他脑门，看看发不发烧。

吃完饭，两个人背书包过门槛，门槛其实很宽，还是怕惹了他。好不容易有只哈巴狗让他安静下来。

出了大门，子厚对序子说："好笑！"

序子："一只哈巴狗，降了个'厌乌客'[1]。"

"这怕是个科学问题。"子厚说。

"你听哪个讲的？"序子问。

"你讲的。"子厚说。

永丰桥碰到田应生。

"你怎么绕这条路？"序子问。

"看杜水水妈跟杜水水婆娘吵场合。"田应生说。

"吵场合天天有，有哪样好看？"序子说。

"这一老一少吵起场合来，走二十里都值得。哪、哪——天摇地动。看闹热的起码一百。哎呀！那脑壳之聪明，你来我往，刀枪剑戟，比听一次孔夫子演讲要深刻得多，像两个齐晏子对仗。哪，哪！我们赶紧往回走吧！还来得及，现在正热火朝天……"田应生很激烈。

"算了，算了，人家吵场合还等你？快打钟了，上课了！"

走在岩脑坡路上，田应生尖起嗓子学杜水水婆娘：

---

1 其实"乌"应写成"恶"，读"乌"；字面上写"恶"字又觉得拐了意思。在湘西，"厌乌客"接近"淘气精"，没有贬义。

"你呀！你呀！冇看你老，一天打扮得水翻水天，游四门。天晓得你的崽是你和哪个生的？——（大家就拍巴掌叫好。）杜水水忍冇住了，要去铲婆娘两耳巴子，反过来挨他婆娘两脚，拢不了身。——他婆娘又讲，你男人（其实是她公公）怎么死的？你自家讲送公众听听，敢吗？啊？来呀！讲呀！——（大家叫好！）老娘子马上把话接过来。你冇要急！冇要急！——（田应生又沙着嗓子学老娘子。）哈！好呀！你以为我是潘金莲哪？你以为是我谋死亲夫呀？你呀你好大个胆子！我男人就是'扒'你这桶'灰'扒死的。你看你阴盛，我男人阳衰，——（大家叫好！）我晓得我的死男人、水水的爹不是东西。你红光满面桃花色，你狗娘发骚通街走。你以为我冇晓得你妈是个哪样东西呀！辰溪吊脚楼上，比堂板婆娘还臭的半掩门暗娼；你妈是大着肚子嫁送你那个'屁眼客'爹的。——（大家叫好！）

"这时候正街上剃头师傅'亲爱'的'大大'过路。他是个杀牛的。听到这些难进耳朵的话，顺手到东门河提了两桶水，给她们两婆娘脑门顶上一个来了一桶清醒清醒，'青天在上，日你妈！'骂着走了。

"大家看到两婆娘湿淋淋的，以为红铁淬火该凉下来了，没想到老娘子精神反而更足起来，接到前面的话尾——你！你！你有冇胆子把你那块骚屁股翘起来让大家看看，左半边哪个帮你刺的梅花朵？

"我们朱雀婆娘的口才硬是没有讲场。出口快，准，狠毒！非钟山水之灵秀，出不了这种人才。

"我猛然想到上学，可惜可惜，几辈子修来的耳福。"

"你喜欢全城人个个都骂得这么丑？"序子问。

"你自己想嘛！要是你妈，抵挡得住吗？"田应生还在得意，"这是本事。要能骂，还要经得起骂；像你练拳一样，经得起打，又打得倒人。"

序子低了脑壳往前走。

"序子，你做哪样？"田应生问。

"你忘记你妈先前那副样子了？你以为杜水水一屋人日子好过吗？"序子不太高兴。

"惯了就好！"田应生说，"神仙也救冇了。"

"你妈恶脾气又冇是神仙救的。"序子说。

"哈哈！对！对！这死婆娘是曾宪文屋里的水泡醒的！外国叫作'接受革命的洗礼'。"

序子觉得田应生书读多了，脑壳有点醒醒家。他时常要讲一些自己也不太明白的事弄得大家糊里糊涂。比方长沙新来的一个梳个分头上"党义"课的霍敬言先生，田应生就对他发生特别兴趣。觉得霍敬言先生他自己对于"党义"也不是特别明白，只顾照着书上念。"党义"讲出来是要大家信的，懂不懂不要紧，只要信就行，他就想自己也冇机会见到孙中山和黄兴字克强，何况他们早就死翘翘的人，我信了他，他也不晓得。

霍先生长得白生生的脸，不善也不恶，讲"党义"过日子是一点趣味也没有的。世界上就有这样子的人，一辈子把没有趣味的事当作很有趣味的事情来做。他心里一定早就明白大家是不懂也不信的。

"三民主义，吾党所宗。"

"礼义廉耻，国之四维。"

"余致力国民革命凡四十年……深知欲达到此目的，必须唤起民众及联合世界上平等待我之民族，共同奋斗。现在，革命尚未成功，凡我同志，务须依照余所著……"

每星期一纪念周校长都已经念过一遍又一遍，上课还要讲这些名堂，"水煮水算不得汤"。

所以田应生做笔记的时候，把"党义"写成"裆义"。他讨厌的是这种没有新意的重复。

霍先生看了田应生的笔记大笑，"田应生，田应生，你么子搞的来？这是裤裆的裆，国民党的党是咯子写法的哟！"霍先生在黑板上端端正正写"国民党、裤裆"两行字，要田应生站起来念："国民党，裤裆；裤裆，国民党。"分清其间之区别。

田应生装出恍然大悟、得益很多的神气。

大礼堂左首边有间两进的黑房间，霍先生两口子就住在里头。霍先生要几个熟学生称他婆娘作"黄女士"，莫叫"先生娘"。长沙城是大地方，新名堂多。有时候学生帮"黄女士"到井边提几桶水倒在她门口水缸里。都是自愿的。做哪样这么自愿？大家对"黄女士"过日子很好奇，想探个究竟。

"黄女士"每天清早要在脸上画好多东西。脸颊上、眉毛上、眼窝上、鼻梁上、嘴巴上，搞得一塌糊涂。头发上还夹好多铁夹子。

学生要是遇到这张刚画好的脸，走路的步子就会慌乱。

"我跟她无冤无仇！"曾宪文说，"还是赶急走好！"

有天大清早，吴道美、滕代浩值日扫大礼堂前的石头坎子，忽然，"黄女士"叫滕代浩。吴道美拔腿就跑。

"你那个么子伢崽？你过来一下哟！"

"你叫我？"

"是哟！是哟！过来呀！怕么子的来？"

"黄女士"叫滕代浩帮她拿镜子，她要画脸。

滕代浩背着窗子端正一尺多长、七八寸宽的木架玻璃镜，闭紧嘴巴。

"咯个房没有光线，梳头化妆都看不见人，这要劳神你小朋友帮忙来，往前一点，右一点，再右一点……"

手板拍得吧吧响，在脸上薄薄擦一层油，脸上再刷一层白石灰粉，又拿蓝灰的油膏往眼窝、鼻梁上抹，又拿手指头在一盒铁格格里头勾一点红颜料在手板上揉，揉完就拍在左右两边脸上，对镜子看了又看，龇牙笑半下。另外取出一截短棍棍，旋了几旋，露出一截猴子红鸡公尖尖在上下嘴唇反复摩擦，紧闭嘴皮，又张开，又闭，让嘴巴上的红颜料匀称起来，翘了一下嘴，告诉人家，嘴在这里，这是我"黄女士"的红嘴巴！

有人叫滕代浩，滕代浩就喊："冇空，冇空！黄女士在画脸，我帮她端镜子，忙，忙完再讲！"

黄女士就笑，"嘻，嘻，嘻，么子画脸哟？是化妆！你这个伢崽真是笑死了人呢！"

滕代浩不明白，好好的一张脸，自家糟蹋成这副样子？滕代浩看奇事最是兴奋，所以不怕；他只是肉麻，他希望菩萨保佑，"黄女士"一个人在屋做做算了，千万莫让全城人晓得；要不然婆娘家都学她样子，看朱雀城哪个还敢讨嫁娘？

脸这块地方最是容不下怪东西。流鼻泥、有眼屎，洗都来不及，

紧闭嘴皮，又张开，又闭，让嘴巴上的红颜

料匀称起来，翘了一下嘴，告诉人家，嘴在这里，

这是我「黄女士」的红嘴巴！

黄女士画脸

304

你还敢在脸上天天玩名堂？你那副脸皮再厚也经不起这种玩法。霍先生夜间上床对着这张脸，第二天怎么还剩得下胆子上"党义"课？

不过滕代浩见多识广：人和人不一样，胆和胆也不一样；有的人怕呷辣子，有的怕呷苦瓜。

讲一个"古"：

两个人在山里头走，遇到条蛇。一人吓得蹦到另一人身上大叫："蛇！蛇！"另一个说："蛇有哪样好怕？又不是青蛙！"

好笑，好笑！

还有一个古：

一家老爷屋里半夜抓了个小偷。问他偷了哪样东西？死都不招。不招？那就想个凶火手段让他招。老爷说，把他关到我大太太屋里过一夜，看他还敢不敢不招！第二天放出来笑眯眯，还是不招。另一人想出个主意，搞一碗红辣椒油让他吃。他吃得津津有味，更是不招。原来他是湖南人。一个小孩子出了个主意，要他呷肥肉。小偷听说要呷肥肉，赶紧招了。

呵！呵！呵！

里柯克一个短小说：

大流氓在赌场赌钱，输了，顺手在桌面一潲，把所有下注的钞票、银圆都放进荷包，没人敢哼一口气。出门回家，婆娘背着手等在楼梯口，"干吗这么晚回来？"流氓回答得慢了，婆娘当头一棒……（大意如此）

契诃夫年轻时候写过一个短篇：

一条小街门对门住着两个怕老婆的人。吃晚饭的时候总是被赶出门外坐在台阶上。面对面，开始谈了些天气好不好的话，如此天两个人在山里头走，遇到条蛇。一人吓得蹦到另一人身上大叫：「蛇！蛇！」另一个说：「蛇有哪样好怕？又不是青蛙！」

哈：也又不见
青蛙

天见面就成为好朋友……

"怕"这个东西，在全世界可能是个很要紧的问题。清朝时候跟法国人打仗，打赢了。因为害怕，赔了一大笔钱。

小孩子打架，打赢的小孩自己吓得哭起来。

怪！要多怪有多怪！

暴君无恶不作。他也怕，怕历史。

妈妈又生了个弟弟。

这是件大事情，跟着来的更是件大而又大的事情。接到教育局的通知，她女校校长的职务，由她的好朋友、原来的教务主任吴晓晴接任。

吴晓晴心里有好想，怕柳惠以为是她"谋"下来的。她和她多少年那么重的情谊，怎么办？柳惠又在坐月子，便去看柳惠。

柳惠卧在床上，"我晓得了。你也有要有好过。万一不是你而是派了另外生分角色，那我就难放心了。两件事，第一是看在我面上，把那三个河南母女安顿好，第二是柏茂管的这一摊子家当让他好好子移交妥帖。"

吴晓晴讲："柏茂，不用他用哪个？我还要用。那三娘崽照老样子，这你安心。——那个周绍南不是东西（新来的县长），他讲你共产党办学底子未褪，又讲你几年来当校长，一半时间生伢崽，休产假。我讲人哪里能有生伢崽？产假是民国定的，保障妇女权利。"

"唉！你管他！"柳惠讲，"都已经下文了，东流到海不复还。仔细想想，我真的是做久了。我从来就有想过会下来，荒唐！该想的冇想到；皇帝老爷也有换代改朝的嘛！"

"以后的日子会紧了？"吴晓晴问。

"唔！现在都紧了还讲以后？你当然信我顶得住的！嘿！来就来吧！晚来不如早来。"

"有哪样要紧事，叫人喊我一声。"吴晓晴走了。

吴晓晴走了之后，柳惠靠在床头东想西想。她一辈子碰见过好多急事。这事急是急，还不算太急。斜眼瞟一下睡得正熟的"满崽"，"唉"一声笑了。摇了摇头，想起党章里最后第四段："无产者在这个革命中失去的只是锁链。"难得的长假，该写个信给长沙，该往得胜营妈那边报个信，想到这里，序子提了两只鸡娘进来，"四舅叫我提来的。"

柳惠想，这盘冇料到还有鸡吃。

凤珍放下照顾老四子光和子谦，专门理会坐月子的事了。早、午、晚拿着个铜瓢，里头放了黑醋，再又烧红两坨铁炮子，满屋跑，醋气熏天。这种消毒杀菌办法针隙隙都钻得进。

眼看着凤珍也长大了。她明白要做好多事，不用人管了。

小崽崽取名字作"子福"。她不太明白小崽崽生下来做哪样要缠手缠脚？要是大人这么绑，经得住吗？

过几天这家送鸡蛋，那家送鸡蛋，满桌子都是篮子装着的大鸡蛋，高头还贴着红纸。生伢崽要吃糖醋鸡蛋，一碗一碗地吃，吃得打嗝还吃。所有的伢崽都跟着吃，好像生这个伢崽他们都有功劳。

也想，要是煮成茶叶蛋就更好。偏生不煮。

厨房就由婆管，颠起那对脚出出进进。还要付水客、柴客的钱，收粪客的钱。婆招呼的孙子多了，十几年来根本不当一回事。她有时喊住上学的孙崽："在学堂要屙屎转来屙，人少了，屋里茅室坑空荡荡子，粪客都冇肯来了！"

婆有时骂嫌茅室粪稀的粪客："哼！你这个人势利，嫌贫爱富，忘记了几年前你吃了我们茅室好多油水！"

子光算是"大大"了。和子谦比起来，加上又来了个子福，自己就显得"隆重"好多。凤珍忙的时候，子谦就跟在子光后头，走哪里跟哪里。他不烦，也出不了什么玩的主意，就一直抱住这只哈巴狗，坐在门槛上的时候，子谦伸手摸狗也让他摸。哈巴放在地上走的时候，两个人一齐喜欢。

哈巴是个扁鼻子，圆眼睛，一身长毛，两只大耳朵，一蓬尾巴，叫起来像小蛤蟆嗓子。跑得快，两兄弟追不上，有时候打转身，两兄弟差点踩着。

过了几天，子光走哪里哈巴就跟哪里。

哈巴没有人给它起名字，哈巴就是它的名字。

再过一些时候，哈巴不用子光帮忙自己就会上床。有一天清早，子光醒了，子光下巴底下有只老鼠子，哈巴坐在面前摇尾巴，像是对他讲："看！我抓了只老鼠子！"

大家佩服得了不得。

从此，夜间楼上楼下都不关房门，让哈巴满屋跑。

子光有天就对哈巴讲："以后你抓到老鼠子不要放到我枕头上，我晓得你乖；我是人，不是猫儿，我不吃老鼠子。要吃你吃。"

哈巴也不吃老鼠子。每天子光一醒就要看看枕头边有没有老鼠子。有时候闻到老鼠子臊才醒过来，起床赶紧拿火钳夹到垃圾桶那

有一天清早，子光醒了，子光下巴
底下有只老鼠子，哈巴坐在面前摇尾巴，
像是对他讲：「看！我抓了只老鼠子！」

老四子光和哈八狗

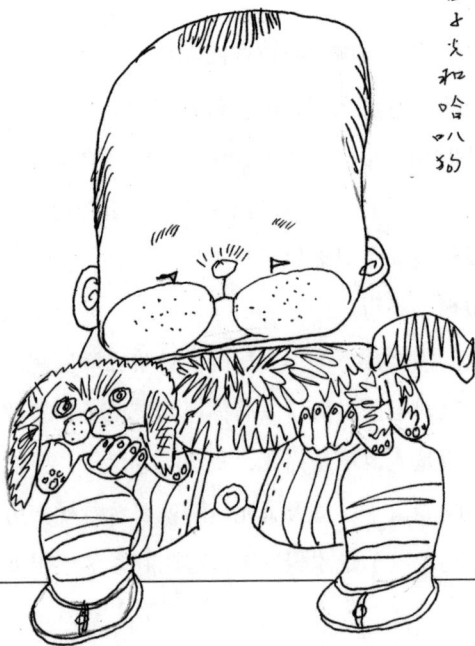

边去。

子厚一直想套出点子光驯狗抓老鼠子的秘诀口风，觉得子光小小年纪，居然装作哪样都有懂的阴肚子样子，转过来问子谦。他的确有懂，是诚实的。

序子对这件事看得很认真，便去告诉那帮朋友。

"这完全可以写篇东西送到长沙报纸馆去……"吴道美讲，"简直是只神物！"

田应生说："狗这种动物，历史上自古就有不少记载，比方《黄耳传书》，陶侃在外头做穷官，想念家庭，就写封信装在筒筒里挂在狗颈根上，要它传信回去。几百里路来回，算是做到了。信都能带，抓只把老鼠子是算不得哪样大事情的。"

"哎呀！我们乡下山里的狗，屋里又有喂，自家白天夜间山上四处蹿，见哪样吃哪样。这是遗传的习惯。城里人少见多怪，其实很普通！"曾宪文讲。

王本立讲："狗还有忠义之气……还会认路回家。"

没有人理他。

幸好每天打拳的人来两回，院坝还不那么冷咻咻的。古椿书屋周围是高墙，城里的闹热都隔到外头去了。往时屋里人多的时候还显不出哪样，人少了一点点声音都闻得到响，哪怕是老鼠子的脚步……

屋里这只哈巴你也不要看它，门外稍微响动，它都会激烈地叫起来。婆就讲它："哈巴！哈巴！你有是白呷饭的人，小小年纪那么有用！"

哈巴就摇尾巴，表示听得懂婆讲的话。

子光可惜没有尾巴，要不然见狗懂人话，他也会摇起尾巴来。因为哈巴是他的。子谦还谈不上这个那个，他每天跟在子光后头，做一只不会摇的尾巴。

这一会，哈巴大叫起来。

一个人慢吞吞推开旁门走进院坝。

他肩膀、颈根上绕着一条活蛇捏在手上，斜挂着一个大布口袋里头在动，显得里头还有不少名堂。

嘴巴唱着："龙来，龙来，四季发财……"

婆这个趵趵脚赶紧冲出来，"快走！快走！我们屋里'有喜'[1]，快走！快走！"

那人听了，好像觉得对自己不吉利，赶忙夺门走了。

大凡干这类行当的，都是本地人，本地人都特别懂"下数"。

哈巴见到蛇，也可能嗅到特别腥气，不晓得躲到哪里去了。子光和子谦"怕"得还没有醒转来，弄蛇的走都走了，子谦才吓得大哭一场。

朱雀城有一种叫作"钓水碗"的，脑门皮上穿了条麻线，那一头吊着一口碗，里头放半碗水，上头再加层茶油，放两根灯草。到人家院坝，弯着腰杆，把燃灯的水碗晃起来，念着咒语。

人见了怕，就赶紧送钱让他走。

还有一种叫作"泥神道"。只穿一条三角短裤，手捧大罐子溏泥巴。本来预先已经弄得满头、满脸、满身泥巴了，进了院坝还要

---

1 屋里有人生伢崽。

不停地抓泥巴往身上抹，"泥神道，泥神道，满身泥巴你莫笑；泥神道，泥神道，大宋宣和赏我大蟒袍；泥神道，泥神道，偷得蟠桃闪了腰；泥神道……"

一边唱，一边笑，不伤自己也不损别人；子光最是欣赏，认为自己做起来可能比他还要好。

最难是那个弄蛇的，可惜躲大、躲大这时候在学堂转冇来。

朱雀城的弄蛇专家最是众伙。我有个几十年后才晓得的古，朋友们都急着要我写出来。他们说，这个古早晚讲不讲都是一样的，不如顺一口气现在写出来好。我答道，好，好，好，现在写就现在写——

有一个讨饭的，因为出身"好"，解放后在朱雀当了科长。（"出身好"，我原来以为家里富裕有匡的意思；后来才晓得阶级观点分析是越穷越"好"。）

这位科长因为过去讨过饭，最是懂得翻身的原理，做起事来特别动感情，认真勤快得很。

那时候的干部亲自下乡上山办事处理问题都是靠脚走的。

走在路上觉得无聊，他就会问同伴，想不想看蛇？

"怎么看？"同伴问。

"我叫它来让你看。"他说完就把手指头放在嘴巴上做一种"叽、叽"的声音。

于是草丛里就钻出十来条大大小小、长短不同的蛇。

"你选一条。"他说，"莫怕！"

"选它做哪样？"

"让它在前面领路。"

脑门皮上穿了条麻线，那一头吊着一口碗，里头放半碗水，上头再加层茶油，放两根灯草。

吊水碗

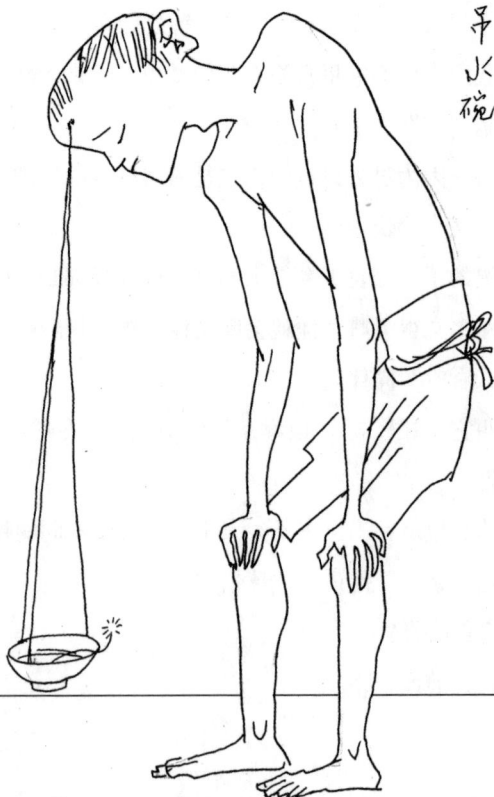

其他的蛇听他的口令都回去了，只留选中的那条在前头领路。

半路上口干要喝水，找了路边人家进屋，他脱下斗篷把蛇盖好。

朱雀山里人家到热天，家里都做了"糯米甜酒"，见来客人，便从后院井里打来缸凉水，让客人舀一勺"糯米甜酒"在碗里掺着凉水喝。

喝完说一声多谢起身。吹口哨发令，蛇仍然在前带路，毫无倦容。

朱雀当时的干部都晓得这个人和他这手本领。

朱雀人有个见怪不怪的习惯，既然有了，怎能不信？

这位老兄喜欢"乱搞男女关系"，而且是屡教不改，所以受到批评和处分。十几年后弄去管"上山下乡知识青年"，又搞；最后降职去管水库，那里只有水，没有什么好搞的了。

我一直想认识这个人，朋友都说容易，哪天有空开车子去见他就是。

又过了一年，听说他死了。

还有一件事，就是前六七年，朱雀沙湾万寿宫修缮，我照料一些设计工作。在万寿宫门外河岸边，一位老人要求我照拂、照拂宫背后岩洞里五六寸口径的两只大蛇夫妇，说它们多少年来在那里过日子的，又不扰人，只半夜上山顶去吃蝙蝠。

我就跟建筑师杨先生打招呼，讲有这么一件事，请他慎重地关照一下具体施工的工人。

没想到工人里头有个出馊主意的人，居然点燃辣椒干，扇扇子要把这一对蛇夫妇熏出来拿到市场卖钱。

蛇没熏出来，这位工人下半身忽然肿胀送去医院抢救，花了两三万块钱，好不容易捡回一条命。当然也吓得半死。大家看了这件事，都有点怕。

又过些日子，杨先生就叫工人去好好打扮一下蛇洞口，用些好水泥去抹平凹凸不平的地方，事先还烧了纸钱香火，向蛇夫妇打招呼，切莫错怪。

旁边站了个看热闹的工人嘲笑修洞口的工人，嘻嘻哈哈的话没有讲完，发现自己的下半身也逐渐肿了起来；马上赶去医院，住掉好几千、上万块钱。转万寿宫，赶紧向蛇洞烧纸道歉。

杨先生健在，周围听到的、见到的人还在，包括写书的我，都晓得有个这回事。

我小时候在考棚门口小操场走玩，看到一个讨饭的对着田留守家高墙底下的那个通水洞"嘘！嘘"地叫，一条酒杯粗粉红蛇听到叫声便爬出来让他抓走了。一般人都以为是"抓"，其实是自动的"来"。

蛇这种东西在朱雀，跟人的关系很特别。它不像广东地方，光是捉，光是取蛇胆，吃蛇肉，泡药酒，制蛇药……中国古时候讲到蛇，玛雅人讲到蛇，台湾高山族人讲到蛇，对蛇的态度，跟朱雀人比较接近。

前二十年，我们一家回湘西经桃源住在桃源洞山上客房，下山的时候去看望一家养蛇的人。主人招待我们在堂屋吃茶，他的小孩子在卧房和堂屋之间出出进进。卧房一道一尺高的木门槛，里头地面上有两三条昂着头的眼镜蛇。

爸爸从邮政局寄了十罐美国鹰牌炼乳来。他是听说妈妈没有奶喂弟弟。

又寄来两本《增广智囊》和《增广智囊补》。

又寄来十块曹素功的"十万斤油"的墨和大、中、小十支"桂禹声"毛笔，还有信。

妈就叫序子和底下几个弟弟给爸写回信。讲是讲大家写，其实是序子一个人写；子厚也讲会写，他也写了一点；子光、子谦根本谈不上，连写信是哪样都冇懂，站在后头像两个唱戏"吼噢"[1]的。

爸爸大人膝下敬禀者：

你从邮政局寄的美国鹰牌炼乳十罐收到了，是给婴儿老六吃的，我们都明白，不会想吃。

毛笔和墨收到，由我保存（我就是张序子），弟弟还小，不懂用场。

《增广智囊》和《增广智囊补》收到，由我保存，并且看。底下由子厚写。

爸爸大人膝下敬禀者：

你从邮政局寄的美国鹰牌炼乳十罐收到了，是给婴儿老六吃的，我们都明白，不会想吃……

子厚抄我的信，我不让他写了，下次要他单独写。

其实他自己会写的。他的作文都很有意思。他不清楚写信到底是怎么一回事，所以才照着我写的信抄一次。这不是写信的问题，是不清楚写信的问题。

1　跑龙套。

底下是子光讲："哈巴抓好多老鼠子。"

这句话是对的。萧二孃送子光一只哈巴狗，抓了好多老鼠子。轮到子谦讲，他不讲，他怕，躲进房里去了。

妈讲要你注意身体，切切勿误！

祝你快乐。

大儿张序子

二儿张子厚

四¹儿张子光

五儿张子谦

六儿，刚满月，不会讲话

妈另外有信给你。她不当校长了，在屋里照顾老六。有时候和萧二孃打麻将，和省军的婆娘们打麻将。又及

1　第三个儿子生下来就因病夭折了。

热天来了。

北门河跳岩以上的那一段河水很深，一丈、两丈，三丈怕也不止。听人讲底下的岩头横一坨，竖一坨，像棺材一个样子，所以取名叫"棺材潭"。蒋家碾坊就在它左首边。河边上有一座灵官菩萨庙，小小的，就这么一位举金刚鞭、红脸颊、红胡子、瞪眼睛的灵官菩萨坐在那里。庙小，很挤，要是人这样子过日子，就不自在。为什么那里要摆座灵官菩萨呢？怕就是专门用来对付棺材潭水底下的水鬼的。

有一住在标营的青年人前几天就在棺材潭让水鬼拖下去了。听说这人不会水，自己弄张长板凳趴在上头练，练了几天，以为自己行了，一下棺材潭就死了。

所以说，水鬼是专门欺侮不会水的。

一般伢崽家晓得"棺材潭"厉害，就耐烦往上再走半里多路，到对门河吴家碾子那头去。吴家碾子用石头围了好大一圈坝，底下平坦坦子都铺了拳头大的鹅卵石，简直就像画报上登过的叫作"游泳池"的廊场。还有片鹅卵石的干滩让人放衣服和鞋子。

水最深不到两个人，呛了水救也好救。见人在水上翻白眼，两手乱晃，会水的过来把他往岸边推几下就行。

序子让人推过，也推过人。

坝子到河滩大约二十米宽，十米可站人，十米站不得人。坝子

这人不会水，自己弄张长板凳趴在上头练，

练了几天，以为自己行了，一下棺材潭就死了。

长板凳上练泅水

那边有座不露头的岩石，长满滑滑的苔绒，游到那里就爬攀在石头上卧着看天，一个人就那么卧着，东想西想。

有时候一个人深深吸一口气，沉在水底下，那么好，那么静，要不是憋着的这口气，不回那个世界多好！

有一种看不见的小鱼常常来啄脚杆和大腿，一下又一下，让人好笑。

一个人在上游一动不动，眼睛翻白，大家就晓得他在拉尿、拉屎，很快地一股暖流从大家身边淌过，水面上就会浮起几条"厌物"。大家一边骂一边躲闪，甚至会擒他闷水，骂他"狗日的"。没有人打算真的生气。

有人还带来屋里的狗，在水里游来游去追人。眯着眼睛，咧开嘴，你就相信狗的的确确真的会笑。

能干的孩子老早就会做救生圈。

他把脱下的裤脚各打一个结，嘴巴咬住一边裤头，两只手也各抓一角裤头，兜着空气，往水里一沉，再用带子扎紧裤头，于是就有了一个胀鼓鼓的万无一失的救生圈。

（那时候的朱雀人，除了经常往外头来来去去的"猛人"穿西装裤子之外，大多穿"缅裆裤"。所谓"缅裆裤"，就是不开裤裆的囫囵吞、前后都可以穿、不带纽扣的裤子。这裤子不单省料，而且做工简便，何况还可以做救生之用。只是一样要特别注意，穿缅裆裤要捆紧裤带。那个时代常因为垮裤子现象大闹笑话，也有因此引申到哪位妇女行为不检而称之为"裤带太松"的说法。自从发明了橡皮松紧带之后，应该缓解许多了吧？）

任何时代的小孩子都有不少沉重的麻烦。

老奸巨猾的成年人，最不放心的是小孩子偷偷下河洗澡。

"下河了吗？"

"没有！"

撩开裤脚，手指甲在小腿上轻轻一刮，洗过澡的脚刚给河水泡胀，马上会刮出一道白印子，"你还讲没有？"

于是耳巴子就铲过来，鸡毛掸子就掸过来。

怎么办呢？

老油子于是开讲："洗完澡，拿干沙子擦擦脚杆，走大桥头那边绕远点回家，一出汗，印子就刮不出来。不信自己先试试。"

这就好像多少年后对付追查"小道消息"一样：

"这消息哪里听来的？"

"公共汽车上。"

"谁说的？"

"那个人不认识。"

唉！不都在为了那一点点自由嘛！

爸爸又从长沙来信，也提到下河洗澡的问题。

"你们不要下河洗澡，那是非常危险的事。没有会泅水的大人带领，无异于自寻死路！"

妈就插嘴说："你们听见吗？听见吗？"

子厚眼前还没有打算下河的意思。

序子想的是，自己还不会"派水"[1]，一天到晚"狗爬"，膝

1　自由泳。

盖弯起来打水总是游不快。"打迷子""翻天叩"[1]其实算不得有用的功力。田师父不晓得会不会水，要是会，让他教点口诀就好了。

想到想到，爸爸寄来一个大包裹，里头竟然是一套"救生衣"！

这套"救生衣"不晓得里头装的哪样东西？有人讲是软木，有人讲是鸭绒，轻飘飘子，绿颜色，绑挂在身上像一件背心。下河的时候居然好多人跟到看。

既然要看，就上"棺材潭"！

顺便把子厚、子光也带了去。序子先下去，真的是那么容易地浮在水面。上岸又让子厚穿了，也是那么浮来浮去。让他转来换子光穿，子光赖在岸上死也不肯下河，再劝，他居然咬人，还准备哭。这就算了算了，弄得看的人都觉得没有意思。

看闹热的生人也想试试。

序子摇头不行，带子厚子光进北门了，"这东西怎沾得生人，是不是？"

子厚说："是！"

"'是'也不准你一个人下河！听到吗？"序子交代。

子厚点头。

"万一别个想抢'救生衣'，把你命谋了！"序子又交代。

子厚看了看序子。"这狗家伙心里不信！"序子想。

进了院坝，一定是多嘴婆娘报了信，妈就讲："'棺材潭'你们都敢去？"

序子就笑，"这救生衣大海都下得，不怕的。"

---

1 仰泳。

陡陡坡右首边田道士家再上去到进士第刘家（"文革"初当过中宣部副部长的刘祖春家），刘家隔壁是条大弄子坡，叫作"朝阳巷"。

"朝阳巷"这个名字真是好听，不单好听，清早它还真是迎着太阳，一弄子都是太阳。

"朝阳巷"顶顶高头有家大户人家，姓杨，杨梅臣……（再往左边上去还有好多人家。）

这家大户人家是洋房子大门，一间"过厅"。序子从来没有到里头看过，所以不清楚是哪样样子。

序子时常到这间"过厅"来打"波螺"。过厅比一般的"玄关"大。

这"过厅"很特别，听说是拿外国"水门汀"和沙子抹成的，又平又宽，又硬又光，比青光岩还好。青光岩只能一块块拼起来，中间有爿爿[1]。"水门汀"地面是一马平，更没有洼洼和趔趄。

这恐怕是朱雀城打"波螺"最好的地方了。

里头有个四十多岁的人，穿着长袍、西裤，戴黑框边眼镜，走出来看到序子几个人打"波螺"，总是笑眯眯地告诉："你们请！你们请！莫介意，莫介意！"他是杨梅臣本人？杨梅臣的崽？杨梅臣的孙？不清楚。

好像家长担心打扰儿子读书用功的神气，真是令人可亲可佩。

序子认为"波螺"是一种"植物"，用鞭子抽了才变成"动物"，不抽又变回"植物"。

1　空隙。

打波螺

里头有个四十多岁的人，穿着长袍、西裤，戴黑框边眼镜，走出来看到序子几个人打『波螺』，总是笑眯眯地告诉：『你们请！你们请！莫介意，莫介意！』他是杨梅臣本人？杨梅臣的崽？杨梅臣的孙？不清楚。

"波螺"在朱雀城，都是孩子们用硬茶树蔸自己削的，歪七八扭不成样子。好不容易弄出个东西，只要找到准心，旋起来就非常威风。

听大地方回来的人讲，外头旋木工匠也做"波螺"，那是准之又准的好看东西，朱雀用不得的。首先是木质太"泡"[1]，扬不起劲，像大城市里的孩子经不起打。

滕代浩这狗东西做"波螺"最是拿手，他存心不良，好久以前就拿"蚕筋"[2]绑着十几颗茶树脑壳沉在常平仓池塘底沤着，拿砖头压紧。到时候取上来做"波螺"，不裂不变形，最是听刀的话。滕代浩懂得木性，他信着木头长相歪七八扭做"波螺"，学问就盯在那个准心上，抽起来不摇不晃，像钉在地上一样。

问他要一个"波螺"，起码要讨他四五天。

曾宪文也做，简直"苗粑"一样，根本旋不起来。

鞭子棍也是讲究，讲多了，好！不讲了。

几个人有空就相约到这里来钻研"波螺"经。

有一天下午，凤珍赶来报信，讲："'土匪扑城'了，婆叫你赶紧转去。都关城门了！"

幸好都住在城里。曾宪文住道门口，滕代浩住西门刘士奇老屋，王本立住西门大街……

曾宪文对序子讲："我跟你到北门城墙上去看下闹热！"

1　松而轻。

2　枫树上捉下来的大肥虫，头尾顶各割一个口子，就会蹦出一根粉条粗细的四五寸长的东西，在醋里一泡，两手顺势一拉，变成一条近两尺长的筋实的线，线和线连起来，可以钓鱼，比马尾强多了。

序子一边跑一边喊："日你妈！我冇敢！"

进了屋，妈在萧家打牌，回冇来。婆在讲："……冇晓得是川军还是黔军还是滇军？都是杀人抢东西，唉！急死人！你妈又冇转来！"

"讲到妈，曹操就转来了！"序子说。

"……是苗兵，是苗兵。冇是抢东西，是造反，口号要杀贪官污吏！讲他们日子过冇下去了！忍冇住了……"

北门外响枪，老远也响枪，还听得到连发的花机关枪和水机关枪响，密朵密朵了。

"快！快！快躲到被窝里来，快，被窝防子弹，婆你来！凤珍也进来，快！光光莫哭！这时候哭哪样，都哪样时候你还哭？莫讲话，叫你莫讲你还讲？都莫动，听到吗？"

子光蜷在被窝里说："那你又讲！"

大家听了想笑又不敢笑。

被窝里闷了好久呢？闷到大家都不想闷的时候，也没有哪个讲话，就一齐掀开被窝站起来。就咳嗽，就扯气。

吃夜饭的时候，听到讲城门开了。

"讲和了！"

哪个和哪个"讲和"？原先做哪样要打？

柏茂来了也不清楚，只讲是高头的事。高头是哪种高头？高到哪样程度？城外抢东西冇有？死人冇有？

柏茂讲城外东西冇抢，人冇死，要死怕也只吓死一两个把老娘子。只晓得围城的都散了，"谈"散的还是"打"散的都冇清楚。

婆拍拍自己胸脯，"吓巧！吓巧！差点把我也吓死。"到厨房去了。

放完定更炮，城门又关了。

城里人帮城外人担心，万一又来，怕就不得托福；城外人想，这回不扰城外，怕就是一味子要攻城里？

一整晚，城里城外大家都睡不好，连狗都管着，不准叫！

大清早，有人在门外叫："三姐。"

进来四舅和幺舅。

"你怎么大清早就来了？"妈问。

"昨晚来的，住四哥屋里。"幺舅说。

序子和子厚到门口看马。四匹马，四城也在里头。

序子偷悄悄地告诉子厚："那个牵马弄嚼口的名叫四城，我在木里的时候，他挨王伯打过。"

好笑！好笑！回到院坝，听见幺舅跟妈讲："冇事，冇事，关起门就是。冇管听到哪样响动都冇要怕。是弄给省军看的。——"

四城带人扛进两麻袋米。又交给妈一些光洋："我有事要走。三哥有信吗？"妈猛点头。

四舅也讲："冇事，有响动我会过来。伢崽该上学就上学。"两个人就走了。

序子走道门口邀曾宪文，又走楠木坪邀田应生。

"昨夜间来了好多省军。"田应生说，"好像做强盗一样，偷偷子怕人看见，右手抓住刺刀壳冇让响。"

"你怎么晓得？"曾宪文问。

"我亲眼见到，起码两团人。有的进城，有的住三王庙、玉皇阁、观景山，都满了！"田应生讲。

"怕是要来一盘大仗火！"曾宪文讲。

"我看，最好是好好谈，冇要打。"序子讲。

"由得你？"田应生像个八卦老道的神气，"老王走了，江山移动，乾坤变幻，最是莫测……"

第一堂上的是张顺节先生的自然第八课："罗盘和磁性"。

罗盘是测定方位的仪器，亦名指南针。旅行中常备一具，可防迷失方向；航海、航空时更不可缺。罗盘的装置，是在一个铜制的圆盘中央，立一尖针，顶端支着一个可以自由回转的指针，这指针静止时，两端常指南北。

罗盘中的指针，性能吸铁。这种吸铁的力叫作磁性。凡有磁性的物体叫作磁石，磁铁矿就是天然产出的磁石，叫作天然磁石。铁被磁石吸引时，亦带有磁性，而能吸引他铁，这种现象叫作感磁。生铁熟铁很容易感磁，但除去磁石，立即失却磁性；唯有钢铁，一经感磁之后，不易消失。所以人工磁石都用钢铁制成……

对这堂课最有兴趣的是滕代浩和序子。他们两个在家里都摸过。曾宪文、王本立、吴道美不感兴趣是他们家里没有磁铁和罗盘。张先生问到滕代浩，滕代浩就讲："我二满满就是风水八卦先生，他天天都拿罗盘帮人看风水。里头就有个指南针。指南针靠磁石活动的，所以它是科学的一部分；看风水是种迷信行为，所以不怎么科学。我二满这狗日的拿科学原理来做迷信欺骗老百姓，应该押到赤塘坪去'砰砰'！"

张先生就笑起来，"你前头大部分讲得好，讲得对！后头讲你二满帮人看风水就要枪毙，太凶了。帮人看风水，值不得枪毙的。"

"那他前几天做哪样把我屋里喂的'来财'偷去'打波斯'了？"滕代浩非常生气。

"偷你的狗，帮人看风水，这是两回事。要分开来看。融在一起，你就会搞糊涂，你讲是不是？"张先生讲完，要滕代浩坐下，"还有，你嘴巴动不动就带'哨'，这不太好。读书不单读'学问'，还要学'文明'。我们朱雀人时常有这种毛病，我小时候讲话也痞里痞打，后来在外头读书，让人指着鼻子讲：'看这个痞地方来的痞子！'我觉得羞耻，连我家乡都糟蹋了，就下决心认真想了一番，改了。你觉得是不是？"

滕代浩说"是"。

后来滕代浩痞话时常发作，大家给他起了个"滕不改"的外号。曾宪文就骂他："你麻个皮总是不改，'滕不改'就叫你一辈子。"

大家又给曾宪文起了个"曾不改"的名字。

打仗了。这一盘是往苗寨打。

"屯粮山""总兵营"那边，"都良田""木里"那边都打起来。枪响得像放炮仗。天上，东边闪一闪，西边闪一闪，不是"嘭嘭嘭"，是"嗬、嗬、嗬"地响。

省军在山上往前追，苗兵往后跑，省军追得欢喜，没想到让前头一阵火焰挡住去路，苗兵不见了，叫声"不好"，已经太晚，往后撤退。后头又是一阵火焰堵住，睁眼睛死了两排人。没想到苗子也会设计用兵。收兵回朝。四门迫击炮，四挺水机关，八十多支步枪，三十多箱子弹炮弹，上当了，都当作见面礼送进苗寨。

后来调查晓得，原先苗子兵布置好的。树林里事先挖一长排沟，省军到来之前沟这边先放一把火，省军翻山过来，后头再放它一把火。苗子兵躲在山顶上拍掌看热闹。

省军不肯认输，顺手抓了十几个老百姓回城，当作"反贼"关进班房。

过几天东、西、南、北城门洞都巴了告示，讲这回下乡平乱取得很大成绩，已得到省里表彰，这是全朱雀军民团结努力的结果。现决定八月十三日上午十点在赤塘坪处决苗族匪首曾狗崽、刘尚戎、许球、胡一山、赵理共五名，为朱雀百姓除害，并望协从者投诚，既往不咎……指挥官贺从义。

老百姓看了偷偷好笑。这个贺从义根本就不懂。苗族人只姓欧、石、龙、吴、麻，里头哪有一个苗族人？真是"冤枉大老爷"！

告示的第二天，告示底下又巴了一张小黄纸，上头一首诗：

省军莫奈苗民何，
败仗尿当胜仗喝。
丢兵卸甲回城去，
抓些百姓砍脑壳。

等到指示派人撕这首诗时，全城人早都背得出了，哪里查去？

田应生有感想："民不畏死，奈何以死惧之？"

听说，这次对犯人不枪毙，改回老法砍脑壳。

吃中饭的时候，曾宪文、吴道美、滕代浩、唐运隆、田应生、张序子几个人悄悄来到赤塘坪。

五个人的脑壳已经砍了，远远地，几只野狗在吃他们的肠子肚子。

六个人走近去。曾宪文第一个提起一个脑壳端端正正摆在一块翻转的老碑上；田应生第二个上去捧着第二个脑壳挨第一个脑壳摆好；张序子去提第三个脑壳，没想到这么重（老话讲，人头重量一般十二斤半），便两手提着长头发放在第三个位置；第四个是吴道美；第五个是王本立，他不敢，唐运隆走过去提了，摆在五号位置。

"你们好冤枉！"田应生躬了个躬，大家也跟到躬了个躬，又散开来拿岩头赶狗。其实狗是赶不走的，人走了它们还会再来。年纪大的野狗，好几年冇吃人肉了，怪不得它们，哪懂得人间悲苦？

人一死都变成"肉"，狗心里没有社会和历史意义。

五个人到河边洗了手回文昌阁，王本立惭愧地跟在后面。

唐运隆告诉他："又不是冲锋陷阵，胆子小就胆子小，冇会有人怪你。"

放学回家，一进门妈就破口大骂："你冇要过来！你站远点！你去提死人脑壳做哪样？你，你，你……"

婆过来拉序子到厨房门口，"你站好莫过来！我去拿瓢舀水给你洗手，你胆子也太大了，哪样不玩你去玩死人脑壳！你站好莫动，我去拿纸钱拿香……"

点燃纸钱，婆把香丢在火焰里，"你快从火上跳过去，再熏熏手。"

序子做完仪式。

"好了，好了！清清吉吉，菩萨保佑我狗狗长命百岁，无灾无难……"

妈选了堂屋两边的一张太师椅坐着远远地看序子，"你莫过来！"

序子昂然对妈说："好多年前，你和爸都跑了，王伯带我到赤塘坪看韩家满满、杨伯伯、刘伯伯，他们都是好人，他们的脑壳也都让人砍了，只有谢蛮婆孃孃给他们收尸，把脑壳放进'匣子'里头。你和爸都跑了，不晓得。我晓得……"

子厚、子光、子谦躲在角落隙，三对眼睛看着序子，根本冇晓得发生的是哪样事。很神！很了不起。

总有一天序子会报送他们的，现在懒得讲。

天底下人人都有脑壳，有哪样好怕的？

牛脑壳，羊脑壳，猪脑壳，鸡鸭脑壳，鱼脑壳，都是脑壳，哪个怕过？也不想一想！

妈有好几天不近序子，不跟他说话。

这天，大清早起来，妈好了，抱着序子肩膀说："狗狗，你乖。"

田师父告诉序子："你的拳风不错，可以弄弄'反手'。'反手'这个东西对手想不到。一个拳打出去，抽转来再打第二拳，这中间有个'时间'。要是出第一拳，反手再来一拳，时间快了一大半。要是'着'在要害，那就像一颗子弹。你晓不晓得有个'华山派'，只有他们发挥得好。一拳两用……铺成好大一片。

"至于腿，腿是大动作。'展'出去留有好多'虚'处。那是轻易难用的。底下，是踢他的'桩子'，中间踢他的肝、脾，上头不用说是脑壳。拳有反拳，腿无反腿，腿一出马，另只单腿变成孤悬，很危险的。不像双拳处处解数。"

讲完田师父就来真的，让序子出狠拳狠腿。

"不够狠。不狠有两个原因，一个是怕打伤我这个瞎子师父，一个是自家的力气有够。要紧的是劲，是力气，看样子要多练沙包。不光是手劲，还有腰劲。比如讲你和师兄霸腰，总是腰劲有够……眼前，你莫总想摔人，要多练挨摔。这就和挨人骂、挨人欺侮一样。挨多了，就懂得彼此之间的循环道理。到你摔别人的时候，手上就有友敌轻重分寸斤两。

"打沙包有两种派式。一是用拳头对沙包擂；一是站在沙包架子中间，对付四围闯来的沙包做推挡功夫，这就连腰都练了。"

所以序子每天上学之前都满身汗水，累得像个老祖宗走路。

妈喊住他："你带带谦谦吧！让他到学堂走走玩。上课的时候让李国川、郭子昂伯伯管管他。"

序子"喔"了一声，牵着子谦走了。

子谦从来是序子最疼的孳孳，他老实，话少，又多病，害病的时候曾经拉过好多蛔虫。他真是乖，路上遇到好多有钱伢崽吃东西，看都不看。

序子上课的时候，他一个人坐在传达室门口、校门口，看蚂蚁子搬家，看丁丁雀飞来飞去，看树，看太阳底下的山和所有东西。他一生下来，古椿书屋就穷了，从来没过过好日子。没见过富人家出过这么乖的伢崽。

他和子光不一样。子光生来强悍，不信邪，可以不买人的账。他不行，他只是不惹人，让世上的人想不到还有他。他一个人玩，不会玩，他就"想"。

序子放学，牵着子谦的手一路回家。

放学放得早，便带子谦过大桥到沙湾万寿宫门口石凳子坐坐，看桥，看桥底下的影子，对面的吊脚楼。

"喜欢吗？"

"喜欢。"

有时候到北门城楼子看河，看喜鹊坡，看云。

"喜欢吗？"

"喜欢。"

有时候看南门米场的闹热，看人打架、吵场合，看烟铺子的人刨黄丝烟，看人炸油炸糕。

"你长大了，就自家来看；再长大一点，还到北门河洗澡。"

"唔！"

序子巴着心疼他，不让子厚带他，不放心。

有一天放学，走到张家公馆门口，一个四十多岁的男人抱着穿新蓝色海军服的伢崽，看见子谦，就对伢崽讲："他的衣服冇崽崽好，都破了。我崽崽的衣服又新又好看……"

子谦穿序子小时候的黄海军服，的确又旧又破。

序子满肚子愤怒，看着这狗日的男人和那个鬼崽崽过身，对子谦轻轻地讲："莫理他，我们家是读书人，和这种人不一样。"

子谦不气，他还不懂得凌辱的意思。

序子回家讲不出口地难过，他过过好日子，他有比较，子谦没有。

好坏和美丑是需要别人挑动点拨的。

吃过晚饭，练拳的走了，大家坐在院坝，妈问："狗狗，你心里有事吧？"

序子说没有。

"没有，没有，怎么我看起来好像有点有？"妈是妈，儿子看不透还叫妈？

"我放学，带谦谦过中营街，一个男人抱个伢崽讲，渠的伢崽穿新海军衣，谦谦穿的是破海军衣。我打冇好打，骂冇好骂，心里怄。"

"哪！我讲你心里有事吧！让人怄，这算是头一盘。人一辈子过的就是人怄人的日子。要不是你怄人，就是人怄你。你多为人想，就不会去怄人。多为自家想，就不怕人怄。自己做自己的事，读书发奋，做个有头脑的人。你长大就会明白，人要经得起怄。要看得开。

"做哪样你会怄气呢你晓得吗？"妈问。

"不晓得。"

"那男人讲的是真话。他伢崽穿的衣服新，谦谦穿的的确是你穿过的破衣服，你躲不掉。要是谦谦穿的是新衣服，那，他讲也白讲，你也没有气怄。

"回头来看，人家讲的是真话，又冇扯谎，又冇冤枉你，只是这个大男人浅薄，犯不上惹他就是。"妈说。

"我当时就对谦谦讲，冇要气，我们家是读书人。"序子说，"可惜他听不懂。"

"谦谦懂不懂不要紧，你懂就好。这话讲得好。要一辈子想到自己是读书人，再穷再苦就不在乎了。——妈妈一辈子没有苦过，眼看苦就要上门了，妈要和爸爸带着你们一步一步顶着，算是件有意思的事。"

"所以我不敢报送你，怕你伤心。"序子说。

"事情来了，早晓得早好！这也算冇得哪样。"妈说完想起另一件事，"狗狗，我问你，你怎么总是跟那几个痞痞家的同学混？端人脑壳，翻山越岭，打家劫舍，野得很。我看另外几个同学田景友、陈开远、刘壮韬……你找得就少。那几个人斯文，像个读书人样子……多和他们来往才好。"

"嗯！那几个总是躲在屋里读书，我想，都有点像大人，讲大人话。他们家有匡，好多田地，味道不一样，少玩在一起。"序子说，"另外那几个同学也不是痞子，都是禀性好的人，懂得天底下好多事情，有人想跟我们一起，我们还不要咧！"说完就笑。

妈是个办教育的人，序子讲话她能懂，孩子野一点好，对身体，对素质，都没有坏处。只是担心她够不着的男孩子世界那些可疑的东西。这方面，幼麟就比她放心。

婆讲："伢崽家野点好，跟山水合适。那些人脑壳，以后就冇要走玩了。"

"冇是走玩，我们是做'礼数'。那些人好造孽！"

"轮不到你们去做！"妈讲。

"怎么不做？肠子肚子都让野狗吃了！"序子讲。

"好，好，冇要再往底下讲……"妈说。

有人敲门，子厚开门，原来就是那几个草莽。

进门，像事先约好为了礼貌来的，一个个齐齐整整叫一声："柳校长！"

又叫声："婆！"

"你们有事吗？"妈问。

一齐回答："没有事！"

"没有事就是有事。"妈说，"张序子，看样子该走了。早点回来！"

序子站起来一声朗笑地跟大家走了。

文星街拐弯往东，出北门，跳岩上流有只空船绑在那里晃。

城墙根一排满满的粪桶。当然这条船和它们有重要关系。原本粪桶一出北门就上船的，哪里有隔夜粪桶放在天底下？这是钱啊！

既然放了就有放的道理。

粪客累了。忽然屙痢打标枪起不来身；推牌九输了，脱不来身；酒喝多了，正瘫在酒铺门口……

或者还有别的事情，总而言之，这十几桶粪是没有人照管了。一排列在那里，好像嗷嗷待哺的孤儿。

解开缆索大家上了船。

看样子是有预谋的。他们带来一大把地萝卜，两坛子井水，还有碗。

曾宪文和滕代浩一立船头一立船尾，下跳岩过桥板时他俩还懂得弯起腰杆，序子不清楚他们是河边看多了，还是原先练过，很老手的样子。

这一路下去，该用篙子的时候曾宪文负责，"漂滩"的时候滕代浩用桨，顺顺溜溜穿过"准提庵"这边的桥洞，到了八景之一的"梵阁回涛"潭面，插下篙子把船定住。

"哪！记住了，这叫作'月下泛舟'。"曾宪文宣告节目开始。

这景致你还别说，真长得好。

船靠在吊脚楼底下，前头是沙湾万寿宫，背后是虹桥。从桥洞那头回看北门一带吊脚楼映出的水光和灯火，跟前面沙湾那头柳树、鱼蜡叶树、梧桐树像纱帐子透出来隐隐约约的万寿宫的灯火很不一样。吴道美讲："沙湾那头的风景像我表姐，北门那头的风景像我姨……"

王本立问："你姨麻吗？"

"狗日王本立你坐稳，看老子铲你两耳巴！"

其实，在船上哪个也不敢动。

这时候，月亮从八角楼尖尖上出来了。

"哪，哪，看月亮，那么圆，那么圆，那么圆……看我们周围，看！像罩在玻璃瓶里头了。"田应生说，"王本立呀！王本立，不叫你来你又要来，让你来你又讨嫌，你看你好无聊，人家吴道美正陶醉在风景里，你问那个'麻不麻'有哪样关系？你麻个皮就是'俗'，冇出息！

"哪！哪！看那月亮，看我们这船，这船人，这周围光景……

"'……清风徐来，水波不兴。举酒属客，诵明月之诗，歌窈窕之章。少焉，月出于东山之上，徘徊于斗牛之间。白露横江，水光接天。纵一苇之所如，凌万顷之茫然……'王本立，你晓得是哪个人写的文章？"

"晓得，当然晓得！"王本立讲。

"讲！"

"苏东坡！"王本立夺口而出。

"他是哪里人？"

"边街上东门井人。"

"喔！他屋里做哪样事情的？"

"爹是瓦匠，他妈东门井发豆芽的。"

"讲得好！清楚，大家都明白荡然了。狗日的你好好坐到，再也冇准开口！"田应生在学问上很恶。

序子不服气，"田应生你冇该欺侮王本立。他问错一句话，你这么糟蹋他。大家一起来走玩的，你又不是头！书读得多读得少，跟这回走玩没有关系……"

田应生想回嘴，滕代浩讲："要打架到岸上去，眼前最好赏月，喝水，吃地萝卜。田应生其实一个人背几段书给大家听还是可以的。不一定用书挖苦人……"

"序子，我问你，听到讲你妈晓得我们端人脑壳的事了？"唐运隆问。

"嗯！"序子回答，"后来我讲了那年杀共产党的杨伯伯、刘伯伯、韩满满，她就没有话讲了……"

"其实搬一个把脑壳算哪样？人一天到晚提猪脑壳、牛脑壳、羊脑壳、鸡脑壳、鸭脑壳，心、肝、肠、肺，都不见有人犯难，人这个东西就不是个东西，哪一天煮个人脑壳让他们呷呷！"曾宪文讲。

"还有鹌鹑脑壳、鱼脑壳……"王本立讲。

"我们那天摆五个脑壳在碑上，连人都认不到，这是种特别讲不出道理的意思。平白无故让人砍了，做哪样要砍？——这么好的景致，这么好的景致底下娘老子生的崽，糊里糊涂让人砍了。"讲话的是田应生，"挨刀的不会再讲话，他们爹娘儿女都会老，都会死，带着这些断肠子的伤心一个个都死了；将来还会有人挨砍，挨伤心断肠子，一代又一代，办喜事，坐花轿，进洞房，生儿养女。哪样事都新鲜，哪样事都记不住，哪样事都像是从来冇曾发生过。这真是狗日的卵人世界！"

序子问："你刚才讲的，算不算'哲学'？"

"卵！"田应生回答，"讲是讲砍的是造反的苗人，死的没有一个姓麻、吴、欧、龙，再讲，凭哪样你就可以随便砍杀苗族人？青红皂白都不问一下！打败了仗就砍人？我们几个人在赤塘坪端正他们的脑壳敬的是那个我们还不懂得的道理，好造孽，好冤枉。明朝人张溥有篇文章《五人墓碑记》写的也是冤枉死的五个人，都是反魏忠贤的有名有姓的义士，了不起的是这五个人挨砍了脑壳之后，好多好多老百姓都有胆子站出来打抱不平，吓得那个狗腿子毛一鹭躲到茅室不敢出来⋯⋯想到这篇文章心里头就冇好过。明朝的老百姓那时候胆子好像比我们今天的胆子大，平了魏忠贤的祠堂来给五个义士盖陵墓，了不起，了不起。"田应生越讲越得意，大家想起了九点钟关城门和还船的事，就赶忙把船往回撑。

其实这一帮狗蛋在月光底下拼命划船，搅动一河月光也是很"风景"的，可惜没有人注意。

北门那头的粪船主人老远在跳着脚大骂青板娘了。他看着那个小点子慢慢变大，也计算来到跟前之后如何收拾他们。

这帮小家伙才冇这么蠢咧！他们让这条旅游船在它主人目光所及的对河岸"老营哨"小码头停系下来，绑好缆绳，从容地过大桥进东门各回各的家去了。

船，丝毫无损，反而增添了一层除运粪之外绝俗的风雅经历。

城门要关还早，这帮"流寇"还在城里各地云游了一番之后才从容地回到家里。

婆和妈跟子厚、子光都还没有睡，妈捧着子福喂奶，问序子到哪里去了。

"月下泛舟，如赤壁之畅游。"序子说。

"你们几个人？"妈问。

"大概七八个。"序子答。

婆问哪里来的船。

"北门上的粪船。"序子答。

"怪冇得！怪冇得，你搞得一身陈年老粪臭！你让大家闻闻，你让大家闻闻……"妈笑得不得开交。

婆就说："老话骂人就讲：'新屎臭一天，老粪臭百年'。你那衣服若是让老粪熏过，起码有几天好闻。粪客来屋里拜年，换一身新衣都遮不住，让人总闻得出一点名堂；像中药铺的伙计、黄丝烟铺的伙计、烧腊铺的伙计一样。狗狗，你快去洗个澡，鼎罐还有热水，把衣服换了认真淘淘，多用点洋碱，这味道难去。"

序子进房取了衣服到矮大以前住过的新房去洗去换，妈老远跟他说话："你们怎么想到去划船？"

"曾宪文看到粪船才想出的主意。"序子答。

"你们冇怕让粪客抓到？"妈问。

"抓冇到的。"序子说。

"在船上，你们走哪样玩？"妈问。

"玩倒冇哪样玩。讲笑话，讲蠢话，吵场合，讲哲学，吃地萝卜，喝水……"序子说。

"……你们讲哲学？"妈问。

"是的。人生大道理，生生死死，和哲学那类东西差不多的东西……妈，你认为那些东西算不算哲学？"序子问。

"你们月下泛舟，满满一粪船伢崽家又吵又闹大谈人生，怎么不是哲学？"妈说，"起码是个'哲学现象'。"

序子第二天大清早见到婆。婆走近身边闻了闻说："你看，我讲的话准不准？你让人闻闻，看看还有没有味？……你再等三天这个味还在。浸到皮里头去……洋碱一个时候洗不脱的。"

序子有些忧郁，"……浸得那么深，咬得那么紧，跟恨，跟杀，跟月亮，跟流到洞庭湖的河水，跟人的蠢，跟一代一代人的生生死死，都是洗不脱的，一百块洋碱也洗不脱……"

序子时常碰到一种习惯了的烦恼，以为是注定的事情，躲不掉的。比如穿棉线袜子，穿布鞋。袜子和布鞋时常破，眼看婆、婶娘、舅妈之类女长辈一天到晚纳鞋底，裱"鞋底壳子"，全城老娘子们好像一辈子都在裱鞋底壳子过日子，为子孙、为男人家、为自己。心血来潮的时候，量了别人脚底板尺寸，给人家也裱些壳子做鞋送人，讨人的好，联络感情。

裱壳子是拿再也没有用处的烂片布（包括没有救药的尿布）叠来叠去拿面糊粘起来，裱在卸下来的门板上放在太阳底下晒干，揭下来，剪成鞋底样子，一二十层搭起来拿麻线纳成鞋底。这东西做成的鞋底，筋实得实在没有讲场。又贴地，又昵脚，走路又没有响声，尤其是几十年后才晓得，只有穿它在铁工厂不怕踩尖钉子，皮底鞋胶底鞋都靠不住。可惜一样，它怕踩水，落雨天不能穿。

落雨天穿什么呢？穷人家好办，打赤脚，穿草鞋。皮鞋这讲究东西在朱雀是少见的，更谈不上大晴天穿在街上走，人家看了会笑。有种生牛皮钉鞋是做粗功夫的人穿的，和凡人没有关系。

自从黑橡皮胶鞋传来朱雀，才解决了大问题。也不算贵，破了还可以补。鞋身有浅有高，甚至高到膝盖头，让人羡慕死了……

这讲的是过平常日子的情形。

平常也不平常。这又跟脚里头的袜子有关系。袜子是棉线织的，三天两天破，很不经用；总是脚趾娘先破，然后补；二脚公又破，再补；三脚公、四脚趾、五脚趾跟着来，补完了，后脚跟、前脚掌陆续磨融，妈就埋怨。她不是埋怨穿袜子的儿子，也不敢骂天，当然也不会骂袜子，只是哼哼地叫："你看！你看！！"

沙湾有个七十多姓杨的打袜子白胡子老公公，不小心把胡子摇进打袜机里头去了。所以打袜厂出品的袜子其中有一双夹的有杨公公剪下的胡子。听到这消息，满城人都很有兴趣对买来的袜子看了又看。这又不是什么了不得的事情，也不算怎么好笑，只是难得，就要满城传。

朱雀人就喜欢哪怕芝麻大的新鲜事。

还要讲鞋子袜子的事。

鞋子出毛病先从鞋尖尖破起。于是不晓得哪一家的妈发明了用牛皮缝了一个鞋头的办法，全城的妈和婆就学起来，都一致认为牛皮做鞋头，一定经穿好多。

其实不然，牛皮跟布是两种材料，不肯合作，穿着穿着就掉了线。原来很好的意思，白搞了。

没听到人讲，妹崽家的鞋有这类麻烦。她们走路步子轻，又不乱跳奔跑，又不打架骂娘。（对！骂娘和鞋没有关系，不坏鞋。）

还要继续讲鞋跟袜子的问题。

这跟踢足球有关。

所谓足球，只是一种拳头大的橡皮球。这种球不经踢，四五个回合就破了。破了之后发现一个秘密，原来里层有一颗蚕豆大小的短柱子，经过大家仔细地盘算，一定是个灌气的地方，像医院打针那么细的针管子，从这个部位把气灌进去。晓得又有什么用？哪个人哪时弄到钱再买一个新球就是。

踢足球的的确确是个尽心尽力好玩之极的事情。序子除了打拳，就喜欢这种玩法，就是费鞋。（想到这里，几十年后越来越觉得对不住婆，她那么辛苦帮我们几兄弟纳鞋底做鞋。长大之后，一分钱都没有机会孝敬过她。）

踢足球最好的地方当然是小校场、大校场。好是好，太远，又还有比序子大的没来头的流氓捣蛋、抢球，纵然有曾宪文，也犯不着为踢球打一场死架。后来只选两个妥当地方，一个是放学不回家，就在文昌阁小学自己操场上练；一个是序子家门口那个石头面小广场。这两个地方都很是安全妥当。阵势一摆就练起来。

没有裁判。出线、进球大家看了算。踢脚绊腿或者更厉害凶恶的动作，一经公议，大家围起来穷揍一顿。所以都非常讲理，全世界难见的文明球队。

更没想到的是爸爸从长沙寄来一个真的足球。新的，样式俱全。这就不能不通令所有生死知交，算是一个赶场时候捡到十回钱那么高兴快乐。

一个完美的足球包括肝红颜色的连带根三寸长"鸡公"的球胆；一个圆浑之极牛皮外壳，一条尺多长的牛皮绳子。大家都弄不清楚怎么会把一块块碎牛皮缝成一个那么圆的足球？如果是包住一个圆铁球缝制而成，那圆铁球以后怎么取得出来？真麻个皮怪。

好，按常理塞进球胆，穿上八个眼的牛皮绳，大家就轮流吹气。眼看着皮球阵阵有点鼓起来的样子。吹到所有人都精疲力尽的时候，这个足球还一点也没有正式圆起来的意思，这就让大家着急起来，把希望完全寄托在曾宪文身上。

曾宪文俨乎其然地挺起身子，开始运气，面目狰狞，叉开双腿，满脸通红地吹起来。吹到忽然地放了一个响屁，吓了大家一跳，以为皮球炸了。大家就骂他千不该、万不该紧要关头漏气，大家勉强把球胆上的"长鸡公"折了绑好，塞到球肚子里去，外头又锁紧了牛皮绳，打了死结。

看来这皮球像个天上王母娘娘的蟠桃，带了个尖尖，真是让人看了惭愧。人家外头画报上登的足球比赛的足球是浑圆一个，不带尖尖的，何况大家这么费力气吹出来的足球居然只有一点点弹力。唉！将就点吧，伢崽再丑也是自家养的。

就这么一天一天踢起来。

直到学校也有足球，夹带着打气筒，带杠杆的拉绳器，塞"鸡公"的叉子……序子借这个机会沾了学校的光，自己的足球像个正式的足球圆起来了。

年深日久，已经是泥巴喧天，像个土弹。白天让它在屋里老四老五跟狗玩，团伙来了就调出上阵。

有天大清早曾宪文在门口等。

"哪样事？"

"田应生冇见了！"

"他屋里叫过了？"

"他妈死卵冇睬我。"

"那就是明晓得的。"

"学堂请假了吗？"

我的脚，袜子，鞋和足跌。

这皮球像个天上王母娘娘的蟠桃，带了个尖尖，真是让人看了惭愧。

"冇听到讲。"

"约人再找他妈一次。"

曾宪文、王本立、滕代浩、吴道美、张序子到楠木坪田应生门口：

"田应生！

"田应生！

"田应生！"

"喊！喊！喊！喊你个卖麻皮的！"田应生妈出来了，一手拿了把锅铲，"哪样事？哪样事？"

"田应生是我们同班，喊他上学！"

他妈顺手关上腰门，回头就走，"田应生冇上学了，你们请吧。"

"那，那，渠到哪里去了？"

田应生妈转过身又打开腰门，伸出个恶脑壳，"死卵崽崽，三皇五帝要我宣一篇啦？"

又关上腰门，狠死狠死地不再出来。

这狗日婆娘像是恨全世界。

麻个皮！怕是她把田应生炖了吃了！

抓去部队上吃粮了？

不会！不会！那她还冇哭得满天打滚，叫天叫地？

回乡里了？

回乡就回乡，口气冇那么绝。

这婆娘今天凶是凶，脸上倒是冇看见杀气。

我倒冇想到。

这是个秘密，所以样子要做得恶一点。

田应生满满听到讲是共产党，会不会跟满满走了？

要真是这样子，康忠保、李振军、陈肇发那个样子，跟我们打个前站……

大家信步走到石莲阁，明明听到打铃上课也不管了。

田应生走了。

田应生一声招呼都不打就这样子走了。

"夫子何为者，栖栖一代中……"序子忽然想到莫名其妙两句诗。

他不在的时候大家不觉得怎么样，少了他一个，好像少了好多。

他读了好多书，有时候信口开河，乱讲乱讲。

这就是他的妙处。

他到别的地方，怕没有朱雀那么自在，会后悔的。

未必。

可惜了，如果一直这么过下去，长大或者会当个哪样"迅"，哪样"毛炖"，哪样"八斤"，哪样"自摸"。

你讲，会当哪样？

将军怕未必，他体质不行，冲不得仗火。

用计还是行的。

土匪王怕未必。

有匪人怕未必。

会做个"哲学家"。

哪样叫哲学家？

懂大道理的人。

做个写书的文人，像韩文公、欧阳修这类东西。

哎！共产党里头要不要这类人？

怕要有出告示这类事情。

哎！做哪样他要走？一定是他妈强迫他走的。

他妈懂个屁？

我越想越舍不得他。

哎！下盘再见到他，怕我们都老了……

古椿书屋都冇闹热了。闹热要有钱。

每一天的饭都让凤珍煮。凤珍哪晓得煮饭，总是酸菜豆芽菜、霉豆豉，油都少。

婆一个人在房里头，响动也少了。一个人坐在椅子上咬手指甲。她又没有读过书，可以冇事想书上的事。问她，就动不动讲清朝，她做妹崽家时候的好日子。

最不好过的怕是妈。她烦。她就怕讲以前的事。以前哪样都比现在好。她真的像沦落凡尘的七仙女。七仙女好，一个人，爱上哪里上哪里！她不行，拖五个小一个老。人家动不动就劝她读书，"你烦你就读书呀！屋里这么多书。"

天晓得，她刚读一个字就会有事……

她从不喝酒，"唯有杜康"解不了忧。萧二嬢派人来叫打麻将，算是将就分一下神。心不在牌桌上，常常输牌，回来又烦，又后悔。

天啦！天啦！哪个救得我们这个"仙女"。

得胜营家婆时不时叫人送五六斗米来，云南昆明的四姨也寄点钱来救急，总是觉得自尊心受到伤。看着婆坐在板凳上，想到五个绕膝的儿子，都忍住这点羞辱和疼痛，不再退回去了。

序子早就感觉到有种慢慢走近屋里头来的危险东西，尤其是妈到萧二嬢、张二嬢、黄二嬢家打牌，屋里头哪怕是还有婆，有孛孛和跳来跳去的哈巴狗，都显得空荡荡子的时候——

空荡荡子在往时候不见得是个坏东西。它安静，平适，让你有好多自己想事情的机会。眼前就不是这种样子了。像一家人都站在几百丈深崖坎旁边，哪怕是有人稍稍哈一口气，或者哪个偷偷子放一颗炮仗……

序子长大了。

开始懂得愁；看到这四个什么都不懂的孛孛还天天欢天喜地、讲笑就笑、讲哭就哭的神气，天老爷让他长大了。

长大未必然就是有能力。他屁能力都没有，还是原样子上学放学。他哪里会晓得十几二十年后中国会天翻地覆，有钱人变成穷人，有田的人定了大罪，文武官员的送去劳改？他更不晓得惊天动地的几十年后自己居然活得过来？

他只一个"愁"字了得。每天放学回来急急忙忙进婆房里掀开大米缸盖子看看有没有米。

田师父摸摸序子手杆说："儿呀儿，你功夫已经进了'雷堂'（至今不晓得是哪样意思，大概是'好'吧），你要多找点好东西吃，长筋长骨才跟得上。"

序子懂，心里有点悲凄。

好段日子，爸爸冇寄钱来了，哪样原因？病了？师部出事情了？四舅过来说了一句："花天酒地，长沙那地方！"

妈蹦起来，"鬼话！他是那种人？"

这一句话，四舅就给骂走了。

不管爸爸是哪种人，反正钱冇寄来。

算算都两个月了。打听长沙回来的人，晓得爸爸托了个得胜营在长沙一二八师留守处当副官的向百步带回十六块光洋没有送到。

向百步是得胜营人，隔朱雀城又不远，真有点对不住朋友，辜负了信托。这不好！妈便叫序子到跟前来：明天到得胜营去找向百步要钱！

带路的仍然是多年前喂过狗狗奶的滕嬢。

嬢还是娘，毕竟老了。老也不算老，才五十多点不到六十。

妈讲："要到钱，一起转来，顺便看看家婆、二舅、二舅娘、幺舅、幺舅娘……冇要跟他们告穷。记住了。"

包了几件抻抖衣服让滕嬢挂在肩膀上，第二天大清早就走了。

这一回走是用自己的脚板。滕嬢看到也好笑。

"狗呀狗，你记得到前几年放你在箩筐里头挑着你走吗？"

"那是我小时候的事。"

"你现在也冇大！"

"哼！"序子不以为然，"一路你还跟吴老满吵大场合咧！听到讲，人家吴老满去年当副排长了……"

"我也听到人讲，吴老满这狗日的不是个东西，在沅州嫖婆娘，让人抓了……"

"哪样叫'嫖婆娘'？"序子问。

滕嬢狠咳了一下，不讲了。

到"都良田"路口茶棚子歇脚，吃带来的盐菜粑粑。

序子告诉滕嬢："好多年前跟王伯就是往这条路上进木里山里头躲难的。"

"你讲的是'岩打滚'那边吧？我城里听人讲过，那屋好端端子让人烧了……"

"哪个烧的？"序子一下子站起来。

"晓得是哪个烧的？一把火，烧得干干净净……不明不白的一把火。"

"那王伯呢？"

"哪个王伯？"

"我的王伯！"

"鬼才认得你张伯、王伯……"

"一直带着我几年的王伯，吹号的王明亮的妈……"

茶馆老头子讲："老实报送你们听，岩打滚那边的屋，是姓王那婆娘自家烧的……想她毒不毒？"

"怕不会吧！哪有自家烧自家屋？"滕孃讲。

"那婆娘你们冇晓得有好恶！除自家烧，哪个敢烧？"老头子讲。

"以后呢？"滕孃问。

"哪样以后？"

"哪个报送你的？"滕孃问。

"那个肥坨子'狗屎'婆娘。亲眼见她四围点火，吓得要死！"

序子赶紧问："'狗屎'满呢？"

"死了多年了。"

"'狗屎'婆娘呢？"

"在城里东门外摆丝线摊子。咦？你怎么认得'狗屎'婆娘？"老头子问。

序子说："我小时候认得她，她原来名字叫'芹菜'。"

『老实报送你们听，岩打滚那边的屋，是姓王那婆娘自家烧的……想她毒不毒？』

王伯烧屋

"哈！就是她，她日子过得不错，收了人家一个野伢崽做崽……"

序子钉了钉子想："一转朱雀就找'芹菜'孃！"

离开茶棚子，两个人继续赶路。

"狗狗，狗狗，看你走路好精神，做哪样你咯子瘦¹？"

"嗯！"

"你体子里头有事吗？"

"哪浪都没有事。"

"唉！"

"嗯！"

两个人又走又走。

滕孃问："你在想哪样？"

"……滕孃，你有崽女吗？做哪样总是一个人？"

"有，要不然，你小时我怎么有奶喂你？不就是那个死鬼徐三坨吗？狗日的跑了。"滕孃说。

"那你就剩自己一个人了？"

"冇两个人还称一个人？"

"我王伯也一个人。"序子对自家讲。

"你讲的那个王伯就是那个自家烧屋的？——好好一座屋，烧了，好朝！"

"冇是朝。我懂得她。"序子说。

"你晓得她哪样？"

---

1 这么瘦。

"你一百个也冇她苦。——你冇读过书，读过书你就明白，天下做女的都苦。孟子妈、杜十娘、潘金莲、阎婆惜、秋瑾、宋庆龄、谢蛮婆、王伯、你、我婆、我妈。做女的都苦到冇讲场，……苦得连自己苦都冇懂……"

"我也冇懂。"

"懂了更苦。……我最冇清楚的是男人。我爸、黄玺堂伯、段一罕伯、马欣安我干爹、胡藕春伯、我二舅、我四舅、我幺舅，有的呷鸦屁烟，一辈子靠在烟盘子旁边；有的打'博凯'，有的一天到夜搞吃货；有的冲锋打仗杀人砍脑壳……读一辈子书，白读了，都糟蹋在这些高头。——所有屋里事都要女的来做，女的又要好好子长大出嫁，嫁出去的又冇晓得那个生分男人好不好，学做婆娘学做妈，学做婆，冇事就腌酸菜，闷豆腐乳……"

"你也是个男人呀！"

"嗯……我也想到长大以后怎么开交？……也有脑壳清楚的男人，比如我爷爷；清楚，清楚，老了，死了。——只有我王伯了不起。苦，不怕；嫁人生伢崽，不怕；男人挨砍脑壳，不怕；烧屋不怕……哼，我王伯就是雄，不像个婆娘家，比男人有出息，简直像个华盛顿。"

"那，那你又不跟你王伯走？"

"她走得快！赶冇上。"

"你刚才讲的那个炖花生的是哪样人？"

"我冇讲过炖花生……啊，华盛顿，是美国总统，他出的主意都刻在岩头上，用到现在都冇错，把国家搞得很是强盛，老百姓自由自在过好日子。"

"那我们做哪样冇做呢？"

"中国乱，自家打自家，蒋介石顾不上老百姓过好日子，他就学德国的兴登堡，学土耳其的凯末尔，一下学这个，一下学那个，学哪个都冇行……"

滕孃越听越冇懂，就说："那你做那个'顿'算了。"

"又不是唱戏，想扮哪个就扮哪个……"

远看得胜营，一下子绕过荷塘就进城门洞了。直着上坎子，又上右边坎子，到了。

听到狗狗来了，大家都进了家婆房。

滕孃跟家婆和幺舅把该讲的"大人话"讲了，便跟巧珍、琼枝、秋菊她们到后头去了。二舅娘忙到去打扮饭菜，幺舅见二舅还坐在板凳上，"你先出去，等下再来。"

二舅便走了。

剩下家婆和幺舅。

"狗狗，你看你这么精瘦，过来，让我摸摸。"

序子便走到家婆身边让家婆摸一下，捏两下……

"有哪样好摸的，一眼就看得出来……"幺舅冷风秋烟。

家婆问："狗狗，你记得来过家婆家里几盘了？"

"三盘、四盘，有长有短……"

家婆轻轻抓着序子手杆，"抽条是抽条，都快有家婆高了。唉！造孽……"

序子觉得屋里空气严峻，接不上哪样话。

"造孽？更造孽的还在后头咧！唉！我这个三姐……一场梦，好好子一个三姐，弄成这个样子……"幺舅擦了擦眼泪。

"脾气还硬，看你硬到哪时候？好嫁冇嫁，嫁到这场命里头！拖延到哪年哪月才止？"家婆也哭了。

序子耳朵听到家婆顺着骂女，晓得马上就会绕到自己爸爸脑壳上；像个打败仗的敌方代表团长，站在前面，回冇到一句嘴。

幺舅怎么会哭？这人从来没有扳不回来的仗火。是不是他晓得这一仗赢不回来了？败定了？

序子想："看样子我不能跟着哭，他哭他三姐，我不能哭我妈。"

幺舅娘好，幺舅娘拉序子，"狗呀狗，我帮你洗个脸洗个脚去，等下吃饭……"带序子上染翠园去了。

"你冇要信你幺舅鬼话。你妈有五个崽，长大了都是宝！一个人喂一碗饭都吃冇完。"

夜间铺了张小床在家婆房。狗还是狗，种都变了，依然挤角落隙困。

家婆困下的时候想到狗狗怕躲躲脚的事，笑了两下。

第二天大清早，呷完早饭，家婆叫滕嬢到面前，"你带狗狗去喜沙弄向家找向百步，把狗狗爹托他带的十六块光洋取转来。要是冇在家，就坐在他们堂屋椅子上等。今天等冇到明天去，明天等冇到后天再去，天天去，坐到他堂屋，让他一屋不得安宁……"

"晓得了。"滕嬢说完带着序子出门。问东家，问西家，都冇人敢报向百步住哪里。大概这个人恶。好冇容易找到喜沙弄向家，屋里一对老公公老婆婆。听到滕嬢讲缘由，便回答冇晓得这件事。问："人呢？"

答："不在家。"

『就坐在他们堂屋椅子上等。今天等不到明天去，明天等不到后天再去，天天去，坐到他堂屋，让他一屋不得安宁……』

序子讨账

"是到外头去了？还是在得胜营？"

答："有时候出去，有时候在得胜营。"

"那今天在哪里？"

答："没有交代，不晓得是出外头还是在得胜营。"

滕孃讲："你们两位老人家听清楚，托他带的是养家活口的钱，不要伤天害理。他不在，我们要天天来，要躲是躲不掉的。"

答："那你就天天来好啰！"

以后几天日子，滕孃就带序子到喜沙弄，坐到向家堂屋太师椅上。从早到晚，顺手还带着食盒中饭。

序子坐来坐去，觉得实在无聊到了极点；滕孃心里头未必喜欢这种坐法，她是大人，大概说不出口。

五六天光景，幺舅心里起火了，"向百步呀向百步，你还真搞得出伤天害理的事——唉！你忘记我是哪一个了。"

叫人杀了只鸡，留对鸡爪子，挑出一对鸡脚筋露出来用红纸包了放在一个信封里，附了几个毛笔字。告诉滕孃，到了向家，把信封放到堂屋方桌上，一句话也不要讲，冇管他有人冇人就转来。

第二天，坡上"三潭书院"看院坝的老秀才，讲是向百步的满满，名叫向清斋，都七十多了，来找幺舅，坐定之后对幺舅说："我侄儿向百步是我二哥的崽，算是亲侄儿，你姐夫托他带了十六块袁大头养家费，这是信任所在，他吞了。他没有出去，他哪里都冇出去，就躲在楼上，等事情过了才下楼。收到你的信，他慌了。他做哪样慌成那副样子？我冇晓得的。我二哥二嫂也慌了，赶忙要我帮他带钱还你。十六块，我都验过，冇一个'哑'；还托我转告，求你宽宏大量，求你息怒。向百步冇出息，他爹我二哥也骂他冇出息，不是东西……"

幺舅轻言细语问他："你我都见过吗？"

"吓，没见过。"

"你那位侄儿向百步我见过吗？"

"听到讲也冇见过。"

"那么，你老人家把十六块光洋交到我这里来做哪样呢？我姐夫不是托向百步带送我城里三姐的吗？"幺舅问。

"都听到讲，你姐夫的大少爷到向百步我侄儿屋里坐了五六天，不正好交给他带转去……"

"你晓得我侄儿好大吗？"幺舅问。

"还没有请教……"向清斋问。

"十岁。你想，十岁的小伢崽，一个人带十六块光洋走四十五里路……"

"这事情的确是个事情。"

"难哪样呢？向百步亲自按原来我三姐夫委托的情分送到城里我三姐手里就是。转告他，如果晓得我以前脾气，我现在改了；胆子小了，冇敢和别个惹哪样皮绊事了。十六块光洋送得越快越好，我三姐那边等米下锅。"

第二天夜间，有人敲大门，开门一看，冇认识。

"你是哪一个？有哪样事？"

"我是向百步，我上朱雀，半路上让几个人抢了！"

"哦！抢了！"幺舅说。

"赶到来报送你。"向百步说。

"哦！报送我。"幺舅说。

"我让人抢了！"向百步说。

"哦！你让人抢了。你刚才不讲过了吗？"幺舅说完，关了大门。

……

幺舅对序子说，不忙走了，玩几天，那笔钱他会送到的。

幺舅带狗狗去拜家公的坟。过三潭书院背后走冇太远的路，坟盖得像个小宫殿，两边宽，中间高，埋四五个人都够！

"要这么大的廊场做哪样？"狗狗问。

"那就是讲他老人家做的官大。官越大，坟越大，越讲究。"

"有好大？"

"管宁波城以外好大好大一片地方。"幺舅讲。

"麻烦啊！"狗狗感叹。

"乱讲！有哪样麻烦？"幺舅听到狗狗乱扯不满意。

"你想嘛！官做得那么大，过堂打这么多人屁股都来冇才[1]！手都酸了。"

"屁话！要他亲自动手吗？"幺舅叫狗狗看右边这块地，"这是给你家婆留的。她过世以后就跟家公一起。"

"她晓得吗？"狗狗说，"最好冇要让她晓得，死都冇死，就想埋她了！"

幺舅越发气了，"你乱扯！你总是冇懂规矩乱扯！"往山底下走。狗狗跟在后头。

"幺舅！你背后是冇是挂了根枪？你挂枪做哪样？"

"山里头走，挂根枪好！"幺舅答。

---

1 来不及。

幺舅停下来了，挺起胸脯，"你看，这地势多好，山好雄！两边山势夹着顺出去，树木郁葱，一望无边。"

"风水先生其实是乱煽的，讨你高兴。"狗狗说。

"我给你两耳巴子！你才乱煽咧！家公坟前，你太放肆！"

"他不会怪我的，你信不信？你讲他读过'三潭书院'，有学问。他一定喜欢我，我也有学问。"

"你有个卵学问，'癞子蛤蟆打哈欠，好大口气！'你小学都还冇曾毕业……"

"这跟毕不毕业有关系的。——嗯，幺舅，你屁股后头挂的是哪样枪？"狗狗问。

"枪。"幺舅回答。

"我问你，是哪样枪？你晓冇晓得你自己挂的是哪样枪？比方讲，你连自家挂的是哪样枪都冇晓得，自家想，好笑冇好笑？算不算有学问？"狗狗说。

幺舅反手取出那支手枪，蓝亮蓝亮，好长的枪管，根本冇像支手枪，讲真话又实在是支手枪！

"那！那！"幺舅打两声招呼，放了三枪。

"悄！悄！悄！"响声很细，直冲到太阳鼻子跟前去了。"这叫作加长'贝雷塔九五一'，全中国连我这杆是十杆。"狗狗心里说实在话，不太相信这句牛皮，也不敢回嘴。幺舅居然笑了。

几时见过幺舅这么笑过？冇记得了。可能他简直没有笑过。

"一把'勃朗宁'顶多二十、三十米，我这把，起码五十米，哪里打来的？声音小，死了都找不到主。"

"你怎么搞到手的？"

"光洋，好多好多光洋！"

"管子长，冇太好瞄准。"狗狗说。

"——你还真懂得点枪务。是冇好瞄准。这东西不能靠瞄准了，有事就来冇才，要靠手势，手势，你听过吗？"

"打拳靠的就是手势，步法。我是懂一些的。"狗狗觉得今天讲话很平等。大概是"学问"关系。

"最了不起的是它没有后坐力，是个了不起的怪事。"

"幺舅！你这么一讲，我都想试试。"狗狗讲。

"不行！要别个，看都不让看。"

"那就算了，我也不一定要试——那，你让我摸一摸总可以吧？"狗狗说。

"我卸下枪管让你看。"幺舅一个小动作就下了管子。

狗狗朝里一看，"我的天，打了三发子，还像望远镜一样亮炸亮炸了。"

"那是'来复线'讲究的关系。"幺舅说。

"要是没有'来复线'，我都看得到朱雀城。——幺舅呀！要是你拿这根枪打向百步，他怎么死的都摸不到东南西北。"

"伢崽家怎么这么毒？才十六块光洋，就想要人一条命？"幺舅站住了，"老子真想把你一脚踢下山去！看你那副卵样子，真麻个皮不是东西，没有出息！"讲完话，自己一口气走了。

狗狗还真是冇想到幺舅发那么大气！不过是顺口走两句玩嘛！

顺口走玩也不行。正经事归正经事，以后晓得了。不可以拿人家的"命"走玩。……是不应该！想也不能这么想。想了就是存心不良。

回到家婆屋，以为事情过去了，冇想到幺舅见到狗狗还横了几恶眼。跟山上摆龙门阵时候一比，像是两个幺舅。真是天有不测风云。甚至于想到幺舅还冇消气，冷不防横扫两脚过来。狗狗练拳的人是懂得这类路数的……

认错也是不行，显出自己贱骨头；还会勾起幺舅的心躁。

这事情看起来有点要紧……哎！一句话怎么这么要紧？

第二天清早幺舅拿来一大堆报纸，"哈哈！这老狗日也有今天！"

家婆急忙问哪样事。

"狗狗！你来念这段让家婆听听！"

狗狗慌慌张张拿起报纸，东翻西掀，"……十二月十日共通社电……英王爱德华八世不爱江山爱美人……"

幺舅火了，抢着手指头，"这里，这里……你看到哪里去了？……"

"美联社十二月十二日电，本日拂晓，西北剿共军副总司令张学良和西安绥靖公署主任杨虎城部围攻军事委员长蒋中正的驻在地临潼，劫持蒋中正，西安中央高级文武官员十余人悉遭幽禁。张、杨宣布八项主张，包括改组南京政府、容纳各党各派、停止一切内战、释放被捕爱国领袖、释放一切政治犯、爱护民众爱国运动、保证人民政治自由。次日，成立抗日联军军事委员会。

"事变之起因是中国共产党一再号召成立抗日民族统一战线，移防陕甘剿共的东北军军人鉴于返回东北无期，咸愿抗日。事变发生后，苏联致电反对挟持蒋中正，因其顾虑中国将失去领导抗日的领袖。经国民政府要员之调解，蒋遂于二十五日被释。"

"……路透社一月四日电：上月陪同军事委员长蒋中正飞抵南京的张学良，经军法会审后判处徒刑十年。本日，国民政府明令特赦张学良，但仍交军事委员会严加看管。

"此后张学良失去自由，张学良之被扣，激起东北军军人的不满。"

幺舅放下饭碗和筷子，"这狗日张学良，他本性就是个大少爷。好冇容易抓住蒋介石，一枪打掉嘛就算了，又放了。这就叫作'放虎归山'，冇晓怎么想？还乖乖跟老蒋回南京，这一盘有你张学良好日子过的了……你等到看好了……做一个军人嘛就要有军人气概，气壮山河嘛！你跟这老狗日的回南京做哪样？你自己讲。南京那一帮王八蛋饶得了你？你怎么搞的嘛！先硬后软，蠢得再冇那么蠢法了！你个蠢卵！王八狗日的，以后有你好日子过的了……你等着看好了……"幺舅早饭也不呷了，仰着靠背椅子，接着又骂："这，张学良个蠢卵，纵算冇毙你，你也冇好日子过的。你妈个死蠢卵……戏有你这么唱法？你妈个……妈，你等着看好了，闹得咯子热火喧天，日本人就要打来了，趁热打铁，正是时候……"

家婆不耐幺舅这么嚷："日本人打来，你也冇好日子过！"

"哈！是，是，是，我胆子小，我不敢惹人！我哪个都怕，就是不怕日本人。我们湘西人随便哪个上山一喊，三五千根枪还喊得应。冇要以为你蒋介石把我们'老王'请走了，山就空了！未必！到时候，个个都是'老王'！你信不信？"

早饭冇吃成，幺舅扛着一捆报纸找熟人去了。

滕孃在房门外招手，跟两个不认识的婆娘出大门下右边坎子直走，进一家土墙门。一个小院坝。

她们放下一担谷，铲一撮箕放进一架竹子和泥巴编成的东西里。这东西底下有个漏口，上头有推磨的长叉叉。人一推，谷子就往下漏，出来就是米。

（这东西叫哪样名字呢？我问过她们，一开口序子就没有记住，和"龙"这个音有点接近。翻《辞海》希望它有，没有；《天工开物》该有，手边没有《天工开物》，等于什么都没有。所以一直到今天还不明白叫什么，只记得有个"龙"音。[1]）

滕孃要序子推。序子一点都不想推。上竹齿齿紧紧咬着下竹齿，像是故意做出来为难人。所以不想推。

不想推不行。滕孃讲，"家婆特别要我带你来试试"，既然家婆要序子试，必然是有存心的。

四个人推完一担谷子，才晓得呷这麻个皮饭，一层、一层真冇容易。那三个婆娘样子一点都不累。

听到人讲，生惯伢崽的大肚婆娘在田里割稻子，一边割一边生，生完了，镰刀顺手割断脐带抱转屋，她男人看见了说："怎么？又生一个。"

神奇！不累！

婆娘家从小到老，一辈子都奇！

"男人，除了抬轿子的之外，做一点点屁事，都要显出累得神色异常。狗屁蛋之至，包括我自己在内。"序子想。

---

1 这个字是"礱"（lóng）。宋应星《天工开物》："凡既砻，则风扇以去糠秕。"礱磨，凡稻去壳用砻，如：砻砺（磨石）。砻坊（方言）：碾坊。砻糠：稻谷碾磨后脱下的外壳。现在还有电动的"砻谷机"。

一个婆娘挑米回家，滕嬢带序子到隔壁和颜悦色去多谢人家，笑着讲话，转脸就不笑了。有点假仁假义。那人家就真信了？不见得。多谢又不留一升米给人家！好笑，好笑！

进大门口就遇见二舅。

二舅对序子说："晓得你这几天到向家讨债，娘不准我见你。"

"二舅！你裤子怎么湿了？"

"我尿裤子，娘刚才抽我两刷子了！"

"你这么大人，怎么还尿裤子？"

"我不算大，我哪算大？大人多的是！我饱读诗书，来不赢解裤带……庄子《则阳》有云：'内热溲膏，虚劳尿生白沫是也。''鏊'，音迟，《说文》段注上头说：'龙沫必徐徐漉下是也。'"

讲到这里，二舅娘拉他进屋洗屁股、换裤子。

序子坐在门槛上，想到二舅真造孽，这么大人还挨家婆打。人讲二舅娘贤惠。这麻个皮叫贤惠？叫苦！叫阎王殿受罪。二舅也是好人，他前辈子倒霉，长大变"朝神"，冇办法……序子越想越不晓得应该怪哪个。

二舅出来看见序子还坐在门槛上，便说："你看！焕然一新！是？"

二舅娘站在他背后微笑。

二舅娘最苦。没头没脑生出来，没头没脑做妹崽家，没头没脑长大嫁个"朝神"，有一天没头没脑老死了，装进"匣子"埋了，哪个都记不到她的名字……（二舅娘呀！二舅娘！你埋哪里？你看，连我都老了……对不起，我只是好多、好多年才想你这个好人一次。我没有空，要做好多事……）

二舅对序子讲起学问大事来："……'有外甥自远方来，不亦乐乎？'这是孔夫子讲的话，我把'朋'字偷偷改作'外甥'，你就无须讲送人听了。'曾子曰：吾日三省吾身。为人谋而不忠乎？与朋友交而不信乎？传不习乎？'你这次来得胜营，三样事都沾上了。前两件，是要向百步还钱的，'为人谋而不忠，与朋友交而不信'，这都是向百步非常之要不得的品行；第三项'传不习乎？'是讲你自己，没有好好在学堂上课，跑到得胜营来找向百步。这件事怪不得你。你才十一岁不到，屋里没有比你再大的男人了，不派你来派哪个来？

"这类的事是入不得诗的。又不是'有吏夜捉人'，又不是'满城风雨近重阳'，你晓得王建吗？他就比我强，哪样事情都上得了诗。（有人讲我的好友李劫夫，'文革'时他连'社论'都能配曲。）

"有一首《羽林行》，'长安恶少出名字，楼下劫商楼上醉'，我哪里都去不得，见不到这些闹热，就没有这份感想。向百步拿你屋的钱，最多只能出一句：'向家百步匿楼头'，底下，没有了……

"你快点长大。长大了当、当、当哪样都好，你就带二舅到外头去，二舅就有诗作了。你晓不晓得我天天夜间睡在床上都想这份事，等你长大当一点哪样……"

幺舅叫序子到家婆房里，"你请了十天假，今天都十二天了，这里事情都弄完了，明天转城里去吧！"

序子讲"喔"。

又叫来滕孃，交给她一个小布口袋，"这里是十六块光洋，明天带转去交给狗狗他妈，就讲是我搭你带转来的。——告诉我三姐、娘、我们，躯势都好，不要挂牵。我忙，我有事，得空会进城来，听明白了？讲一遍让我听。"

滕嬢笑了，重讲了一遍。

家婆对序子讲："好好子读书，帮你们张家争口气——其实好像听人家讲，你书读得并不怎么好，喜欢弄东弄西？我也冇晓得怎么讲你才好，你就将就用点功吧！——家婆这里，年成也不太好，以后看样子也照顾不了你屋里这么多人，能少来就少来。这话你心里明白，你是大崽，我讲送你听；你转城里也冇要讲送你妈听。她还是三小姐脾气，动不动就发气。算了，冇讲了，早点困，大清早赶路。"又转过脑壳对滕嬢讲："光洋拿块小手巾绑紧缠在腰杆上，免得晃里晃荡响，让人听见。"

幺舅讲："响怕哪样？哪个敢打我柳鉴主意？放心走，管好伢崽。这里五吊钱，送你的。"

第二天大清早，序子一个个告别。家婆冇起床，隔着帐子讲："看你咯子瘦，多吃点饭！"

幺舅坐在"花红"树底下抽烟，"嗡"了一声。

二舅和二舅娘送到门口，幺舅娘也赶到门口，抱了狗狗一下。一群狗在门槛里头摇尾巴，咧开张嘴巴，一只也冇出来。

就这么走了。

走得快，冇曾煮夜饭就到家。

妈到外头打牌冇曾转来。

滕嬢跟婆和凤珍在灶房扯闲话。

序子一个人进了房，翻身倒在床上，哭了。

做哪样哭？心里也问过自己。不明白……

他带回来三身衣服，是二舅娘和幺舅娘做的。

哭了一下，就站起来找老二、老四、老五，听说都在街上走玩。哪里？一个都冇碰到。怕是在幼稚园。

妈听到信，赶回来了。滕孃把光洋当面数了，交给妈。妈觉得怪："怎么又是十六块，哪里来的？也不写个字条讲一声？"

一下子几个家伙都转来了，一身汗。哈巴也长大了，记得序子，乱扑。

第二天序子就上学了。妈写了证明，请假拖了两天的原因。

十几天冇回来，序子一肚子的新鲜感。上公民课，换了张顺节先生，序子大声地对张先生报告新消息："张先生，你晓冇晓得，张学良差点把蒋介石这狗日的抓了！"

大家的反应完全出乎序子的意外。

全班同学忽然都板起脸孔正经起来，嚷得好像一群蛤蟆：

"以后冇准再叫蒋介石了，要叫蒋委员长！"

张先生讲："同学们同学们！张序子刚回学堂，冇晓得高头交代下来的指示。张序子！以后要称蒋委员长了。以前朱雀的老叫法不礼貌，不叫了！你刚回来，冇怪你，照交代下来的叫法，习惯了就好了！"

"全城人都晓得了吗？"序子问。

"都晓得了！"张先生说。

"要是哪个冇小心还叫一两声蒋介石怎么办？"序子问。

张先生说："我想，问题不大吧！蒋介石就是他的名字。以后称官名只是表示一种认真吧！"

序子心想，大概也就这个样子吧！

幺舅天天看报，一定会更明白。

"蒋介石、冯玉祥、张学良，还有哪个哪个，都讲是拜把兄弟，后来，蒋介——员长又骂张学良是'逆子'，变作张学良的'爹'了。是不是一打败仗，叫他哪样算哪样？……"吴道美问。

"你哪里来的？"张先生问。

"都这么讲，怎么？要砍脑壳是不是？"吴道美问。

"县党部门口巴好多告示，好多读书人都在看。上午巴完了下午又巴新的，讲的都是蒋介——员长如何之好，如何之了不起，还讲感动完上帝之后又感动了张学良，乖乖跟他回南京听候处分。"曾宪文讲，"昨天县党部挑了好多担东西到里头，后来才晓得是蒋、蒋、蒋那个员长的像，一张张，雄极了，不要钱，散给大家拿转屋里巴到墙上去。挤好多人在县党部门口，都伸着手要，照相馆还有人照相照这些人。今早上县党部门口又巴了张手写告示，不准拿蒋、蒋、蒋的像片包粑粑、包油炸糕……'或另作其他之用'。"曾宪文讲。

滕代浩问："'另作其他之用'，包括哪些方面？"

"冇写！"曾宪文答。

"喔！"滕代浩说，"那用处就大了！"

……

"好！同学们！"张先生说，"第二十三课，'《建国方略》之意义和宗旨'……"

下课之后，序子首先要打听的是田应生有消息冇。

"冇。"

几个人都讲冇。也冇人再敢到楠木坪找他妈问。他妈是个卵妈，问不出所以然。

到红军那边是一定的了。也未必。讲件事——

序子讲："我有个朱干爹是个红军，他偷偷子回来找老师长，老师长又是他干爹。他有让人晓得住在我屋里两三天，跟老师长借粮、借钱、借枪借子弹，老师长大概是借了。他就走了。他住在我屋里，呷饭的时候我爸讲，要他把我带走，他讲：'我们打仗还抱个伢崽？开玩笑！'"

（要是当年他真把我带走，要不是打仗半路把我甩掉，运气好长征到了延安，今天说不定是个最小的长征老干部。）

那田应生会到哪里去呢？

讲冇定就留在大城市里做共产党的秘密事。

曾宪文问："你们讲，张顺节先生喜冇喜欢蒋介石？"

吴道美讲："未必喜欢。他是先生，先生上课总是要讲点文明话，冇可能想哪样就讲哪样。眼前学堂里大部分年轻先生怕都是这个样子，有国民党县党部的探子盯到。"

"你晓得哪个是国民党的探子？"王本立问。

"麻个皮我哪里晓得，晓得就好，晓得我们就有事做了。"曾宪文说。

"你又冇是共产党！"王本立讲。

"老子是个'打卵党'！"曾宪文说。

"打出的这个招牌冇好听。"吴道美讲。

"那改'侠客党'！"曾宪文挺起胸脯。

"你要是搞'侠客党'，我就参加。"滕代浩讲。

"搞个'侠客党'，人少怕还是不行；要多拉些人。"吴道美讲。

"有钱、有田有地的人是不打国民党的。"滕代浩讲。

"要是田应生冇走，他一定参加。"序子讲。

"田景友呢？"王本立问。

"卵！"滕代浩对曾宪文讲，"他哪里服你管？"

"陈开远呢？"

"太老实。"

"要是有个把先生参加就好！"

"滕风北先生最合适！"

"像个领袖人物！"

"滕先生若是肯，我愿意让位！"

"站住！你们一伙人弯腰驼背，站没个站相，鬼鬼祟祟，想做哪样？"没想到真来了滕风北先生。

"冇做哪样。"序子说。

"我们在讲刚才过去的那条大蛇！"滕代浩说。

"给我分高矮排好。看你们这副相，哪里像个文昌阁学生样子，眼屎甲甲，鼻泥甲甲，一种风度都冇。挺胸！向右——转，跑步——走！立——正！"

丢了一个排球给他们："打完了送回体育室。"走了。

凤珍让她妈接转乡里，冇过几天，让老虎呷了。

听到消息，全家老小冇响动地难过好多天。往前往后都冇好想。人在哪里都这么容易死？就这么让老虎呷了！

子谦和子光有天出门找哈巴，文星街袁家两兄弟抱住哈巴冇肯还。

"还冇还？"

"渠是我们狗崽'来喜'嫁娘，嫁过来了！"

袁家两兄弟比子光、子谦都大。

子光过去给抱哈巴的哥哥袁可敬脸上左右来了两拳，袁可敬放下哈巴扑过来，子光侧身顺手一摔，跟着就骑在袁可敬身上擂起来，越擂越凶；袁可诚想帮忙救驾让子谦用脑壳顶在墙上不得动。哈巴往文庙巷屋里跑了。

序子放学回来正见到战况。

袁可敬好值价，满身灰，从地上爬起来一声不响；子谦也放了袁可诚，两兄弟正要转身，子光却原地不动号啕大哭起来，简直哭得飞沙走石。序子好笑，告诉子光，打输才哭，打赢不哭的。子光说没听见袁可敬哭所以才哭。

子光体质原来就好，是块打架的料；子谦体质差，打起架来也十分不善；子厚天生是个秀才，不打架的。

这事情告诉夜间院坝打拳的满满和田师父，大家笑得要死。顺理讲来讲去，都推论冇出原因。子光躲在房里一动不动。

田师父叫："子光，子光你出来，我收你做徒弟！"

大家也帮腔。子光就是一声不出。

（哪个晓得他动刀动枪仁义度过大半生，倒是一点武艺也没学过。）

序子见过几次子光和人打架，从容闲适之极，几乎兴之所至，毫不动心。左手捏着坨粑粑，咬一口，右手这边适当出一拳，左手这边再咬一口粑粑，双腿进退都见法度，也无怒容，像位小写意画家懒洋洋左一下、右一下用笔在纸上来回渲染。打架这东西的确要一点天分和才情。

除了大人，伢崽家打架很少想到要动家伙。

序子有段时间武侠小说看多了，曾经找小手工铁匠定制带钩子的铁戒指。单钩、双钩、三钩的，戴在手指头上，有时候还让身边几个小混蛋欣赏。戴着，戴着，自己心里就怕起来，赶紧埋在花钵子里头。

还做过一种叫作"拳心"的随身武器。找一段横着手掌长、伢崽家"鸡公"粗的木棍，结实的生牛皮带子横在两头做护手，各钉一颗牛皮钉鞋钉子，伸进手掌，气势的确吓人，把自家也吓住了，从来没有用过。

序子自从田师父掌管场子之后，就从来冇想这些事了，懂得打拳是一种自重的学问。

六年级念完马上要毕业了。在学堂走来摆去成了"老资格"，横着眼睛看那些背着书包上学的小娃娃，无论大小，心里都把他们看成"剥杯崽崽"！有的同班甚至用白纸搓根手指头长的纸卷当作"纸烟"含在嘴巴上。

其实呢？心里各有各的慌。

要上外头，沅陵、桃源、常德、长沙或者更远点的汉口、南京、上海考中学了。报不报得上名？考不考得上？这讲的是那些有匡的子弟想的事情。半好半差的人就只打算在挨近的乡村师范学校挤进个名字，混个免交学费连带管饭的读书机会。

序子身边的这几个"侠客党"成员，怕是什么都轮不到了。没钱，没势，没机会，所以哪样都不愁不慌，甚至谈都不谈。"天将降大任于是人也！"十万个运气也落不到他们脑壳上。

"既无大任，何愁之有？"

毕业典礼上几个老家伙先生各讲各的酒话、梦话。

校长梁长潴来了一段"王祥卧冰"性质的话，祝贺这帮鬼崽崽长大成为黄兴、宋教仁、朱执信。（都是死人，活的不说，说了怕得罪人。）

散会！

梁长潴叫住序子和刘壮韬，"你们两个拿这封'公文'到教育局去领大家的文凭。"

领回来之后不发，要等学校盖章，校长签名，写上毕业生名字。再通知大家到学校去领取各人的文凭。

妈看到这张毕业文凭说："想不到我大崽拿到第一张文凭了。"有点想哭的意思。又讲："拿到西门上'常平仓'让你四舅看看去！"

序子出门，子光要跟着去，去就去。

序子想，四舅不是住在王家弄吗？怎么又搬到"常平仓"去？常平仓是县粮食库，他是盐局局长，怎么管起粮食来了？原来他跟陈家老舅娘住在两口仓里。撬开一块仓地板，往下走三坎，是一口清到不能再清的水井。真怪，怪，怪。很干净舒服，凭什么资格可以住在里头？也没有哪样好问的。总之是一群伢崽都挤在一起，很是"我的家庭真可爱"那首歌的意思。四舅娘还是老样子，慢慢的动作，本地叫这种动作作"稳重"。嗓子沙沙的。四舅看了序子的文凭木木然。序子加了一把火说："妈特地叫我拿来送你看的。"

四舅让序子点悟醒了，说了一个字："好！"

序子带了子光，卷好文凭就出常平仓。

岩坎上有人喊："那不是子光吗？"

一看是春兰。春兰变成个肥婆娘。

"上坎来！上坎来！"

到了门口，春兰蹲下身子抱住子光哭了。子光也哭。

"光光，你晓有晓你春兰姐好想你？想你，想得很，你看你长得咯子蛮卡卡子。"又哭，"俺脱不开身啊！"

春兰身后头有个妹崽贴在身边，摇篮里还困了一个。看样子是这两三年生的。

又对序子讲："报送你妈，俺日子还行，妹崽爹还是挑担子卖米豆腐。俺就在屋里推磨、打石膏，要她放心。"讲到一半又打转身找了两个叶子粑粑："就剩这么两个，两兄弟一人吃一个。"

子光接过来剥开叶子就咬："甜的。"

春兰笑了："是甜的。咦？狗狗，你也呷啦！"

序子说："我不饿，我等下转去呷！"

春兰说："俺听到俺娘讲啦！印校长听你妈托付，照顾俺妈和两个妹，告诉你妈，俺天天为她烧香。多谢菩萨保佑……"

序子留神春兰鬓角也长了几根白头发。

两兄弟就下坡转文星街了。

序子进到厨房，把叶子粑粑切成两半。一半给婆，一半给子谦。

看见妈，妈问："看到四舅了？"

"看到了。"序子说。

"他怎么讲？"

"他讲'好！'"

"这'朝神'！"妈说。

第二天大清早，四舅提了大略二十多斤地萝卜进门：

"三姐！这都是风干的，最是长奶水！我有事，先走了！"

子光有时候不见了，到春兰那里一定找得到。他就像春兰一家人。

妈晓得了这件事，就讲："你要少去，春兰两口子还带两个妹崽，日子冇好过，又多你一张嘴巴。"

"冇要紧，春兰讲过，她男人讲哪个时候都冇讨嫌我，是一屋人。"

原先都不明白怎么大家日子不好过，子光他反而胖起来？原来是吃卖剩的米豆腐。

子光还讲："春兰让她妹崽叫我作舅舅。"

妈明白春兰四口子日子好起来了。

"光光！你冇懂哪！春兰不在乎，你要在乎呀！你长大了，各人有各人的家，肚子饿也要忍住。我们读书的张家人不到别个家混饭的。你懂吗？我冇好意思得很……"

子光其实还不太懂，听到妈这么一讲，从此以后他不去了。

妈有空的时候，还照老样子让大家排成一排检查有没有剪手指甲，看耳朵背后有没有留下腻甲，张开嘴巴看牙齿脏不脏，总是讲："我们是读书人家，跟穷不穷冇关系，要讲点仪容。"

序子去找"芹菜"。老远就看到她在老苗婆摆摊子卖剪纸花样的斜对面。是个摊不摊、店不店的半边铺子。上上下下摆满五颜六色的丝线。

就是"芹菜"，一点不假的"芹菜"孃孃。还是那么肥，头发眉毛还是那么浓。冇见她七八年，论气派，论颜色看起来比以前还要光鲜。

序子走近摊子叫了她一声："芹菜孃！"

"芹菜"站起来，扬起眉毛："你是哪一个啊？叫我芹菜孃？"

"我是我！芹菜孃，你怎么冇认得我了？"序子叫。

"哪一个啊？""芹菜"还在惊讶。

"我是狗狗啊！王伯带我的狗狗！"序子先哭了。

"哎呀！你是狗狗呀！你看你长得咯子大了。""芹菜"也哭起来，"我以为你走到天边去了，这辈子看不到你了，狗狗！狗狗！……"

这时候铺子围了几个看热闹的。

"芹菜"叫坐在旁边的七八岁的伢崽："双喜！看好摊子，我到里头有事！"

"芹菜"把序子带进一间黑巴拉黢、只有一块明瓦的房里，坐在床边两张小板凳上。

"你讲，你讲！你爹妈都转来了吗？"

"转来好久了。我爹又到长沙做事去了，我是去家婆屋在都良田半路听茶棚老头子讲才晓得你在东门外卖丝线，才来找你的。想冇到真找到你。芹菜孃，多年多年我好挂牵你也挂牵我王伯，都冇晓得你们到哪里去了。"

"芹菜"抱住序子又哭了一场，边哭边讲："你王伯点火把自己屋烧了，吓得我半死。邀我去，烧完屋就自家走了，也冇搭惹[1]我就走了，这么多年就像死了一样，一点消息都没有。

"我想来想去都不晓得所以然！她和隆庆好，隆庆让豹子撕了，撕了不就撕了！这是梅山十兄弟定的，又不是她害的。他俩好是好，又冇拜堂，又冇过过夫妻日子，做哪样咯子伤心？手咯子狠？好好一间屋。"

"她是想烧断往时候的日子。"序子哭，"我晓得我的王伯，我最懂我的王伯……"

"嗯！怕就是你讲的！""芹菜"说，"你王伯是狼娘变的！"

"芹菜孃，你怎么转来城里的？"序子问。

"啊！这'古'就长了。你们走了冇好久，'联防队'的一个姓傅的连长找你狗屎满满，讲那屋公家要做'联防站'，其实是拿来屯烟叶；后来又晓得不是屯烟叶，是收那一头的鸦片膏。你狗屎满满冇答应，和他吵，他讲我一枪毙了你！你狗屎满满就问他是真毙还是牛皮？我们那间屋有房契，城里县党部有人，我们一起上党部讲理。其实他有屁人。进城打官司去！把他们吓倒了。他们要屋要得急，和我们讲好话，给我们二十五块光洋，算是卖送他们了。我跟你狗屎满满就进了城，冇好久，你狗屎满满心气痛，医冇好，拖了两年才断气。有人做媒把我嫁到浦市祥乐街上姓宋的。我担心那人谋我的钱，其实到浦市见到那姓宋的家底子还不错，开小小的广货铺，一个单身男人，长得爽爽朗朗，就是冇应该是个麻子。麻子就麻子吧！老实就行。想冇到冇到半个月他要我走。喜酒都吃了

---

1 理睬。

要我走？为何平白无故要我走？他坐在床头好言好语和我讲，四邻五舍都没有讲我坏话的，嗳！他自家也一件一件摆我的好。好！好！好！做哪样要我走？他讲我半夜'扯噗鼾'害得他睡不着，四邻五舍也都对他讲吵得他们也睡不着。又讲，铺子是祖传老屋，不好搬；就算搬了，大家躲得了自家也躲不了。他要我摸他脸颊、下巴、胸脯，要我讲是不是瘦了？自从进洞房到床头上讲话为止半个多月没有一天眯过眼。他要我救他的命。他讲他对不起我，他讲我是好人。"

序子纳闷，"嬢！那你跟狗屎满满这么多年，他怎么又受得？"

芹菜说："哈！他扯得比我还大，响到周围的豺狼虎豹都冇敢拢来。最后，只好请了郭保长来，保长讲他只管向上头报告杀人放火、户口抽丁名单、地方治安，管不到婆娘'扯噗鼾'问题。保长讲我贤惠和气，帮我劝我宋麻哥忍忍熬熬，时间一长就惯了。宋麻哥就扑地磕头请保长主持公道，要不然就死命一条。又讲这是原先冇料到的事情，不进洞房哪个会晓得哪个'扯噗鼾'？保长翻来覆去、苦口婆心劝他，讨嫁娘不是买东西，买东西也不能随便退货。打官司当保长的还可能帮得到一点忙，讲一两句公道话；'扯噗鼾'冇是法律问题……是体质问题。

"宋麻哥讲：再几天冇困的话，我会死！

"郭保长讲：我冇是见死不救。你如果绊到河里，我再不会水也会舍身救你一把……

"讲了半天话，赔了我二十块光洋送我回了朱雀。又收了个苦崽崽'双喜'跟我。我报送你，我走正的是财运，我走反的是夫运。这辈子算想清楚了……

"你芹菜嬢仗着这风水，仗着会苗话，生意稳稳当当。要打，打得；吵场合，吵得。人家赶场，我冇赶场；人家放账，收利钱，我冇放账。我讲的是天理良心。

"双喜是我路上捡的。保长甲长出证明画了押，盖了手印，做我的儿。四年多了这儿老实，乖，懂事，过段日子我就送他上学……

"你想呷点哪样？油炸糕，泡麻圆，米豆腐，牛肉面，我去帮你买碗……"

序子说："芹菜孃，我小学毕业了。屋里还有一个婆，四个孥孥，我妈又忙，我找到你就算运气了，我屋里忙，我要打转去，一有空就会来看你。我要转去了……唉！芹菜孃，你想王伯会不会有一天走过你的铺子，万一见到，你赶紧拉住渠，报信给我……"序子走了。

芹菜孃朝序子背后喊："你心里一刀砍了算了！你做梦！这种人心狠，永永远远莫想她会回朱雀城！"

序子不太常常想到以后的事情。他的世界范围有限，大部分知识来自有限的书本加上不成熟的想象，连未来都不太放在心上。他不太有多少把握考虑未来。你想吧，杭州、上海、汉口这些地方都是扁扁书上的片断。忽然家乡有个什么人从那里回来了，一下子某个人到那里去了，这跟他有哪样关系？若果是顺手带转来一点东西送他，哪怕是很小的东西，他都会估计一些想象来丰富它，来庄严它，当作神物和意义不平凡的东西；满是好意的幻想，放在心里重要的神龛部分供养。

看的今古书本也是这样。凡是勉强弄懂的东西，在眼前，他还不可能拿这些知识来作判断世情的武器。他只有近十年的生活经验，不嫌少也不嫌多，他不懂对付可爱还是可怕的未来世界到底要下多少本钱才够。看到孤苦无告的伢崽和老头子老娘子，他会眼泪水流进肚子里跟到哭一场。妈没有教过他却影响过他。他不晓得除他之外身边那些朋友狗蛋有几个和他一样。当然他没听说过亚当·斯密、马克思、拉斯基、列宁（巧不巧？狗狗呱呱坠地和列宁断气同年），更谈不上懂得阶级和阶级斗争。他晓得"苦"在人身上的斤两；不懂得人说的"苦"是因为"富"的大道理、大原因弄出来的。所以应该有仇。他读过孟子《离娄篇》第五十"私淑章"讲："君子之泽，五世而斩；小人之泽，五世而斩……"仍然不懂得"有钱人"和当叫花子的原因，想当然地以为"富"和"穷"像牛皮胶永永远远粘在身上不得脱，是天生的。"斩"的变化是孟子讲的，他是古人。古人的话有的算数，有的算不得数。

（多少多少年后我才明白"君子"和"小人"的那个"斩"字，原来实际上并不存在，存在的话，过日子的道理就理不顺了。）

序子只想有一天到外头去。坐河里的木船，坐天晓得底下有四个轮子叫作汽车的东西，像蜈蚣长好多脚却是带轮子的叫作火车的东西，一种不合道理的、奇大无比带烟筒的、能装得进朱雀全城人的铁船，居然浮在水上漂洋过海。这全是真的。画报上的照片若是造假，老早让人掀摊子了。这些东西和朱雀城一点关系都没有，和序子的将来"有"！

在屋里，老人家见老人家常坐在板凳上哀叹"日子过得好快"如何如何……老和小过日子其实都是一样的。和鸡和狗的日子也是一样，无所谓快慢。大自然对人类怎么会偏心？又不是"洞中方七日，世上几千年"的卵话。"洞中方七日"，世界上刚好一星期。所以这些话开玩笑可以，当真不行。有学问的人改一改更好！

又讲："唉，唉，唉！你们伢崽家冇懂事，长大以后好多麻烦事等着你！"

大家听！这是卵话不是？

你明晓得满世界家家都在生伢崽，既然如此之可怕之麻烦等着全世界婴儿之出生长大，试问，做哪样你还给老家伙拜寿，呷小伢崽满月酒？

个个若是都像坐在板凳上摆龙门阵的那帮老家伙，世界太没有意思了。跳河算了，吞鸦屁烟膏算了！一索子吊死算了……

序子是要走的。走到一个莫名其妙的新世界去。

朱雀城是摇篮，又软和又美丽。要晓得，人会长大的，冇人在摇篮里过一辈子。

几个"侠客党"党员晓得在一起的日子越来越短，时常约到这里或那里聚会。

这种场合哪个都没想到，最爱哭、最爱见景生情的是莽人曾宪文。

他的理由是："你们都是单身人，都自由，我不行，我一辈子榨粉，离不开粉架子……"

"你有粉架子，你还哭？"滕代浩骂他。

有时候"全党"到石莲阁亭子里头唱："长亭外，古道边，芳草碧连天……"

狗日的曾宪文又哭。

有天，滕代浩报送大家，回龙阁有个怪地方，问大家想不想看。

"有冇危险？"

"大概冇危险……"滕代浩说。

几个『侠客党』党员晓得在一起的日子越来越短，时常约到这里或那里聚会。

386

"什么'大概'？'大概'就是靠不住有危险。"吴道美说，"你老实讲，有冇危险？"

"我们人这么多，怕哪样？"滕代浩说。

"你看！你看！你狗日的口气简直弄得像'危机四伏'！"曾宪文说。

"冇危险！我四嬢带我去过。"滕代浩说。

"走！我袜子里头带了把'攘子'[1]，我走前，你们后头跟到！"

到了回龙阁，准提庵拐弯走冇几步，滕代浩轻言细语："到了！"敲三下腰门。里头问："哪个？"

"我！"滕代浩回答。

"'我'是哪个？"里头问。

"我是刘凤英叫来的，刘凤英是我四嬢。"滕代浩说。

腰门开了，大门也开了。一个大胡子穿道袍的肥坨子拦住众人："那么多鬼崽崽？"

"来随喜的。"

黑不隆咚关上门，一个跟一个上楼。

这场合还真是少见，三进房子宽，上上下下挂满红布，几张案桌点着红牛油蜡烛。

"轻！"那肥坨子交代。

来到神龛，供着一尊男菩萨。

"香火费带了吗？"

"我四嬢讲，她会补上。"滕代浩恭敬地说。

1　小短刀。

"喔！"肥坨子插香，"一个个轮着磕头……"然后抄手站在神龛右首边嗡里嗡咙念了几句"总理遗嘱"之类的东西。

吴道美问肥坨子："我们拜的是哪位菩萨？你们是哪样庙？"

肥坨子慢吞吞地说："不可称菩萨，也不叫庙。我们供奉的是仙人'李八百'。'李祖师'，寿长八百年所以称'八百公'，三国时候的人，是太上老君降世，'李家道'为世人求福有福，有灾减灾，以'祝水、神符'济世救人……"

几个人"喔，喔，喔"答应，仿佛完全清楚肥坨子的意思。就一齐讲："我们要转去呷夜饭了！"就纷纷下楼。

肥坨子冇想到他们要走，拦都拦不住，便问滕代浩："怎么搞的？他们要走？才刚刚'析言'嘛！"

滕代浩说："我也马上要走！"

下楼大家夺门跑了。

到了大桥头，问滕代浩那屋到底是哪样场合？

"是一种'教坛'，就和一种'党'一样。他以为我是带你们这帮狗日的去入教的，看神气有些苦口婆心的意思，你们一跑，他是冇想到的。"滕代浩说。

"那味道好像不怎么正！"王本立讲。

"正不正我冇晓得，横顺我四孃饶不了我。"滕代浩说。

几个人还找过"朝神"羝怀子玩过几盘，他不伤人，尽讲"朝"话，十分好笑。

住在对门的印家孃孃就报送序子妈："三姐，你们家张序子要好好注意点，夜间跟一帮小流氓找羝怀子走玩，好找冇找，找讨饭的"朝神"交朋友……"

妈听到这话之后放在心上没有难过，觉得正正经经是一件事。小学毕业了，一帮伢崽没有地方去，东走西闯，找些认为有趣的事做，这是料得到的。只要不结帮耍流氓，搞偷盗……是，是，也真该注意点才好……

每天早晚照例打拳习武。爸爸的钱能按时从邮局寄到，眼看序子身体慢慢长出肉来。

有天早晨，妈在房里叫序子："狗狗，你来，你记有记得？'叹连朝，饥怎忍？家中有五六人。前日老婆典了裙，今日慌忙典布裋，恰好官司来济贫。'是哪出戏里的？"

序子说："冇看过。"

"怎么冇看过？你自己对我讲有回爸带你到方伯家……"

"啊！有是有，我记冇得……《西厢》吧？"

"乱讲，乱讲！查一查去！"

"哪里查？"序子问。

"书柜里高头那一格里。"妈说。

"那么多，我怎么查？"

"所以要你查！你要耐烦点！"

"是《元曲》吧？"

"不要'吧不吧'！要你查就查！"

"那是要好久好久时间……"

"我不想再和你讲了……"妈开始喂老六奶。

序子嗯不像嗯，哼不像哼。站在椅子上一卷一卷地翻，根本没有翻到哪里，忽然高叫一声："高则诚，高明的《琵琶记》，我记到了，是韩满满和方满满对唱的。"

"看你把孥孥吓一跳。那好，那好！你就查那段对唱……"

查到了，"那是赵五娘上场前扮丑的唱的。"

"你看，你看，听东西、看东西要连起来一起记，一辈子都忘不了。"妈说。

"书上男男女女我不喜欢，我就跳过去看。"

"这是学问。一本薄薄的书你没跳几跳就完了，好可惜！你最好耐烦少跳几下，越少越好，以后长大你就明白，碰到想跳的地方停下来想想……"妈说。

"你这么讲，我倒是觉得可以。——有名的书我以后要看慢点。"序子放好书，跳下椅子。

"崽呀崽！你看你长大了！我都不晓得把你怎么办？"

"不要怕！有我嘛！"序子说。

妈讲的话是对的，一个人看书，讨厌的地方要少跳。要耐烦看下去，这是学问。

不过对于《红楼梦》，那么厚厚上下两本书，冇到半个上午，序子就"跳"完了。序子非常讨厌这部书。大凡大人一谈到这本书，都流口水，好得不得了。到大观园当老鼠子都行。其实是自己想当贾宝玉，身边挨着好多妹崽婆娘，搞到后来，怪冇得大观园说垮就垮，这都是报应。

一句话，是本肉麻之极的书。

那一帮"侠客党"来——王本立全家上辰溪了，唐运隆走了，陈文章上长沙，陈开远在屋不出来，陈良存听到讲在县党部还是县政府当小文书，从此大家没见面——序子跟他们摆《聊斋》，摆柯南·道尔写的《福尔摩斯》都有兴趣。故意拿《红楼梦》念了一段，有的咳嗽，有的打哈欠，有的到厨房水缸舀水喝，都不喜欢。

吴道美讲："我满满有部叫《石头记》的书，和你读的完全一样……"

"你是个狗屁蛋！《石头记》就是《红楼梦》！"滕代浩晓得。

序子看大家都不喜欢《红楼梦》，心想可以组织一个"反红党"，好笑！好笑！

"也可能我们长大以后会喜欢！"吴道美讲。

"那你狗日的就快点长大吧！"曾宪文在他背胛上狠狠来了一掌。

过年了，妈叫序子到街上买了十个上好的糯米粑粑，巴上红纸，送到田师父屋里去。

街上又是雪又是雨，大家都不出门。

屋里买了大猪脑壳，煮好放在大方桌上，点了蜡烛纸钱，神柜高头上了香，人人磕了头。这时候没想到沙湾柳嬢叫人送来五十个粑粑，四舅送来五斤猪肉，春兰叫她男人送来一筐子辣子、大蒜，这年就过成了。

婆和妈在厨房忙得要死，妈就说："是不是叫倪矮子过来帮一天忙？"

婆连忙反对："哎呀算了！叫一个人多张嘴巴，万一他带了婆娘来？自己还冇呷几口，他们一动口就打发完了。来冇得！"

这是直话！那就哪个都冇喊了。

街里街前街后，没有几家放炮仗的。土地堂有五六盘香火，罗师爷算是得点供品过年。

厨房灶门里难燃这么热闹的火，伢崽们都围到厨房转，老六也在站桶里跳。

天是跟人的时运走的。婆和妈都讲，冇晓得爸在长沙年过得怎么样，都像朱雀，那就凄惨了。

这顿年饭算是呷得好。哈巴桌子底下满地捡骨头呷，肚子胀鼓鼓的。

吃完饭，收拾饭桌，序子和子厚忙着端一摞摞碗和菜钵子、汤盆进厨房，来来回回；子光也要端，好！端就端。"子光是个乖崽！"端到半路一个跟头，五个小盘子打烂了。子光想哭，妈讲："你乖才帮忙，伢崽家打烂碗盘是常事，长大就不打烂了。家婆讲过，做事怎能不打烂东西呢？不做事的人才不打烂东西。你是乖伢崽！值价！不哭！"于是子光就不哭，在堂屋跟子谦一起坐着。婆又讲："越打越发！越打越发！"

厨房忙完了，大家坐在火盆四周讲白话，呷家婆托人带来的核桃花生。

序子表演手指头夹核桃，一夹就破，孥孥们看了佩服。婆就讲学打拳的好处。

讲到当年舞狮子、龙灯，子厚帮着搭腔，子光恍恍惚惚，半懂半朦胧，听人讲一半看过一半。子谦是过苦日子生的，哪样都没见过，只是喜欢听。

还讲当年过年有压岁钱，用红纸包着，一人一包。到外头，伯伯满满遇见也给；行一个礼，给一包。

"行两个礼呢？"子光问。

"给过就不再给了。"子厚笑他，"你以为行一百个礼就给一百个红包？"

大家笑子光，子光就骂娘。

"嘿！嘿！不兴骂娘，文明人！"妈说。

过了几天，先是有人开口："咦？哈巴到哪里去了？"接着有人讲："对，对，好几天冇看见了。"子光就嚷："我的狗呢？我的狗呢？"大家也觉得怪，"怕又是袁家鬼崽崽偷了！"到了袁家，也不见哈巴。

有天下午，序子找几个同伴回来，经过幼稚园老远看到哈巴。序子赶紧叫她："哈巴！哈巴！"哈巴看了序子一眼，居然不理；横着面前直跑到文庙大成殿背后去了。序子想，她是不是让蜂子叮了？回家报送大家听，大家都说奇怪，奇怪，狗脾气不是这样子的。心里都不好过。

时间一长，家里事情多，就淡忘了。

淡忘了多久呢？淡忘了八十年……

（我今年八十九岁了，有一天半夜睡不着，想呀想呀，想到多少年多少年的日子，温暖的和寒冷的……忽然想到哈巴。哈巴是只母狗。那天，八十年前的"那天"，她一定是在文庙某个墙角生了一窝狗崽了。母爱比哪样大事都大……有了孩子她怎么顾得上我？

那么，她以后如何在一个荒凉文庙的墙角养活那一窝小狗呢？她自己如何维持自己的日子呢？

我怎么当时没想到，而要到漫长的八十年后的一个偶然的不眠之夜才想到她不理睬我是因为窝里的小狗屁在等着她。

八十年来，多少多少个苦难的日子都熬过来了，哈巴！哈巴！

有朝一日让我们在天上找个地方去详谈吧！天啦天！一个迟到的醒悟要八十年……）

　　春天来了，城里城外树上长满绿芽。

　　序子报送妈，"北门外水都绿了，树上冒芽了！"

　　妈就说："每个节气都会感动人的，山呀！水呀！树呀！花呀！雀儿呀！风呀！云呀……人就写好多诗；伤别呀！欢会呀！遥念呀！追思呀……"

　　"妈，你跟你以前好多熟人、好多同学一起，剩你一个人了……"

　　"是呀！是呀！想也有用。一个人一辈子，人人命都不同。你晓得'恒河沙数'四个字吗？每一粒沙子的样子都不是一个样子……"妈说。

　　"云也是这样……"序子说。

　　有一天吃完夜饭，打拳的也散了，妈忽然告诉序子："胡敬侯伯伯明天去长沙，明天你跟他一起走！找你爸去。现在马上跟滕孃到顾家齐伯伯、戴季韬伯伯屋里去，拿我写的这两封信，各人给一封，不管人在不在，去告一点'帮'。"

　　"那么快？"

　　"莫管，莫管！我已经叫柏茂表大帮你到轿行喊轿子了。你快走，我帮你收拾衣物东西。"

　　孨孨们围在旁边听，哪样都冇懂。

　　序子跟着滕孃去了顾家、戴家，等在门口，人冇见到，真的带回来几块光洋。几块？六块。一路上够用了。

"可不可以后天走？我同学一个都不晓得。"序子说。

"胡敬侯伯伯明天走，他还等你？你不想想？"妈说。

和这里的一切都要分别了。序子嚼着牙齿，咬着舌头，到底是不是梦？要是是梦，赶急醒了吧！

"这是你的换洗衣服，袜子、学生帽、两双二舅娘做的鞋子、洗脸巾、蚌壳油、汗衣汗裤，牙刷、手指甲剪刀，这箱子是我桃源读书时候的，钥匙要带好。你想想看还有哪样冇带？我也想想看还要带哪样？唔！唔！到长沙要勤写信给我，问婆的好。喔！经过得胜营，要请胡伯伯等一等，千万去看一下家婆，记紧了。

"你先困，我还要坐着想想。"

"我也困冇着。"序子讲。

"困冇着也要困，明天有一天累。喔！我告诉你路途。明天到乾州，住一夜，胡伯伯会到邓宫保家看老人家，你顺便去看一下嫁到邓家的姨。后天一大早到'所里'搭汽车，头天到沅陵，第二天到常德，第三天才到长沙。箱子里有一封我给你爸写的信，一到就交送他。你去，对他是个拖累，叫他忍点，这是为屋里想，也是为你想。冇事我也困了，大家都上床。狗狗今天跟妈困，到狗狗哪年哪月转来，妈也老了……"

孥孥们都上了床，子厚今夜困大哥的床。

上了床，妈妈抱住序子亲了又亲，一直哭个不停，眼泪流了序子一脑壳。序子也哭。孥孥们哪样都不明白，也跟着在隔壁哭。后来大家都睡着了。

天麻麻亮大家都醒了。轿夫也到了，把箱子装好在轿位底下。

孪孪们都傻傻地站着，序子一个一个摸他们脑壳，婆坐在椅子上流眼泪，妈就叫序子向婆磕头，磕了三个头，婆抱住序子大哭，讲不出话。

出门了，妈跟轿子到北门，见到胡伯伯交了六块钱给他打点序子一路上费用。胡伯伯讲用不得咯子多。妈讲，不多，不多，多了交给幼麟就是，不会多的。还交代麻烦他得胜营等一等，让序子去见一见家婆。

大家上了轿，启步，一共是四顶轿子。胡伯伯一顶，刘壮韬爹一顶，一位姓廖的满满一顶，序子一顶。

就这么走了。回头看见妈妈、孪孪们、柏茂表哥还站在北门小坡上。过了跳岩，拐弯上了老营哨，才不见影子。

全部轿程是九十里，要走一天。一路的山山水水就不讲了，序子一路上的心事也不提了，到了得胜营，在城门口停了轿，序子一个人跑步到家婆屋里。冇见到幺舅，也冇见到二舅和二舅娘，只见到幺舅娘一个人。

幺舅娘吓了一跳，"狗狗，怎么你一个人来了？"

"冇是一个人，是好多人，在城门口等我，妈要我来看一下家婆和你们，看完了我马上就走，轿子在等我。"

染翠轩好几个婆娘在陪家婆打纸牌。

序子叫一声家婆，家婆也吓了一跳，"怎么？你又来了？"

"冇是！冇是！家婆呀！妈要我上长沙找我爸，来看你一下就走，我走了！"讲完就出后门。

家婆手上还抓着牌，没弄清楚是怎么一回事，就大声喊："慢点，你慢点，你听我讲，吃了中饭再走，听到吗？啊？啊？啊？"

就这么走了。回头看

见妈妈、孥孥们、柏茂表哥

还站在北门小坡上。

幺舅娘抱了一下序子讲："狗狗，你晓得，幺舅娘这辈子怕见不到你了……"

序子糊里糊涂听不出个道理，说了一声："幺舅娘，你要报送二舅和二舅娘，讲可惜见不到他两个！"

序子说完，看幺舅娘一手撑着后门，她人长得高，鬓角老样子挂在脸边，她永远是个女豪杰。

到了城门口，大家都在等，于是上轿重新上路。

路上该歇脚就歇脚，没想到走得这么快，九十里走完太阳还没下山。轿夫拿了轿钱还要了赏钱走了。大伙住在一个大客栈里。

邓宫保派人送帖子来，今晚上在府上宴请朱雀来的客人，包括序子。

就这样去了。原来宫保[1]府那么大，那么辉煌，像书上讲的那种亭台楼阁，拐来拐去，好多讲究的走廊才到客厅。有三位白胡子老爷爷笑眯眯迎着。两边太师椅坐下，上茶。序子也有一份。听见他们提到爸爸和爷爷和家公的名字。

吃饭在哪里呢？这是序子很关心的问题。原来大家站起来走路，就是去吃饭的地方。

一座大花园，长着树花而不是草花。走廊有另一条路通到花园中间一座大八角亭子，亭子半腰围着花毯子，好把冷气隔在外头。

三位白胡子老人家坐上席（从清朝算起来，他们三位应该是邓宫保三个长白胡子的儿子，而不是邓宫保本人），轻言细语跟大家说话。大略十一二个人围一张大圆桌慢慢吃好东西。一口大火锅

1　清朝太子少保的称呼，有衔无实职。

摆在当中，里头好多东西在翻腾，序子吃一样忘一样，鱿鱼、瑶柱、海参是吃过的，也有没见过的怪东西。慢吞吞地喝酒，举杯，都跟唱戏的板眼相近，真是十分之可爱温暖和讲礼。

不晓得什么时候这宴会就完了，撤席喝茶谈天。有人带序子转来转去，上楼下楼到一个房间，说是序子的一个姨娘住的地方。见到一位很淑静的（比妈小一点的）姨娘。她问家婆好不好？四姨好不好？妈好不好？二舅、四舅、幺舅和舅娘们好不好？日子过得怎么样？嗓子清雅，对序子讲了好多序子不记得的话，还见到她男伢崽和妹崽，叫序子作表哥。温和地嘱咐序子这个那个，后来就叫人送序子出来。胡伯伯已经回客栈了。忽然一架封布的轿子把序子也送回客栈。

这是一场从书里走出来的梦。不太像是真事情。

睡了一个大觉，又是天麻麻亮叫起来走路。这次是挑夫挑行李，人跟在后头。走了几里呢？不晓得好远；到了一个不太像城的城。天刚亮，顶多五六里。路边一座四围通风的房子，不小。屋子里头有两口班房窗子，里头躲了个人，像当官的板脸孔办事，钱交给他，由他把准你坐不坐车的票交给你捏好。票是命，丢票丢命。哪个捡了哪个坐，没票的回朱雀……

麻个皮搞得这么认真严重，像打官司的仪式。胡伯伯们不用管，由一个和颜悦色的送行人跟窗子口里的人办交涉。票真的搞到手了，四个人不管老小一个人发一张。

大家站在房子门口等汽车来。人有点挤。其实是不用挤的，一人一张票，还是挤。挤哪样呢？想看汽车。汽车等一会人人看得到，还坐得上。挤哪样呢？还是挤。序子是因为人家挤了他他才回挤，所以序子笑起来。

有人大声嚷："来了！来了！"

来在哪里？序子看不见。喔！看见了，老远路上一颗黑点，黑点慢慢变大变成灰点，然后是个长盒子，来到眼前，一座屋。带四个轮子的屋。一排窗子，玻璃的。

高头有两个人下来。一个人像中学校长，穿制服，戴将军帽；一个像他的参谋，也是穿着贵衣服。两个人都很派头，车前车后只跟里头出来的一个老家伙说话。说话的时候不笑，都是正经话。

各人的箱子口袋都排成一排，由三个人一件件弄到车顶上去。车顶上有铁栏杆。弄稳当之后再蒙上一层粗索子网，把箱子行李都包在里头，再用绳子四方八面捆在铁栏杆上。不晓得是哪个发明家把事情搞得这么妥当。

然后，老家伙站在车门口一个个叫人上车。

不叫名字叫号码。序子的号码跟胡伯伯、刘壮韬的爹、廖满满是连在一起的。刘壮韬爹的号码是十八，他非常不习惯他的名字变成十八，所以置之不理；胡伯伯拍他肩膀说"到你了！"，他才醒过来上车。胡伯伯十九，廖满满二十，序子二十一。

一张椅子坐两个，他跟廖满满同坐一张椅子。这椅子太师椅不像，板凳也不像，稍微像铺了三层被窝的小床。还有个靠背，也铺了软东西，比脑壳还高。"由此，余亦不及见前座人之后脑也。"序子来了一句文言。前座的靠背离序子的膝盖骨七八寸光景，离廖满满的膝盖三四寸光景，因为都垫了软东西，碰来碰去很舒服。

前座的后背上挂了一个松紧口袋，里头有坐车常识和规则，有装吐口水的口袋，还有一小张湖南省公路地图，来回印了好多红线，写上根据什么什么统计研究，一九三六年湖南公路质量全国第一。

不晓得这种牛皮，别个省的省长看了会不会发火？

大家坐好之后，老头子抓住上车把手往里头看一看，退下车去，扬了扬不晓得几时捏在手上的绿旗。原来那个穿"校长服"戴将军帽的是司机，穿"参谋服"的是帮忙的。司机开车，参谋坐右首把风。

汽车打雷了，还冒出一种从来没闻到过的气味，这气味不难闻。汽车震动起来，序子有点胆寒，连忙抓紧旁边的扶手，就在这时候，序子的屁股往前跑了，留下脑壳和肩膀不肯走，越来越快，快，快，幸好脑壳和肩膀后来赶上了，好险好险！

这部家伙跑得比岩鹰飞得还快，会不会一下子散架了？那么多人踩在上头，会不会踩垮了？序子一路上想的就是这类事情。

"当然不会，要垮，前天不垮，昨天不垮，偏偏今天垮？发明家早就想过，垮了，死人屋里不都来找他赔钱？所以做得非常筋实！"序子想通了。

一路上，山啦，树啦，都往后倒。这是坐车人自己想的；其实哪样都冇倒。

唉！沅陵到了。住的地方不叫客栈，叫旅社。

旅社是砖房，有三层楼，有不用上油的灯盏。手在墙上的机关一拨，灯就亮了。叫作电灯。不能乱拨，有电，会麻死人。

沅陵城在对门河，很热闹，要坐渡船过去。这边只是汽车站，没有几间房屋。

胡伯伯的朋友晓得他来，都过河来看他，时间早，他们就叫人摆桌子打麻将。

序子就一个人过河，跟大家上船，人家又不认识他，交二十文给划船的。这船大，有凉篷，河上冷，吹的风刮人。

上岸，上坎子，进城。城不城序子冇看清，只见好闹热的商店和大摊子。大摊子堆着画报上见过的苹果和香蕉。橘子、荸梨是普通东西，一百五十文买了条香蕉和一个苹果。先剥香蕉皮，再咬香蕉肉，小心谨慎地慢慢品尝。味道跟朱雀哪样水果都冇一样，还带着点香。原以为中间一定有个核，正想丢掉，幸好一捏，才晓得它是实心的，放心全吃进嘴巴里。喘了一口气，接着咬苹果。也是浓香，不过这气味熟悉，跟朱雀的"花红"果一样。它大，它肉多，一个顶"花红"七八个，正咬第二口，你猜序子看见谁了？

高家大表妹跟陈文章的未婚妻倪哪样，手牵手正想出城。

序子叫了一声："表妹！"

她回头一看是序子也跳了起来，"啊！狗狗，你怎么在这里？"

"我上长沙，汽车在对河，明天到常德，我进城看看。"

"啊！"她说。

"啊！"序子也说。

"那我们走了！"她说。

"好！你们走了！"序子捏着咬了两口的苹果，眼看着这两个人出城门洞走远了的黑影子……

高表妹高表妹，你怎么就这样走了呢？怎么不跟我多讲几句话呢？你可以慢慢想几句话讲嘛！站久一点嘿！我、我也是个死卵！我可以买两个苹果请她们呷，我可以想好多话和她讲嘛！这就可以讲，完了！我哪辈子才能再看到她？可能她看到我，有那个倪哪样在旁边，不好意思。你有哪样好怕的呢？我蠢，你也跟我蠢吗？你看你，唉！你看你，我们这么巧，好像约好了在这里见面十秒钟……

你自己想嘛！一辈子……

序子一路走一边咬苹果。

过河回到旅社，他们还在打麻将。不晓得哪里找来几个红红绿绿的婆娘，一人一个坐在旁边。只有刘壮韬爹一个人坐在窗子底下靠椅上看书，他满面通红，他看见序子"如大旱之望云霓"，问："你到哪里去了？"序子说："进城去了。"他说："你怎么不约我一起去？"序子说："冇想到你。"他说："你看你！你看你！"

序子听田应生讲过，这就叫作"嫖婆娘"，还要吃饭喝酒……还要烂掉鸡公，花好多好多钱……

不打麻将了，撤桌子喝酒吃饭。一个人身边陪个婆娘。只有序子和刘壮韬的爹没有。序子没有想到不好意思的问题；刘壮韬爹一定秒秒钟都想到；所以难为情，弄得满脸、满耳朵通红。他是个读书人。世界上有两种读书人，一种是遇到这种事满脸满耳朵通红的；一种是从来不红的。

吃完饭，刘壮韬的爹回自己的房，序子回自己的房，序子问他："你早该回自己的房里，关上门，不理他们！"他说："他们抓住不让走，我生气他们才放手。"

第二天到常德，还是老样子，序子、刘壮韬的爹一起过河，走呀走，没走几步，刘先生讲要回对门河旅社，"这里没有什么看头。"

"那你看哪样呢？"

"没有一间书摊书店，可惜，那么大一座城！"

"你走都没走几步，怎么晓得它没有呢？"

"这不像一座有书的城！"

第三天到长沙，胡伯伯带大家到一个热闹酒馆呷面。

这碗面都是麻油、瑶柱和鲜鱿鱼，好呷到冇得了。一辈子都冇呷过。

找到小西门沙河街一二八师留守处。

爸见到序子，猛吃一惊，"你怎么来了？"

序子原本是想笑的，一下子大哭起来。

二〇一二年九月五日惊闻黄裳兄去世

二〇一二年九月六日写毕

图书在版编目（CIP）数据

无愁河的浪荡汉子.朱雀城／黄永玉著. -- 北京：
作家出版社，2025.4 -- ISBN 978-7-5212-3306-3

Ⅰ . I247.5

中国国家版本馆CIP数据核字第20255MT418号

无愁河的浪荡汉子·朱雀城

作　　　者：黄永玉
责任编辑：姬小琴
装帧设计：瞿中华
责任印制：金志宏
出版发行：作家出版社有限公司
社　　　址：北京农展馆南里 10 号　　邮　　编：100125
电话传真：86-10-65067186（发行中心）
　　　　　　86-10-65004079（总编室）
E-mail: zuojia@zuojia.net.cn
http://www.zuojiachubanshe.com
印　　　刷：北京盛通印刷股份有限公司
成品尺寸：140×203
字　　　数：905 千
印　　　张：40.625
版　　　次：2025 年 4 月第 1 版
印　　　次：2025 年 4 月第 1 次印刷
ISBN 978-7-5212-3306-3
定　　　价：198.00 元（全三册）